人生不設線

A NOVEL

THE MEASURE

Eight ordinary people. One extraordinary choice.

NIKKI ERLICK

妮基・爾利克 著

李麗珉 譯

很難想像它們出現之前的日子，一個它們還沒有來到的世界。

然而，當它們首度在三月出現時，沒有人知道應該拿這些隨著春天來臨的小盒子怎麼辦。

在人們生命中的不同階段，所有其他的盒子都具有一個清楚的意義，都象徵著一個既定的行動。一個裝著開學第一天要穿的閃亮新鞋的鞋盒，一個精心裝飾著一條紅色緞帶的節日禮物，一個裝著夢想已久的那只鑽石的小盒子，以及一個個被膠帶封箱，再貼上手工標籤，然後被載上搬家卡車後車廂的大型打包紙箱。就連那個一旦被蓋上就再也不會被打開，最終要長眠在地底下的盒子也一樣。

所有其他的盒子感覺都很熟悉，都很合理，甚至可以預期得到。所有其他的盒子都有其目的和角色，適切地融入在日常生活當中。

然而，這些盒子並不一樣。

它們在月初的時候來到，在一個普通的日子裡，在一個普通的月光底下，比三月的春分來得還要早。

當那些盒子來到的時候，每個人都收到了，而且是同一時間收到的。

那些小木盒——至少，它們看起來是木頭的——在一夜之間出現了，數百萬個小木盒，出現在每一座城鎮、每一州、每一個國家。

那些盒子出現在郊區修剪工整的草坪上，靜靜地躺在灌木叢與初開的風信子之間。它們也出現在城市裡飽經踩踏的門墊上，幾十年來，曾經有無數的住戶跨越過擺放著那些門墊的門檻。它們陷入沙漠帳篷外溫暖的沙子裡，也在湖畔的孤獨小屋旁邊等待，採集著被微風從水面吹送而來的朝露。無論是舊金山還是聖保羅，約翰尼斯堡還是齋浦爾，安第斯山脈還是亞馬遜，沒有任何地方是那些盒子到不了的，也沒有任何人是它們找尋不到的。

地球上的每一個成人突然之間似乎都共享了這個離奇的經驗，這樣的事實既令人感到安慰，卻也讓人覺得不安，那些盒子無所不在的現象讓人覺得驚駭，同時也感到慰藉。

因為，在很多方面，這是一個共同的經驗。從各方面來看，這些盒子看起來幾乎都是一樣的。它們全都是深棕色，全都帶著一絲紅色的色澤，觸摸起來的手感既冰涼又光滑。每個盒子上都刻著一個簡單而神秘的訊息，那是以收件人的母語寫成的一句話：*你的壽命長度就在裡面*。

每個盒子裡都有一條線繩，隱藏在一塊精緻的銀白色布料底下，因此，即便是那些打開盒蓋的人，在窺視那塊布底下有什麼東西之前也會先行三思。彷彿盒子本身正在警告你，企圖讓你不會在孩子氣的衝動底下，立刻就把那塊布掀開來。彷彿那些盒子正在要求你暫停下來，認真地考慮你的下一步。因為你的下一步絕對無法重來。

事實上，所有的盒子只有兩個不同點。

每一個盒子上都有收件人的姓名，每一個盒子裡的線繩長度也各不相同。

不過，當那些盒子在那年三月第一次出現時，在恐懼和困惑之中，沒有人了解那些長度真正的意義。

至少，當時還不了解。

春天

妮娜

當上面寫有妮娜名字的小木盒出現在她家門外時，妮娜還在床上睡覺，她的眼皮微微地抽動，因為她沉睡中的大腦正在經歷一場不安的夢境（她回到了高中時代，老師正在要求她交出一篇她根本不知道要交的論文）。對於有壓力傾向的人來說，這是一種常見的惡夢，不過，相較於正在妮娜醒來之後的世界裡等待著她的，這個夢境根本不算什麼。

那個早晨，妮娜率先醒來，她向來都是先起床的那一個，她滑下床墊，讓莫拉繼續沉浸在她的夢鄉裡。她穿著格子睡衣，躡手躡腳地來到廚房打開爐子，去年夏天，莫拉在一個跳蚤市場裡發現的那只圓滾滾的橘色水壺此刻就放在爐子上。

在這麼早的時間裡，這間公寓向來都很安靜，唯有從水壺蓋上滴落到爐火的水滴所發出的嘶嘶聲，才會偶爾打破這份寧靜。後來，當妮娜回想起來時，她不禁懷疑為什麼她在那個早上沒有聽到任何騷動。沒有尖叫聲，也沒有警報聲或者嘈雜的電視聲，沒有什麼動靜警告她，門外已經有一場混亂正在等待著她。如果妮娜沒有打開手機的話，也許，她還能有多一會兒的時間沉浸在那份靜謐之中。

然而，她卻坐到沙發上，看起了她的手機，那是她開啟每天早晨的方式：預期會閱讀到一堆電子郵件，並且在螢幕上滑著最新的時事，直到莫拉的鬧鐘響起，然後開始爭論早餐應該吃水煮蛋還是燕麥。身為一名編輯，讓自己隨時掌握最新消息是妮娜工作的一部分，不過，那些數不勝數的app和媒體數量每年都在增加，讓妮娜有時候不免覺得自己可能花上一輩子的時間，也看不完網路上的這些訊息。

那個早晨，她甚至沒有機會開始閱讀這些資訊。妮娜才剛解鎖手機的螢幕，她就知道出事了。她有三通來自朋友的未接電話，還有已經累積了好幾個小時的未讀簡訊，大部分都是發自她群組裡的編輯同事。

到底發生了什麼事？！

每個人都收到了嗎？？？

它們無處不在。全世界都有。老天爺啊！

上面寫的是真的嗎？

在我們了解更多之前不要打開它。

可是，裡面只是一條線繩而已，不是嗎？

妮娜試著要把這些訊息拼湊起來，她感到自己的胸口在縮緊，她的頭也因為暈眩而刺痛。她登上推特，然後再到臉書，上面同樣都充滿了問號和用大寫表達的恐慌。不過，這回，上面有了照片。上百名用戶上傳了自家門口的棕色小盒子照片。而且不只是紐約。各地都有。

妮娜可以辨識得出其中幾張照片裡的文字。你的壽命長度。那是什麼意思？

線上大部分的人很快地達成了一個令人驚恐的結論：不管盒子裡是什麼東西，那個東西都宣稱它知道你能活多久。也就是你被某個力量所分配到的時間。

就在妮娜想要大聲叫醒莫拉的時候，她突然意識到她們一定也收到了那些盒子。

她做了一個深呼吸，然後從她們公寓大門的貓眼窺視出去，不過，她無法看到下面的地板。因此，她緩緩地打開那道雙重的門鎖，膽怯地打開門，彷彿門的另一邊有一個陌生人正在要求進門似的。

它們就在那裡。

就在那張印有巴布．狄倫著名台詞的門墊上，那張門墊是莫拉在搬進妮娜的公寓時，堅持要一起帶過來的東西。「要不就酷一點，要不就滾開。」妮娜也許會喜歡簡單一點的東西，例如單純的格子圖案，不過，那句台詞總能讓莫拉會心一笑，最後，在每天晚上都得踩過它才能進門之下，幾個月之後，妮娜也開始喜歡上它了。

它們蓋住了門墊上大部分的藍色草寫字體。一對木頭盒子。很顯然地，她們一人一個。

妮娜往走廊看去，只見一只一模一樣的盒子也正在等待著她們的鄰居，她們隔壁住著一名上了年紀的鰥夫，他一整天裡只會為了倒垃圾而出門一次，妮娜不知道自己是否應該要提醒他。可是，她能對他說什麼呢？

妮娜依然注視著腳邊的那些盒子，她緊張到不敢碰它們，卻又因為過於震驚而無法離開，直到水壺鳴笛的聲音打斷她發呆的狀態，並且提醒她，莫拉什麼都還不知道。

班

「所以說，你真的相信這些線繩是某種生命線？它們告訴我們，我們能活多久？」那個女人揚起眉毛地說。「你不覺得這聽起來擺明了就很瘋狂嗎？」

班坐在一間咖啡館的一角，研究著他公司最新的一份計畫藍圖，那是為北部一所大學所設計的一座嶄新而耀眼的科學中心。在那些盒子出現之前的二月，班無時無刻不在思考這個計畫，想像著有朝一日將會來到他參與設計的這些教室和實驗室裡學習和工作的學生。那些學生甚至可能會在那棟建築裡創造出某個改變世界的發明。而那棟建築物最早只是他勾勒在他那本Moleskine❶裡的一些線條輪廓而已。

不過，到了三月的時候，世界真的改變了。

現在，班很難再專注於他眼前的這些計畫上。當他聽到隔壁桌那名女子的問題時，忍不住要繼續聽下去。

那名女子很顯然是個堅定的否定論者。剛開始的幾週，很多人都是。

「我不知道，」她的同伴不太確定地說。「我的意思是，盒子上的確寫著『你的壽命長度』。難道那還有別的意思嗎？它們就那樣出現了，憑空而降，全世界到處都有，那一定是某種……某種魔法。」他一邊說一邊搖頭，似乎不太相信竟然會有這種對話。

「一定有別的解釋。某種實際的解釋。」那名女子說。

「我想，我聽到一些人在說，有一群自發性的駭客以前也曾經開過某種大型的玩笑。」那個男人有氣無力地說。

事實上，當時最流行的謠言之一是，一群來自各個國家的瘋狂天才集結在一起，執行了一個超乎想像的惡作劇。班當然看出了這種說法的訴求：如果這真的是一個天大的惡作劇，那麼，沒有人會被迫接受上帝、鬼神、巫術的存在，或者其他什麼正在流傳的更驚人的理論。

最重要的是，如果這真的是一場惡作劇的話，就沒有人需要去面對據說是由「一個奇怪的小盒子裡的一條奇怪的小線繩」所決定的命運。

「可是，我就是看不出來，怎麼會有足夠的怪咖可以成功地執行這種事。」那名男子妥協地說。

「這麼說，你很樂於承認這是魔法？」那名女子問。

把那些線繩稱之為「魔法」，聽在班的耳裡很奇怪。對他而言，魔法是他們全家去五月岬海灘渡假時，他祖父教他的紙牌或者硬幣戲法。魔法是「挑一張牌，任何一張」。那看起來也許很神奇，但背後總是有合理的解釋。

這些線繩不是魔法。

❶ Moleskine是義大利知名文具品牌，最知名的產品是深受歐洲藝術家與知識分子青睞的筆記本。

「那麼也許是上帝吧，」那名男子聳聳肩地說。「或者很多的神。古希臘人不就相信命運嗎？」

「他們也把不相信的人處死。」那名女子說。

「那並不表示他們是錯的！他們不也發明了代數嗎？還有民主？」

那名女子微微地翻了個白眼，班不禁猜想這是否是他們的第一次約會。如果是的話，看起來這場約會進行得不太順利。

「你看過你的了嗎？」那名男子壓低了聲音問。

「嗯，不過，那並不代表我相信它。」她往後靠坐，防禦性地交叉起雙臂。

那名男子遲疑地說：「我能問它是什麼樣子嗎？」

對第一次約會來說，這麼問太魯莽了，班心裡在想。也許第三次或第四次約會時再問會比較適當。

「很長吧，我想。不過，我還是要說，那不代表什麼。」

「我還沒看過我的。我哥哥還在決定他要不要看，而我寧可我們一起看，」男子說：「他是我唯一的家人，所以，我不知道如果我們的線繩長短不一樣的話，我會怎麼做。」

那名男子突如其來的脆弱讓那名女子的內心出現了一些改變，她的神情也變得柔和了。她伸出手，溫柔地放在他的手臂上。「那些線繩不是真的，」她說：「再過幾個星期，你就會知道了。」

班試著要專注在他面前的設計圖上，但是，他所能想到的卻只有他自己的盒子，以及盒子裡的那條短線繩。

也許這名女子是對的，班心裡這麼想，他的那條短線繩並不意味著一個短暫的人生。他祈禱她是對的。

不過，他的直覺卻說她錯了。

妮娜

起初，那些無法解釋的線繩究竟來自何處眾說紛紜，有人說它們是上帝的使者，也有人說那來自政府的秘密機構，也有人說那是外星人入侵。即便某些最自認為是懷疑論者的人，都傾向採納靈學或超自然的理論，來解釋這些神秘的小盒子何以在同一時間，突然出現在全球各地。然而，很少有人願意承認，他們相信這些細繩真的可以預測一個人的生命長短。一想到任何外來的東西可能具有這種超自然的全知力量，就讓人感到害怕，就連那些公然表示相信上帝無所不能的人，都無法理解為什麼上帝的行為在經過幾千年的既定模式之後，會突然出現如此劇烈的改變。

然而，在確定世界各地出現越來越多的盒子之後，這顯然已經不像是一個人為的惡作劇了。似乎沒有人因為這些盒子的出現而獲益，而且，除了把全世界的人都拉進一種恐懼和困惑的狀態以外，實在看不出這麼做還有其他什麼明顯的動機。

然後，在接近三月底的時候，每當有一條線繩的預測成真時，就開始有一則故事流傳而出，特別是在拿到短線繩的人突然去世的時候。脫口秀節目訪問了一些悲傷的家屬，他們的家人都是二十幾歲、健康無虞，但卻死於不尋常意外的短線繩者，廣播節目也訪問了一些原本已經放棄希望的癌症病患，不過，他們在收到長線繩之後，卻突然發現自己成為了新實驗和新療法的對象。

然而，沒有人可以找到具體的證據，來證明那些出現在他們門口的線繩，並非只是一小節普通的線繩。

儘管謠言傳得沸沸揚揚，各種證言四處流竄，妮娜卻不想看她自己的那條線繩。她認為，在知道更多關於這些繩子的資訊之前，她和莫拉不應該打開她們的盒子。她甚至不希望把盒子留在她的公寓裡。

不過，莫拉向來都比妮娜負有冒險精神。

「你擔心它們會著火嗎？」莫拉問她。「還是會爆炸？」

「我知道你在取笑我，可是，沒有人真的知道會發生什麼事，」妮娜說：「萬一它們就像大規模的炭疽病郵件❷呢？」

「我還沒聽說有人因為打開盒子而生病的。」莫拉說。

「也許我們可以暫時先把它們放在防火梯？」

「那可能會被人偷走！」莫拉警告地說：「不然，它們上面也會蓋滿鴿子屎。」

因此，她們決定把盒子儲藏在床底下，等待更多的資訊。

不過，等待卻讓莫拉感到惱火。

❷二〇〇一年美國發生炭疽病郵件攻擊事件，有人從二〇〇一年九月十八日起，把含有炭疽桿菌的信件寄給數個新聞媒體辦公室和兩名民主黨參議員。這個生物恐怖襲擊事件造成五人死亡，十七人被感染，直到二〇〇八年，主嫌的身分才被公布。

「萬一是真的呢？」莫拉問妮娜。「這整件『壽命長度』的事？」

「不可能，」妮娜堅持地說：「沒有什麼科學方法能讓一段繩子知道未來。」

莫拉嚴肅地看著妮娜。「這個世界上不是有一些事情是事實或科學無法解釋的嗎？」

對此，妮娜不知道應該怎麼回應。

「萬一這個盒子真的可以告訴你，你能活多久呢？我的天哪，妮娜，你難道一點都不好奇嗎？」

「我當然好奇，」妮娜承認。「可是，對某件事感到好奇，並不表示我們就應該盲目行動。如果它不是真的，那就不值得讓我們自己嚇自己，如果它是真的，那麼，我們就需要百分之百確定我們想要這麼做。那個盒子裡也可能有很多的痛苦正在等待著我們。」

當妮娜和她的編輯同事以及幾位資深記者，在會議室裡討論即將出版的下一期刊物時，首席政治記者說出了每個人腦子裡正在想的事情。「我想，我們現在得放棄一切，重新開始。」

在大部分的候選人於二月宣布參選之後，下一期的主題原本是一篇針對初選的深入介紹。然而，三月份發生的事件已經遠遠超過了大眾對總統選舉的興趣，突然之間，總統大選似乎已經變成了很久以前的事了。

「我的意思是，主題得是這些線繩，不是嗎？」那位記者問道。「每個人都在談論這件事，所以，我們得把它當成我們的頭條新聞。初選現在感覺彷彿不存在了。」

「我同意，可是，如果我們沒有任何具體的事實，恐怕只是在添亂而已。」妮娜說。

「或者是在散布恐懼。」另一名編輯說。

「每個人都已經很害怕了，」一名寫手說：「很顯然地，人們已經試著檢查過那些盒子出現那晚的監視器畫面，可是，沒有人能夠看清楚發生了什麼事。畫面看起來都很晦暗，等到畫面變清楚時，盒子已經在那裡了。真是太瘋狂了。」

「而且，還沒有二十二歲以下的人收到盒子，不是嗎？那是我聽說的年齡下限。」

「是啊，我聽到的也是這樣。聽起來似乎有點不公平，那些年幼的孩子並沒能豁免於死亡，他們只是無法提前知道而已。」

「關於這些線繩的一切似乎都不公平。」

「而且，我們也還不確定它們真的可以預知你何時會死亡。」

「不然的話，那個訊息還有其他的含義嗎？」

「至少，我們和其他人一樣都不知道。」那名記者認輸地舉起雙手。「最容易的事也許就是去問一些人，看看他們都怎麼處理這件事，看看他們是否為了這個天啟而開始採取什麼防禦措施，或者只是單純地不加理會。」

「郵報剛刊登了一篇專題，報導了幾對情侶因為對這些盒子的看法不同而分手的故事。」

「我想，大部分人現在都有夠多的戲劇性遭遇了。他們不需要閱讀別人的戲劇性故事。」妮娜說：「他們要的是答案。」

「如果答案並不存在的話，我們也無從提供答案。」總編輯黛博拉・凱恩以慣常的冷靜口吻說道：「不過，民眾有權知道他們的領袖們是怎麼處理這件事的，而那的確是我們可以告訴他們的。」

一如預期地，自從第一批盒子出現以來，各個階層的政府官員都在處理絡繹不絕的來電和郵件。

在面臨選民要求答案之下，政客們紛紛轉向科學家求救。一些線繩的樣本被送到了醫院和大學進行化學分析，而那些外表看似單純的桃花心木盒也同樣受到了檢測。無論是線繩還是盒子，都不符合任何實驗室裡現存的已知數據。雖然那些線繩只是一條細薄的絲線，它們的韌性卻令人難以理解，即便是最銳利的工具也無法將之割斷。

在無法達成結論的沮喪心態下，實驗室召集了志願者，請他們帶著不同長度的線繩來進行比對性的醫學測試，科學家們就是從這個時候開始擔心的。在某些案例裡，他們在「短線繩者」與「長線繩者」的健康狀況之間找不出明顯的差異。然而，在其他的案例裡，短線繩者的測試顯示出嚴重的結果：未發現的腫瘤、未預見的心臟狀況、未治療的疾病。雖然，長線繩者的測試也出現了類似的醫學問題，但其中的差別卻驚人的明顯：那些長線繩者罹患的是可以治療的小疾病，而那些短線繩者則非如此。

那些長線繩者會活下來，而那些短線繩者則會死亡。

當政客呼籲選民在他們尋求答案之際保持冷靜和平常心時，研究團體首當其衝地面對到了新的事實。無論簽署了多少保密協議，在面對如此重大的事件時，人們終究還是按捺不住。一個月之後，真相開始從實驗室走漏而出，一點一滴的訊息最終匯聚成河。

一個月之後，人們開始相信了。

✦

四月初，黛博拉・凱恩坐在她那間俯瞰中央公園的玻璃辦公室裡，她是第一批收到官方確認的人之一。她召集了一小群人到她的辦公室，告訴他們，她在疾病管制暨預防中心的消息來源剛剛透露給她的資訊。

「它們是真的，」她緩緩地說：「我們不知道它們是怎麼預測的，我們也不知道它們為什麼出現，但是，你的線繩長度確實和你預期的壽命長度有關。」

辦公室裡靜默了一分鐘，直到其中一名男子開始踱起步來。「那根本不可能。」他一邊說，一邊轉身背對黛博拉，因而看不到她的反應。

妮娜的思緒和身體都愣住了，不過，她多少還可以聽到自己在說話，而她的聲音聽起來竟然出奇地放鬆。「他們確定嗎？」她問。

「好幾個專案小組都做出了同樣的結論，」黛博拉說：「我知道這……把這個稱之為『爆炸性新聞』聽起來太過微不足道了。我知道，對很多人而言，這個消息也許會改變我們的人生。預料，總統將在明天發表聲明，而我相信聯合國安全理事會也正在做什麼計畫，不過，我想在我得知這個消息的第一時間，也讓你們都知道。」

妮娜的情緒似乎緩緩地回復了。她開始抓起左手的大拇指指甲，把那層淺粉紅色的指甲油都抓掉了，她可以感覺到自己就要哭了。她希望在眼淚流下來之前，她可以先衝到洗手間裡。

她旁邊的那名男子不再踱步，轉而直視他的老闆。「我們現在要怎麼辦？」

「關於我們的報導嗎？」黛博拉問。

「關於一切。」

在黛博拉把那群人從她的辦公室解散之後，妮娜把自己鎖在洗手間的一間廁所裡開始啜泣，她靠在磁磚牆壁上讓自己保持穩定。五味雜陳的情緒讓她一時之間難以消化。

妮娜依舊可以清楚地看到那個畫面。兩週以前，當她和莫拉終於一起把她們的盒子打開的那一刻。

儘管妮娜堅持不要打開盒子，不過，莫拉終究還是無法克制自己。一天傍晚，她一臉堅決地來到妮娜面前。「我想要打開我的盒子。」她說。

妮娜知道莫拉心意已決。她們可以各自抱持頑固的態度。然而，這不是什麼簡單的事，不像一起挑選沙發那麼單純，而且，這件事也沒有所謂的妥協。她們要不就是打開盒子，要不就是不打開。沒有什麼介於兩者之間的選擇。

妮娜很害怕打開盒子，不過，還有一件事讓她更害怕，那就是獨自一個人打開盒子。妮娜是家裡的老大，是那個具有過度保護傾向的大姊。而此刻，那股同樣的感覺、那股保護和照顧她身邊每個人的衝動也適用在莫拉身上。妮娜無法讓莫拉單獨打開她的盒子。

「我們會一起打開。」妮娜說。

「不，我不是那個意思，」莫拉搖搖頭。「你不需要為我那麼做。」

可是，妮娜知道，她這麼做也許並不只是為了莫拉。如果有一天，妮娜終於想要打開她的盒子時，她也不希望自己是獨自一個人打開的。

「這個世界似乎都傾向把盒子打開來一窺究竟，而我無法抗拒這樣的事實，」妮娜說：「我寧可在你的陪伴下打開它。」

因此，兩個女人盤腿坐在她們起居室的地毯上，小心翼翼地打開盒蓋，揭開盒子裡那片薄如紙片、閃閃發亮的布塊。

那個時候，她們還無法理解那條線繩實際長度所代表的意義，不過，她們用指尖捏起各自那條線的兩端，然後將兩條線併排放在一起，這個動作瞬間就讓一件事變得顯而易見，而且清楚到令人難受：莫拉的那條線繩長度幾乎不到妮娜的一半。

她們才剛慶祝在一起兩週年，也才剛同居不久。雖然，她們並沒有明確地談及婚姻，不過，妮娜曾經看到莫拉偶爾會偷瞄妮娜的梳妝台抽屜。她們都知道，妮娜討厭驚喜，她更傾向凡事事先計畫，因此，也許她們都下意識地假設，最終求婚的人會是妮娜。

一如大部分陷入愛河的情侶一樣，妮娜覺得自己認識莫拉彷彿不只兩年了，不過，她們在一起的生活真的才剛剛開始。

而現在，妮娜很確定，她所愛的那個女人的生命將會很短暫。

站在辦公室狹小的洗手間裡，妮娜甚至無法為自己的長線繩、無法為一個長長的人生就在她面前展開，而感到高興和安慰。她無法在歡慶自己的那條線繩終於真相揭曉時，卻不同時為莫拉感到悲傷。

妮娜的胸口開始起伏，她的肺開始呼吸急促。莫拉的線繩看起來很短，然而，那究竟代表了什麼？她們確切還剩下多少時間？起初困擾著這個世界的那個問題終於得到了答案：那些線繩是真的。但是，還有很多問題依然存在。

當妮娜聽到另一名女子走進她隔壁的那間廁所時，她試著掩住自己的嘴，並且忍住淚水。她知道，在這種可怕的情況下，沒有人會責備她被自己的情緒壓垮，然而，她依然為自己公開表現出來的行為感到尷尬，彷彿這個世界依然很正常，並沒有出現任何劇烈的改變。

妮娜得在那天晚上把這件事告訴莫拉，如此一來，莫拉就會從她所愛的人口中得知真相，而不是從某個電視上的新聞記者。

她得要收回她對莫拉所說過的一切，收回她真心相信並宣稱過的一切——關於「那些線繩是假的」的說法。

當她們一起看到莫拉那條線繩甚至不到妮娜的一半長時，她曾經告訴莫拉不用擔心。「沒關係的，」妮娜當時試著要讓自己的聲音聽起來很穩定。「這不可能有什麼意義。那不過就是一條線繩罷了。」

「其他人可不是這麼想的。」莫拉靜靜地說。

「其他人知道什麼？我們又不是活在由魔法盒子預測未來的瘋狂世界裡，」妮娜說：「我們活在一個真實的世界裡。而這些線繩都不是真實的。」

然而，無論妮娜說什麼，都無法驅散從那一刻起籠罩在她們之間的那股看不見的緊張，自從她們打開盒子之後，每天晚上上床睡覺時、每天早上起床時，以及接下來的一整個白天裡，她們都感受到了一股壓力。她們已經好幾週沒有親熱了，而且，她們之間幾乎所有的互動都蒙上了一層無聲的焦慮。

彷彿她們一直都知道，有什麼可怕的事情就要發生了。

另一名女子一離開洗手間，妮娜就從她的那間廁所走出來，然後將一張紙巾在洗手槽裡沾濕。她用濕掉的紙巾擦拭自己的臉和後頸，試著要重新找回四肢的力量，並且希望能藉此和緩自己的呼吸，不然的話，她可能就要暈倒了。

在她把真相告訴莫拉之後，她也得要告訴艾咪。

她的小妹決定不要打開她自己的盒子，每當她們姊妹倆聊天時，她總是堅持自己的選擇。不過現在，當線繩的事情已經證明為真之後，艾咪會改變心意嗎？

妮娜扔掉手中的紙巾，抬頭看著鏡子裡的自己，只見鏡子上沾滿了水漬的痕跡。妮娜鮮少化妝，不過，她的臉此刻看起來比平常還要赤裸。粉紅、原始又脆弱，毫無遮掩。

妮娜無法不注意到她眼周微微凹陷的皮膚，以及前額兩道若隱若現的皺紋。（「也許，如果你不要總是那麼嚴肅的話，你的皮膚就能像我這麼滑順。」莫拉曾經如此戲謔過她。）妮娜才三十歲，不過，她顯然已經開始老化了。現在，她知道她那條長線繩意味著，有朝一日，當她看著鏡子時，她會看到一個年邁的女人正在回視著她。直到今天之前，她都還假設到時候莫拉還會站在她旁邊。

然而，那些線繩在一個可怕的瞬間摧毀了那個幻想，妮娜的未來突然就像她自己此刻在鏡子裡的反射一樣。悲傷、毫無防禦之力，而且孤單。

班

這件事帶來了改變生命的重大影響，一個月之後，這樣的影響終於開始在每個人和每個靈魂上沉澱下來，並且對所有看過或者拒絕去看自己盒子裡那條線繩的人造成了壓力。人們恍惚度日，要不就是害怕打開自己的盒子，要不就是為家人和朋友不願意見到的發現而感到悲傷。這是一個奇怪的新世界，人們正在面對過去無法想像的認知。住在這座花園裡的人，有一半已經吃下了蘋果，另一半則害怕到連一口都不敢咬。

關於那些線繩的來源依舊流傳著不同的理論，不過，學術界和國際事務界的最高階層人士都已經接受了真相，這讓普羅大眾也跟著接受了，除了少數的頑固分子依然在抗拒之外：一旦成年，曾經是生命中最大的未知，現在已經可以得知了。你所需要做的，就只是打開一只小小的木盒。

四月份的一個傍晚，班在穿越時代廣場的地鐵站時，意識到這是自從那些線繩出現以來，他第一次穿越這裡。

為了從1號線轉乘Q線，他經過了一條潮濕的通道，即便不是下雨天，這裡的天花板也會漏水，走道上永遠都擺著一排芥末色的垃圾桶在接水。一走出通道，他來到了一個巨大的地下交叉路口，來自十條不同地鐵線的乘客會同時湧入這裡。

身為全紐約地鐵最繁忙的一站，時代廣場站向來都很混亂，川流不息的行人為福音派傳教者、末日論者和任何想要大聲表達意見的人，創造了大發議論的終極舞台。不過現在，平日的混亂感覺上似乎更瘋狂，也更嘈雜了。

兩名穿著長及腳踝裙裝的女子正在懇求著路人：「相信上帝！祂會拯救你！」大聲公把她們高八度的聲音擴大到她們嬌小的體型原本無法自行達到的音量。「祂為你計畫好了！要有信仰！不要害怕你的線繩！」

這個傍晚，傳福音的女子和至少四名其他的傳道者在競爭，不過，多虧了擴音器，她們贏了。當班禮貌地閃開她們企圖遞上來的傳單，並且走到他那條地鐵線的入口時，他可以聽到她們的一名競爭者正在說的話；那是一名扣領襯衫上沾有污漬的中年男子，他所傳達的訊息就比較不具希望。「末日劫難就要來臨了！那些線繩只是開始！末日即將來臨！」

班試著把自己的視線保持在地上，直到他覺得已經離開那名男子夠遠了，才抬起頭來看向頭頂上的螢幕，企圖了解下一班地鐵抵達的時間，結果，很不幸地，他的目光和正在向群眾提出問題的那名男子相遇了。

「你準備好要面對末日了嗎？」

他指的當然是世界末日，是最後一天。然而，他的話卻彷如當頭棒喝似地讓班感到了不自在。畢竟，班之所以在這個地鐵站，就是因為他正要去參加新加入的互助團體，而他們的第一次聚會主題就是準備好面對末日。

那個團體的傳單上寫著「與你的短線繩共存」。與其說充滿希望，這個團體的名稱似乎更具諷刺性，因為收到一條短線繩就意味著沒有多少日子可存活了。

在線繩出現之後，各種針對短線繩者和他們家人的互助團體，很快就跟著形成了，班發現了一個在每週日晚上八點到九點聚會的團體，地點就在上東城康納利私人學院二樓的一間教室。

他在第一次參加聚會的晚上提早到了，當時，整個走廊安靜到幾近詭異。

從小被兩名老師撫養長大的班，比大部分人都還要懷念學校，他只是很快地看了一面彩色的布告欄一眼——在這面以太空為主題的布告欄裡，每個學生的照片都被貼在一顆黃色的星星裡——就像回到了小時候和他身為高中老師的父母一起到學校的時光，當年，那些像巨人般俯視著他的高中生，總是讓他驚訝到目瞪口呆。

看著自己的父母指揮一個班級，看著那麼多其他的孩子也必須要聽命於他的父母，向他的父母學習，這總是讓班感到很奇怪，有時候，他甚至會感到嫉妒或者抗拒，不想和這些陌生人分享他的母親和父親。不過，到他父母的學校最棒的部分就是，當他坐在他母親的教室後排，在隨身攜帶的素描本上亂畫一些不成比例的小房子時，總有幾個比他年長的女孩會前來向他諂媚。

「誰住在那棟小房子裡？」那些女孩會輕聲地問他。「小矮人還是小仙子？」

在一股年少輕狂之下，班總是忍不住想要解釋說，他已經大到不再相信有小矮人和仙女的存在，不過，他很享受她們對他的關注，因而不敢冒險說出自己心裡的話。

然而，他自己教室裡的回憶就不那麼令人寬慰了。那天晚上，在走向那個互助團體的途中，他經過了一整面牆的櫃子，班不禁好奇是否有任何一個櫃子的鎖被一片膠帶蓋住而無法鎖上，對於那些懶得記住櫃子密碼的學生來說，那就是打開櫃子最好的方法。班只在自己的櫃子上貼過一次膠帶，當時他九年級，當他看到一群足球隊員這麼做的時候，他就向他們要了一片膠帶，而他現在了解到，那只是他企圖想要打入那個小圈子的可悲之舉。班把他的手機和外套放在那個無法上鎖的櫃子裡，不到一小時，它們就不翼而飛了。

當他來到二〇四室的門口時，一名紅頭髮的男子正在把塑膠椅從桌子後面拉出來，重新排成一個圓圈。

對於自己太早抵達，班尷尬地往後退回到走廊裡。

「太遲了！我已經看到你了。」

因此，班只好從他躲藏之處重新走出來，然後擠出一抹笑容，來回應他剛才所聽到的那道歡快的聲音。

「嗨，我是肖恩，是這個團體的主持人，」那名男子說：「你一定是今晚新加入的成員之一。」

班和肖恩握了握手，企圖評估眼前這個看來將會指引他走向平靜和接受之途的人。這名男子年近四十歲，穿著寬鬆的牛仔褲，留著濃密的紅鬍子，和他那頭鬈曲的紅髮很相配。他看起來像是可能還住在父母家地下室的人，不過，他似乎很有自信，而且胸有成竹，那件淺灰色的連帽衫穿在他身上看起來就像一件令人引以為傲的校隊外套。

「很高興認識你，我是班。是啊，這是我第一次來，」他說：「你的意思是還有其他新成員會來？」

「是啊，你和一名年輕的女士都報名了這週的聚會。」

「聽起來很棒。」班說，他那雙汗濕的手只想要藏進口袋裡。他可以感覺到自己天生的羞怯感正在冒出頭來，他希望自己加入這個團體並不是一個錯誤。

他大學時代的朋友達蒙，同時也是少數幾個知道班收到短線繩的人之一，他說服了班加入互助團體。（雖然達蒙自己很幸運地收到了長線繩，不過，由於他父親是一個靠著匿名戒酒會❸成功戒酒的人，因此，達蒙對團體治療的效果深信不疑。）

班真希望自己有帶達蒙一起前來，至少一起來參加第一次的聚會。班從來都不擅長在剛認識的人面前敞開心扉，加上最近和他前女友所發生的災難，班只怕自己信任別人的能力已經遭到了嚴重的傷害。

班尷尬地站在門旁邊，他可以看出肖恩，這位主持人，正在等他進一步說些什麼。很幸運

❸ 匿名戒酒會（Alcoholics Anonymous，簡稱 AA）是一個國際性互助戒酒組織，由美國人比爾．威爾遜和醫生鮑伯．史密斯於一九三四年六月十日成立，目前會員超過兩百萬人。活動宗旨是酗酒者互相幫助戒酒，重新過正常的生活，所有成員在聚會中一律保持匿名。

地，一名深色頭髮的白人女子在此時走過來，將他從接下來的閒聊中解救了出來。

「嗨，肖恩。」她說著，把她的帆布包放在最靠近的一張椅子上。

「班，這是莉亞。莉亞，這是班。」肖恩在他們之間轉身介紹著。

「歡迎來到這場派對。」莉亞露出甜美的笑容。

其他人很快地陸續來到。年紀最大的是一名四十多歲的內科醫生（至少，班猜他是個內科醫生，雖然他在自我介紹時只說他名叫漢克，不過，少數幾個人都稱呼他為「醫生」）。其他人的年齡都和班相仿，大約都在二十出頭到三十多歲左右。

一頭金紅色頭髮的雀兒喜看似剛剛才從曬黑沙龍裡出來一樣，她一邊看著手機，一邊走進教室，跟在她身後進門的是兩名男子：高大魁梧、留著鬍子的卡爾，穿了一件過大的大都會棒球隊球衣，另一個是富有的泰瑞爾，他腳上那雙閃亮的牛津鞋，讓班為自己那雙穿了十幾年的帆布鞋感到自行慚穢。穿著及地棉裙的賽莉絲特一進門就捎來一股薰香的味道，最後到達的是班的同期新人，一名叫做莫拉的高䠷黑人女子，她在班旁邊坐下來，然後朝著班淺淺一笑，同時輕輕地點了一下頭，班覺得她的動作為這個團體未說出口的感覺做出了一個沉默的總結：我們真是倒霉。

不過，至少是「我們」，而不是「我」。

莫拉

莫拉並不想加入互助團體。加入互助團體感覺就像承認自己被打敗了，而莫拉從來都不是一個失敗主義者。她這麼做只是為了安撫她的女友。

當那些盒子初來乍到時，妮娜甚至連看都不想看她們的線繩，這一點並不令人驚訝。妮娜向來都是比較謹慎的那一個。

因此，剛開始的時候，她們把盒子藏在床底下，然而，明知道有什麼東西就在自己的床底下，彷彿神話中的豌豆正在穿透她的床墊一樣，這讓莫拉輾轉難眠。

不過，當她們在莫拉的要求下終於打開盒子時，她立刻就後悔了。

妮娜極盡所能地想要減輕莫拉的恐懼，想要說服她那些線繩並不是真的。然而，自從她們看過那些線繩以來，莫拉一直都在對抗著胃裡那股噁心的感覺、對抗著消失的食慾和一股焦慮不安的感覺。

然後，大約在兩週之後，有一天，當妮娜下班回到家時，她要求莫拉坐下來，她說有件事需要告訴莫拉。

「我老闆黛博拉今天接到一通電話，」妮娜緩緩地說：「是從疾病管制暨預防中心打來的。」在她努力想要找出如何表達下一句話之際，她的眼眶已經濕了。

不過，莫拉明白了。

「說吧，妮娜。他媽的直接說出來吧！」

妮娜嚥了嚥口水。「它們是真的。」

莫拉從沙發上跳起來，直接衝進浴室，癱倒在馬桶底下冰冷的磁磚上。當她抱著馬桶嘔吐時，妮娜只是忍住眼淚，將莫拉那頭黑色的長髮往後撥開。

「不會有事的，」妮娜一邊說，一邊上下搓揉著莫拉的背。「我們會撐過去的。」

然而，這是她們在一起兩年以來，莫拉第一次無法從妮娜的話裡得到安慰。

那個晚上接下來的時間裡，她們兩人緊握著彼此的手，坐在電視機前面，看著總統要求民眾保持冷靜，然後，疾病管制暨預防中心的主任也發表了一場演說，陳述了學者們的研究發現，接著，聯合國秘書長也呼籲全球在這場未知的危機中團結一致，保持憐憫之心。

甚至連教宗都出現在梵蒂岡的陽台上，對著上百萬既害怕又困惑的靈魂發表演講，這些人毫無疑問地正在等待著教宗的指引。

「我想要提醒大家，我們每週日重複的那些話：信仰的奧秘。我們知道，信仰，真正的信仰，向來都呼籲我們要接受一個事實，那就是，地球上一直都存在著超乎我們所能理解的神秘力量，」教宗說：「對於我們的造物主，我們所知的向來都不完美。如同我們在羅馬書第十一章第三十三節中讀到的，『深哉！神豐富的智慧和知識！祂的判斷何其難測！祂的蹤跡何其難尋！』

今天，我們所面對的就是所謂的難測難尋之事。神要求我們相信，這些盒子裡裝著至今為止都只有上帝才知道的知識。不過，這並非我們首度受到召喚，要我們相信曾經是難以理解的事情。起初，即便耶穌的使徒也不相信耶穌基督從墳墓裡復活了，然而，我們知道那是真的。誠如我對耶穌復活的深信不疑，我也相信這些盒子是上帝賜與祂子民的禮物，因為，沒有人比耶和華，我們的神，更有力量、更具知識，也更仁慈慷慨。」

但是，莫拉並不認為她的盒子是一個禮物。

每一天，在數百萬人慶祝他們的二十二歲生日之際，新一波的盒子也出現在他們的門口，情況變得越來越緊急。人們再也無法繼續猜測下去。

因此，在短短幾週之內，為了讓人們可以在家自行理解他們自己的線繩長度，一個政府贊助的網站誕生了。

跨全球合作的分析家們收集了數以千計不同長度的線繩，有的甚至不到一公分長。在假設最長的壽命大約在一百一十歲的基礎之下，他們往後倒推出線繩的長度以及它們相應的壽命數字。使用者可以造訪這個網站，鍵入他們線繩的長度，然後——再點擊進入三個視窗，以確定他們真的想要往下繼續進行，並且同意不會針對計算出來的結果控告政府時——他們就會看到那個數字，那是他們生命結束的年齡，以黑色的泰晤士新羅馬字體清清楚楚標示出來的一個數字。

莫拉的線繩不如預期的長度，起初，這還只是一個模糊的概念，但是，很快地，這個模糊的概念就變成了讓人無法忍受的具體數字。

莫拉的線繩結束在三十七歲。她還剩下八年的時間。

一整個四月初，妮娜都想要和莫拉聊聊正在發生的事，而她確實也經常和莫拉溝通，不過，她擔心自己無法提供給莫拉同為短線繩者所能提供的支助。

「你知道，我會一直都在你身邊支持你，」妮娜說：「但是，也許還有其他人可以用不同的方式來支持你？我妹妹說，她的學校甚至開始成立一些短線繩者的互助團體。」

「我很感激你想要幫忙的心意，」莫拉回應說：「不過，我不確定我想要被一群哭哭啼啼訴說著自己未竟事業的人所包圍。」

「嗯，很顯然地，他們有不同的聚會，基於，呃，基於線繩的長短而定。所以，有的團體是針對只剩下不到一年的人，也有團體是給那些也許還剩下二十年的人，另外，還有一個團體是針對那些在這兩者之間的，就像……」妮娜看似不確定自己是否應該繼續往下說。

「就像我這樣的人。」莫拉幫她把話說完。

「你顯然應該只要做你覺得自在的事就好，不管怎樣，我都會支持你的。」

莫拉看著妮娜，在她們位於三樓的這間無電梯公寓裡，妮娜嬌小的骨架在黯淡的光線下看起來更加脆弱了。她同意嘗試加入互助團體，只為了這麼做可以拭去妮娜說話時，含淚的眼裡所湧現的那些罪惡感和悲傷。

不到一週之後，莫拉發現自己正在前往她那個諮商團體所在的那所學校。街道已經變成了一幅熟悉的景象；原本一個街區只有一家店出現這樣的情況，現在卻越來越普遍了。不少店家都在他們歇業的商店和餐館上鎖的大門與鐵柵門貼上告示，潦草地寫著諸如「過我的生活去了」、「多點時間陪伴家人」，或者「去製造更多的回憶」等等。莫拉經過一家已經關門的珠寶店，店門口貼著一張紙：「結束營業。尋找解脫。」

不過，比那些告示更讓人煩心的是另一種畫面——雖然不多，但也不完全罕見——你會撞見被陌生人丟棄的盒子，從一個垃圾箱的上緣或路邊破舊的傢俱堆裡，窮凶惡極地窺視著外面的世界。

在線繩揭示之後的幾天或者幾週裡，那些深受真相衝擊的人找到了不同的方法，來處理那些闖入他們的生活、令人討厭的盒子。有些人刻意選擇了不理不睬，希望能藉此獲得天賜之福，因而直接把他們的盒子丟掉，以避免受到誘惑。另外一些戲劇化的人則把他們的盒子扔進東河裡，或者鎖在家中看不到的角落縫隙裡。至於那些更加不在乎的人，索性就把他們的盒子丟進了垃圾桶。

不過，依然有人在憤怒中企圖要摧毀那些盒子，然而，那些強大的盒子就是不會消失，不管它們被燒了多少次、被砸，或者被用力踐踏了多少次。

路人在看到打開的盒子被丟棄在路邊時，或者遇到盒子從附近的窗口飛出來時，他們總是將目光挪開，然後加快腳步，彷彿正在經過一個他們不想與之四目相對的乞丐似的。

很幸運地，那個傍晚，莫拉在走進學校入口時，並沒有看到任何被丟棄的盒子。她覺得上東城區安靜的赤砂石街道若非太過體面，就是太過拘謹，不適合公開展示這樣的情緒。

這棟看起來老舊又繁複的建築，和這個地點很相配，它的建築風格宛如一名為出席慈善活動而盛裝打扮的年邁慈善家。建築物本身具有二次大戰前那種精緻的外觀，那是房產仲介最喜歡強調的特色之一，並且裝飾著雕塑成獅鷲獸的迷你滴水嘴。妮娜的小妹艾咪在這所學校教了好幾年書，不過，在今晚之前，莫拉從來都沒有踏進過這裡。

她走上室內寬闊的台階，經過寫著柏拉圖和愛因斯坦名言的大理石牌匾，突然之間，莫拉的手指本能地伸向她臉上那個從大學時代就一直戴著的綠松石小鼻環，她意識到自己的模樣一定違反了這種地方的儀容規定。

當她走到二樓的入口處時，她聽到了陣陣低沉的人聲，她跟著聲音來源走向二〇四室。還好，已經有一群人在教室裡了。

妮娜

妮娜和她的同事在辦公室的開放式工作區看著電腦螢幕上的新聞。新聞畫面顯示一群警察聚集在看似中世紀村落裡的一座橋附近，將攝影師和愛管閒事的旁觀者隔離在外。

發生在維洛納的一起意外事件剛上了紐約的新聞。一對新婚的年輕義大利夫妻手牽著手一起從橋上跳了下來，因為他們於大喜之日那天晚上打開了他們的盒子，結果發現新娘收到的是一條令人震撼的短線繩。新郎在這場自殺行動中倖存了下來，但他新婚三天的妻子卻沒能活下來。

一想到這起發生在美麗的維洛納的悲劇，將會在各小報上引燃一波關於莎士比亞的低級雙關語，妮娜就不禁要皺起眉頭。

「真是太恐怖了。」一名正在看新聞的記者說。

「不過，你知道真正瘋狂的是什麼嗎？」一名事實查核的同事說：「那名男子知道他不會自殺成功的。他們看過了他們的線繩，知道她的線繩比較短，而他的比較長。就算他做出什麼非常危險的事，他知道自己都不會死。」

「我想，他知道自己不會死，但是，很顯然地，他已經被弄到心煩意亂了。他依然冒著可能會癱瘓的危險從橋上跳下去了。」

「喔，是啊，確實如此。不過，想起來實在很詭異。」

「我不知道，對我而言，這只是再度證明了大家都不應該看，」那名記者說：「看到他們的線繩，很顯然讓他們失去了理智。」

他們並非失去理智，妮娜心裡想。他們是心碎。

不過，她並不期待她的同事能夠理解。他們無法看透那些戲劇性的事件，他們看不到日常裡的不安就隱藏在那些戲劇性底下。

他們的團隊很小，每年都隨著雜誌的預算而縮編，根據妮娜所知，她是這間辦公室裡唯一一個和短線繩者有密切關連的人。大約有三分之一的員工還沒有打開他們的盒子，其他已經打開的人似乎對他們所看到的結果感到相當滿意。

在一家雜誌社工作，整天編輯著新的故事，這讓妮娜無法擺脫任何與線繩有關的事。她央求她的老闆黛博拉讓她負責其他的故事，然而，除了線繩之外，似乎沒有別的故事值得關注。總統初選剛剛啟動，全球氣溫正在急劇上升，但是，沒有什麼話題比這些線繩更能吸引讀者。一天之內，妮娜幾乎每個小時都在想著線繩、它們所代表的意義，以及她是否終究會知道真相。

莫拉經常形容妮娜是個可愛的控制狂，永遠都需要把特百惠容器蓋上適當的蓋子才會收好，如果沒有適合的上衣，就絕對不會先買一件新的裙子。由於喜歡規則，喜歡文法、拼字和標點符號那清楚易懂的定律，而且還喜歡用紅筆來實踐這一切，因此，她選擇從文案編輯開始做起。然而，關於線繩的一切挖掘出了一種更深的控制慾。缺乏答案——它們來自於何處？為什麼是現在？它們真的控制了未來，還是只能預知未來？——讓妮娜在夜裡輾轉難眠。一切都太複雜、太晦暗，她需要清楚明確的答案。

妮娜渴望能得到滿足，來讓自己免於繼續惡化，即便只是最小程度的滿足，她開始強迫性地清洗水槽裡的碗盤，只因為那讓她的雙手有事可做，那是她看得到、也能夠了解的事情。她花了太多時間在清洗每一個鍋子和每一只盤子，即便洗潔精的泡沫都已經沖乾淨了，她依然一遍又一遍地在沖水。

一開始，莫拉也同樣對真相感到好奇，兩人不斷地猜想盒子究竟來自何處。不過，在她們得知那些線繩確實為真之後，莫拉就不再在乎答案了。那些線繩到底來自哪裡已經不重要了。唯有它們所代表的意義才重要：莫拉還剩下八年的生命。甚至連完整的十年都不到。

莫拉現在已經有夠多的事情要面對，她不需要浪費自己已然珍貴的時間，在擔心一個很可能永遠都解不開的謎題上。

而妮娜被迫要看著莫拉承受痛苦，卻一籌莫展。因為她什麼都做不了。她們所有的控制權都被奪走了。

妮娜不想讓自己對線繩的種種疑問干擾到莫拉。如果有任何她能做到的事，那就是盡量不要在莫拉面前提到線繩的事，以便在她們的生活中維持假想的正常。有時候，妮娜甚至對自己曾經一度堅稱那些線繩不是真的而感到罪惡感和羞愧。她這輩子花了那麼多的時間在當一名校對、一個事實查核者、一個以確認真相和保持正確為傲的人。然而，當莫拉問及她關於盒子的事、當莫拉看到她自己的短線繩時，妮娜卻錯得離譜。

她決定要在自己的生活裡重新取回控制感和明確性。因此，在她無法睡著的靜夜，或者當莫拉不在公寓裡的時候，妮娜就開始在網路上尋找答案。

一開始，她只是單純地在谷歌上搜尋——那些盒子是從哪裡來的？——但是，搜尋很快就擴大了，在妮娜閱讀到Raddit上的一篇貼文之後，她發現已經有上百則貼文在討論線繩的問題，每一篇都企圖要解開那些盒子的謎團。

按理說，妮娜是一個非常注重隱私的人，也是一個非常自律的人，她不喜歡大多數社群媒體上那種暢所欲言的現象，然而，她卻驚訝地發現自己竟然可以如此輕易就加入對話，然後突然就在網路上迷失了兩小時。

妮娜搜尋到帳號為gordoncoop531957的用戶所上傳的一張照片，照片裡的盒子在紫外線的燈光照耀下出現許多發亮的指紋。照片的標題寫著：「證明」。

證明什麼？證明你是個白癡嗎？

絕對是外星人。所以肉眼才看不到那些指紋。

老兄，那可能是你自己的指紋。

另一名用戶，offdagrid774則上傳了一張他的盒子被放在微波爐裡的照片，他要求大家也跟著他這麼做：「不要讓國安局監聽到你！」

你說的沒錯，那些盒子被竊聽了。政府不只對美國人監控，也在監控全世界！不然的話，它們怎麼會有你的名字和地址？不要把盒子留在你家裡！！

Offdagrid774，你覺得盒子裡也有攝影機嗎？

宗教團體也在網路上佔了一個小角落，雖然立場也很堅定。redvelvet_mama分享了一張圖片，圖片裡用粉筆寫的一段聖經詩句最近已經在網路上瘋傳，據稱那就是那些盒子神聖來源的證明。

不要論斷別人，這樣，你就不會遭人論斷。因為你怎麼論斷別人，別人就會怎麼論斷你，你用什麼尺度衡量別人，別人也會用同樣的尺度來衡量你。

——《馬太福音》第七章

妮娜不相信自己所讀到的，這些都只是臆測，不過，知道還有數千、甚至數百萬的人和她一樣不安，和她一樣想要找出真相——如果真相真的存在的話——就足以讓她感到安慰了。

一個週日傍晚，當莫拉出門去參加她的互助團體聚會時，妮娜想起了維洛納的那名男子，以及她的同事曾經說過的話。一個長線繩者，例如她自己，在本質上可以倖免於死，至少在他們的線繩來到盡頭之前，這真是一個奇怪又讓人不安的想法。

妮娜坐在床上，拿出她的筆電搜尋「長線繩＋死亡」，看看是否有什麼文章會出現。

這個問題將她導入了一則新的貼文，「不要在家嘗試這麼做」。那個網頁上標註著NSFW❹，並且需要登入才能看得到內文。

她真的需要看這篇文章嗎？妮娜自問。她需要為了登入而註冊一個帳戶嗎？

很顯然地，答案是需要。

當她終於登入這個論壇時，裡面全都是在挑戰自己線繩長度極限、不顧後果的長線繩者。

我有一條長線繩，幾天以前，我吞食了過多的止痛藥，不過，我的室友發現我了，所以，我現在才能在這裡！！感謝我的線繩！！

我女朋友和我一直都想要玩窒息遊戲，由於我們兩人的線繩都很長，所以，我們估計遊戲的時候到了。高度推薦；）

祝我二十二歲生日快樂！我收到了一條長線繩:)我要找一些K他命來慶祝一下。

妮娜無法繼續閱讀這些討論。這讓她毛骨悚然。怎麼會有這麼多人願意把自己的生命拿來當作實驗？這種快感值得冒險去尋求嗎？

對妮娜而言，聽到這些人的故事只是讓這些盒子的神秘感更加令人不安，也讓那些線繩的力量看似更加強大。那就好像那些線繩一直都知道你的反應，彷彿在決定你最終的壽命長度時，不知怎麼地，它們甚至可以將你莽撞的行為納入考量。它們可以看出哪一種毒品、哪一種遊戲、哪一次的跳躍是致命的，而哪一次的行為又只會讓剛好上線瀏覽到這些留言的人視為病態的笑話。

妮娜覺得反胃。她闔上筆電，把雙腿蜷縮在被單底下，希望莫拉很快就會回到家。

---

❹ NSFW（Not Safe/Suitable For Work，縮寫為NSFW）是一個網路用語，意思是某個網路內容不適合在上班的時候瀏覽。通常被用於標記那些帶有色情、暴力、極端另類等內容的電子郵件、影片、論壇貼文等，以免讀者不恰當地點閱瀏覽。

莫拉

週日晚上，當莫拉抵達二〇四室的時候，團體成員已經在進行討論了。

「我只是覺得好沮喪。」雀兒喜說。

「因為你的線繩嗎？」莫拉一邊坐下來，一邊問。

「不是，」雀兒喜嘆了一口氣。「嗯，也是。不過，今天晚上，我之所以沮喪，也是因為實習醫生⑤剛停播了。」

「那不是萬年劇嗎？」泰瑞爾問。

「所以才讓人覺得很莫名其妙啊！它就那樣突然停播了。娛樂八卦網站TMZ說其中一名主角一定收到了一條短線繩，然後就辭演了。」

「哈，歡迎你到我的醫院追隨我，」漢克笑著說：「雖然我不能向你保證會有什麼火辣的情節出現。」

「你們聽說辣妹合唱團可能會復合嗎？」莉亞問。「傳說她們其中一個是短線繩者，所以就想要重新復出，以免為時已晚……你們知道的。」

教室裡頓時陷入一片沉默，剛好讓肖恩得以正式開場。

「事實上，今晚，我有一個不同的想法，」他說：「在我說明的時候，我希望大家都能保持開放的心態。」

莫拉瞄了一眼隔壁的班。「做好心理準備吧。」她說。

「已經準備好了。」他笑著回應。

「我在其他團體的同事聊到一個事實，他們說，並非每個人都能很自在地公開分享自己的感受，這是很自然的，」肖恩說：「雖然，我希望這裡是一個安全的空間，希望每個人在這裡說話的時候都不會覺得受到威脅，不過，我想，嘗試用不同的方式來處理我們的想法，也許是有幫助的。」

肖恩從他的小背包裡拿出兩本黃色的便箋以及十幾支藍色的筆。「我要每個人都拿一支筆和幾張紙，然後寫一封信。」

「我們要寫給什麼特定的人嗎？」莉亞問。

「不用，」肖恩搖搖頭。「你可以寫給現在的你、小時候的你，或者未來的你。或者任何你想要對他說些什麼話的人。或者，你也可以先嘗試寫個十分鐘，看看會寫出什麼來。」

「聽起來像是他媽的浪費時間。」卡爾低聲地說。

便箋開始傳遞下去，莫拉很快就發現自己正在盯著她腿上的那張紙。妮娜會很喜歡這種練習

❺ 實習醫生（Grey's Anatomy）是一部以醫學為主題，在美國十分受歡迎的黃金時段影集，曾經多次獲得艾美獎。第一季在二〇〇五年三月二十七日首播，並於二〇二四年正式進入第二十一季。

的，莫拉心想。妮娜比她更擅長用文字來表達。

親愛的妮娜，莫拉開始動筆。

第二句話顯然更困難。在過去兩年裡，幾乎沒有什麼事情是莫拉還沒有和妮娜分享過的。經過一個個深夜的告白，她們一直在一起，不離不棄。

莫拉不安的天性並沒有讓妮娜感到困擾，事實上，她在七年之中曾經換過五個不同的工作，從外百老匯劇院公司到市長競選團隊，再到一家剛成立卻突然倒閉的小科技公司。而她換女友的頻率也和換工作一樣頻繁。

當莫拉從一個工作換到另一個工作，從一段短暫的戀情換到另一段短暫的戀情時，妮娜從來都沒有被這種不定性所困擾。從大學畢業開始，她就一直在同一家雜誌社公司，在和莫拉交往之前，她曾經談過兩段長期但一點都不戲劇化的戀愛，而且在戀愛過程中完全沒有發生過任何的一夜情——每當妮娜提起這些事時，她幾乎都感到很丟臉，彷彿這讓她看起來就是一個單調無趣的人。然而，莫拉卻對此感到很欽佩。妮娜的這種忠誠度在現今這個時代似乎已經很罕見了。

在收到線繩之後，莫拉曾經給過妮娜兩次離開的機會，不過，妮娜每次都拒絕了。第一次是在妮娜回家告訴莫拉，那些線繩確實為真之後，當晚，莫拉要不是在床上哭泣，就是在浴室裡嘔吐。第二次是在三週之後，在莫拉經過了冷靜的考慮之後。

「我知道你愛我，」莫拉說：「可是，我只剩下八年可活，你應該要和某個可以跟你結婚，並且與你共度餘生的人在一起。」

妮娜聞言十分震驚。「我確實愛你，那就是我絕對不會離開你的原因。」

莫拉建議妮娜先考慮一陣子再說。「你不需要為此有罪惡感。」她溫柔地握住妮娜的手說：「我不會怪你的。」

但是，妮娜很堅持。「我不需要時間來知道我的感覺。」

莫拉環視著二〇四室，一邊尋找著寫信的靈感。這顯然是一間英文教室，因為裡面裝飾了知名作家的黑白肖像。這些肖像讓莫拉想起她以前那間老公寓套房裡的海報，她的床幾乎佔了公寓一半的空間，而房間的白牆則被她拿來大玩裝飾。她的一名高中同學在一邊的牆壁上，畫了一幅她們家鄉巴爾的摩的壁畫，另一邊的牆壁則掛滿了莫拉收集的名人被捕檔案照，每一張都是經典。

她們第四次約會的時候，妮娜第一次來到莫拉的公寓套房，莫拉看著她認真研究著那些名人大頭照：把油亮的頭髮往後梳、身穿一件俐落西裝的大衛・鮑伊，那是他在一九七六年羅切斯特一個管轄區拍的。一九三〇年代的法蘭克・辛納屈，蓬亂的頭髮垂蓋在額頭上，散發著一絲男孩的性感。珍・芳達在克里夫蘭舉起一隻握拳的手。看似金髮披頭四的比爾・蓋茲，在那張一九七〇年代拍攝的照片裡，事實上還咧嘴在笑。而吉米・亨德里克斯於一九六九年在多倫多被捕時，則泰然自若地敞開襯衫，露出了垂墜在胸口的項鍊。

「這些被捕的檔案照大都和嗑藥有關，都只是輕微的犯罪行為而已。」莫拉解釋說：「比爾・蓋茲是因為無照駕駛被捕的。」

「我覺得這些照片很棒，」妮娜說：「我幾乎想要把它們放在我們雜誌下一期的跨頁裡。」

「你現在正在和我約會，而你腦子裡卻在想著工作？」莫拉坐在床上，輕佻地把腿蹺起來。「那會讓我有什麼感覺？」

「對不起。」妮娜笑著俯身輕吻了莫拉。「要承認我不知道這些人曾經被捕，還真的很不好意思。」

「那就是我把它們掛在那裡的原因，」莫拉看著那些照片說：「它們可以適時地提醒我，有時候，我們會搞砸，有時候，這個體制會為難我們，不過，如果你活得夠熱情、夠大膽的話，那麼，人們會記住的是你這些精彩的部分，而不是在這個過程中所發生的那些亂七八糟的事。」

十分鐘幾乎就要過去了，而莫拉的信紙依舊空白一片。大部分的成員在拿到他們的紙張之後，幾乎就不曾停筆。不過，漢克似乎也遇到了困難。

親愛的妮娜，

她能寫下什麼妮娜還不知道的事？

答案只有一個，但是，莫拉現在不能告訴她，在她們做出種種討論和決定之後的現在，莫拉不能告訴她。她不能在妮娜以為那件事已經解決了的情況下告訴她。

那件事確實解決了。莫拉說服了自己，事情就是這樣。讓妮娜知道莫拉還存有疑慮，這對事情有什麼幫助嗎？

漢克

漢克沒有看到那個人進來，不過，當他在幫那名因為嚴重胸口疼痛而到西奈山莫寧塞德醫院急診室掛號的老人做檢查時，他從淺綠色的布簾後面聽到了槍聲。

漢克已經有超過十五年的醫生執業經驗了。他曾經在病患描述他們的病症或者等待檢驗報告時，在他們的臉上看過最焦慮的表情。然而，在五月十五日那個早晨，當他和那個老人雙雙聽到槍聲時，老人臉上疾速流露出的那一抹明顯的恐懼，則是他從來不曾見過的。事後，漢克才發現，最糟糕的是他們兩人在聽到槍聲時，完全沒有懷疑那是什麼。關於這種特定的恐懼，他們都在電視新聞和報紙上看到許多報導。他們彼此都知道發生了什麼事。

有那麼一瞬間，漢克全身都繃緊了，他不知道自己是否還在呼吸。然後，他受過的急診室訓練反射式地冒了出來。

A.B.C.

那是漢克腦子裡第一個閃過的想法。幾個月前，一名紐約市警員曾經在造訪這家醫院時告訴過他們，萬一遇到一名現場行凶的槍手該怎麼辦。A.B.C. 避開。設置障礙。對抗。按照這樣的優先順序採取行動。避開是最好的，必要的時候要設置障礙，如果都無效的話才選擇對抗，並且考慮是一大群人集體對抗。

等到第三和第四槍很快地接連響起時，漢克已經意識到槍聲聽起來還有點距離，應該是在靠近街道的急診室入口處，這樣看來，他就可以把後面房間裡的病患先行撤離。

十幾名穿著藍色紙袍的民眾在驚嚇中衝向緊急出口，醫生和護士則恐慌地推著輪椅和輪床跟在他們後面。第五聲和第六聲的槍響迴盪在房間裡，大部分人本能地舉起手臂掩護自己的頭和臉，儘管聲音的來源依然在一扇關閉的雙開門之外。

漢克以最快的速度推著一名女子的點滴架，該名女子還來不及把插在她手腕上的管子從晃盪中的點滴袋上拔下來。

第七聲，然後是第八聲。

他把那名女子和一名身穿黑衣的年輕男孩，安頓在緊急出口的門後，男孩的眼睛因為當下的恐懼和體內高濃度的冰毒，而不斷地在眨動和抽搐，事實上，他之所以在這裡，就是因為冰毒發作。漢克把他們兩人留在門後，然後轉身朝著噪音的方向跑去。

不過，他錯過了最糟的時候，當他抵達現場時，只來得及目睹到事件的後果。

幾個在血泊中顫抖的人被抬到了最靠近的床上。正在協助受害者的人，提高嗓門地在大聲喊叫。一名警衛把地上的武器撿起來，那一定是攻擊者終於被幾名警衛一槍斃命的時候掉落的。那是一把小型手槍，漢克發現自己原本以為攻擊的武器應該是一把突擊步槍。

當他蹲下來幫一名正在等待援助的傷者壓住傷口時，他忍不住花了兩秒鐘偷瞄了應該要為這場恐怖事件負責的當事人一眼。

漢克認得那張臉。

艾咪

妮娜的妹妹艾咪住在西奈山莫寧塞德醫院以南幾個街區外的上西區，在大部分的晚上，透過面對百老匯的那扇窗戶，她都可以聽到救護車開過公寓的聲音。這是住在紐約讓她最不喜歡的部分，不過，在發生這起槍擊事件之前，她的公寓附近一直都很平靜，也很安靜，一點都不需要懷有戒心。

那年的五月熱得很不尋常，一早的陽光就暗示著黏熱的夏天就要來臨了，艾咪決定要走路穿過中央公園到東邊去，而不要花時間等待橫越這座城市的巴士。

在公園裡，她向來都可以瞥見正常的景象，有時候，她會忘記一切都已經改變了。短跑者和腳踏車騎士飛快地經過她的身邊，推著嬰兒車的慢跑者也在平坦的人行道上快速地超越她。幾個小孩爬上遊樂場的遊樂設施頂端，然後從黃色的溜滑梯滑下來。他們的媽媽和保姆則坐在長椅上看著他們。

很不幸地，她的學生並沒有忽略掉這麼好的天氣。

「我們今天可以到外面上課嗎？」

這個可以預料到的問題，來自於一名可以預料到的罪魁禍首，那是一個臉上有點淡棕色雀斑的小男孩。他時不時的要求——我們今天可以在課堂上吃午餐嗎？我們今天可以在課堂上看電影嗎？——總是讓其他學生感到興奮，即便是那些不容易分心的學生。

艾咪看著她那些五年級生懇求的眼神。

「我想不太適合，因為室外的花粉可能會讓你的一些同學打噴嚏和咳嗽，那不是我們樂見的。」她說。

她的解釋對大部分的孩子來說已經足夠，不過，還是有少數幾個冷笑了一下或者翻了翻白眼。說實在的，她並不介意在戶外上課。有時候，她會夢想自己是一名大學的英文教授，啟發著她的學生對文學的熱愛，就像茱莉亞．羅勃茲在《蒙娜麗莎的微笑》裡那樣，或者像羅賓．威廉斯在《春風化雨》裡那樣。她可以想像自己被一群求知若渴的學生圍繞，他們會一起坐在方形的院子裡，手裡拿著折疊起來的小說，筆記本和咖啡杯則四散在草地上。

然而，帶著一群吵鬧的十歲小孩到戶外，則完全不是這麼一回事。

「好了，現在，誰想要聊聊《記憶承傳人》[6]的結尾？」艾咪問。

幾隻手高舉了起來。

艾咪選中了梅格，希望她能提出深思熟慮的回應來引發大家的討論。梅格一如往常地坐在靠近窗戶的位子，不過，她隔壁的那張桌子已經空了，那曾經是她最好的朋友薇拉的座位。薇拉的母親在得知自己只剩下幾年的時間可以陪伴女兒的時候，就將薇拉帶離學校，前往歐洲去展開一段無限期的休假。

「我想，我覺得生氣，」梅格說道：「喬納斯的世界很愚蠢、很不公平，但是，他最終卻逃走了。這實在太不真實了。這個世界向來都很愚蠢、很不公平，但是，那就是我們所擁有的。你不能說走就走。」

艾咪在從學校走回家的途中，打電話給她姊姊。

妮娜正在校對一篇關於航空工業回應線繩問題的文章，不過，她向來都會接艾咪打來的電話。

「什麼事？」妮娜問。

「我正在想有什麼書可以做為孩子們的暑假讀物。最好是和歷史有關，但又可以讓人產生共鳴的。」

「好……」妮娜的目光依然在掃描她桌上的那篇文章，其內容前後來回跳得太頻繁。有些受訪者宣稱，航空公司無可避免地會受到波及，因為很多短線繩者都被嚇跑了，他們擔心搭飛機旅行將會遇上墜機。不過，也有其他人剛好持相反的意見：線繩的存在會激起更多人趁他們還有時間探索這個世界時把握當下。

「我打來的不是時候嗎？」艾咪可以察覺到她姊姊有點分神。

「不是的，沒關係，對不起。」妮娜放下她手中紅色的記號筆。「我保證我有在聽你說話。」

❻《記憶傳承人》（*The Giver*）是美國作家露易絲・勞瑞於一九九三年四月十六日出版的一部人文科幻小說，於一九九四年獲得紐伯瑞兒童文學獎，在美國被列為很多中學生的必讀書目，並於二〇一四年改編為電影上映。

「只要一想到這個世界再也不像書裡的那個世界，我就覺得好詭異。」艾咪說。

「啊，是啊，不過，我們在五年級的時候都讀些什麼？關於塞勒姆審巫案[7]的故事？當時，我們的世界看起來完全不同於麻薩諸塞州的清教徒世界。但那並不表示孩子們就無法從中發現共鳴之處。」

「我真不敢相信你公司竟然還沒把你升為編輯。」

妮娜笑了，直到兩姊妹的笑聲停止才又開口。

「你，嗯，你會告訴我的吧，如果你改變心意的話，對嗎？」妮娜怯怯地問。

「當然了，」艾咪說：「你會是第一個知道的人。」

妮娜點點頭，她忘了艾咪看不到她。

「也許，我根本就不需要看，」艾咪愉快地說：「你的線繩超級長，而你和我的DNA大部分都相同，所以，我相信我的應該和你的差不多。」

「喔，是啊，當然。」妮娜依然在點頭。

「好了，我讓你回去工作吧！」艾咪說：「我要順便去一下書店，看看是否能得到什麼靈感。幫我向莫拉問好。」

「我會的。」

艾咪走進她公寓附近的那間書店，門口的鈴鐺在她踏進門檻時叮噹地響了幾聲。架在頭頂上方的那台電視機正在播放新的總統候選人安東尼・羅林斯的訪問，他是一名口才流暢、相貌堂堂的維吉尼亞州國會議員，對於為什麼應該由他來帶領這個國家度過現階段這種不尋常的時期，安東尼侃侃而談，一副自以為是的模樣。艾咪對書店老闆在去年安裝了這台電視，依然感到沮喪。她來到這間書店，就是為了要逃避外面那個世界裡永無止境的新聞報導和壓力。

因此，她企圖無視於頭頂上方那個明亮螢幕裡的男人，然後悄悄地走過書店前面的暢銷書展示區，《伊利亞德》和《奧迪賽》在這幾週來已經重回暢銷書排行榜的位置，因為大眾對希臘神話和命運又重新燃起了興趣，這兩本書旁邊還擺了一堆由醫生、哲學家和神學家所著的自救及死亡冥想相關書籍。《在天堂遇見的五個人》也回到了排行榜的第一名。

等到她走進主要的展示間，被高聳的木頭書架和熟悉的書頁氣息包圍的時候，艾咪才感到自己放鬆了下來。

只有少數幾個地方比書店更能讓她感到滿足。偶爾，她會有一種恍神的傾向，會消失在自己的白日夢裡，因此，被其他人豐富的白日夢所圍繞，總是能讓艾咪感到自在——那些人不僅有時間，也有才華將他們的白日夢化為文字。

當她和妮娜還小的時候，母親經常會在她們放學後，帶她們到當地的那間書店，書店老闆一點也不介意她們會花上一小時的時間，坐在角落的地毯上看書，即便她們都還沒把那本書買下

❼ 塞勒姆審巫案（Salem Witch Trials）是一六九二年二月到一六九三年五月期間，在英屬美洲殖民地麻薩諸塞州塞勒姆鎮，針對被指控擁有巫術的人進行的一系列聽證會和起訴。審判結果導致二十人遭到處決。

來。到了中學的時候，艾咪已經開始偏好奇幻文學和羅曼史，而妮娜則喜歡女性的紀實傳記，例如瑪麗·居禮或者艾蜜莉亞·艾爾哈特[8]（雖然後者的神秘消失困擾了妮娜好幾個月）。當她們在一起看書的時候，妮娜培養出一種興趣，她會驕傲地指出她在書裡發現的任何錯字，這種習慣總是讓艾咪覺得很煩。她一直都希望她姊姊可以不要拘泥於這些細節，只要單純地享受故事本身的樂趣就好。

那個下午，艾咪駐足在反烏托邦小說的書架前面，一月的時候，她就是在這裡發現了《記憶傳承人》，並且決定要把這本書指定為課堂讀物——在那年春天，一切都出現改變之前。她多看了一眼，發現《使女的故事》[9]和《飢餓遊戲》在書架上緊貼著彼此，這兩本書曾經讓她在青少年時期讀得欣喜若狂。她曾經不只一次地躺在床上，即便過了午夜也無法睡著，想像著自己是遊戲裡的貢品，在她腦海裡陰暗濃密的森林裡奮力前進。

至少，他們所被賦予的未來似乎比她眼前書架上的這些世界更加光明，也更有希望，在這些書的世界裡，女人被寬衣解帶只是因為她們的身體具有生產能力，而孩子們也在政府的命令下在電視上互相殘殺。每一本小說裡的未來似乎都比前一本還要慘淡和嚴峻。艾咪心想，如果這樣的世界也是一種選擇的話，那麼，他們應該要對自己的世界只出現了那些線繩感到慶幸。

艾咪不知道自己拒絕打開盒子，拒絕知道許多朋友和同事都已經知道的事實，這是否是一個錯誤的決定，她幾乎每天都會想到這個問題，她的許多朋友和同事都因為收到了長線繩而感到前所未有的平靜，並且將之視為他們所能要求到的最好的禮物。就連經常因為擔心莫拉而感到筋疲力盡的妮娜，也對艾咪承認，她由衷地感到慶幸和鬆了一口氣。

不過，艾咪的思緒一直都沒有停下來過，她不停地想像自己處於不同的情節之中。一想到自己在打開盒子的時候發現裡面是一條短線繩，如此栩栩如生的畫面就足以把艾咪嚇到將盒子扔進她的衣櫃深處，藏在那雙她只在大風雪的時候才會穿上的發霉的冬靴後面。

✦

週一早上，艾咪抱著二十五本《永遠的狄家》[10]來到學校。

「不好意思，威爾森小姐？」

艾咪轉身，看到學校的工友推著推車朝她的方向走來。「你在二〇四室上課，對嗎？」

「是啊。」艾咪回答。

---

❽艾蜜莉亞・艾爾哈特（Amelia Earhart, 1987-1937）是美國航空先驅、飛行員和女權運動者，也是歷史上第一位獨自飛越大西洋的航空界女性。

❾《使女的故事》（*The Handmaid's Tale*）是加拿大女作家瑪格麗特・阿特伍德於一九八五年所著的一本反烏托邦小說，並於一九九〇年改編為電影。

❿《永遠的狄家》（*Tuck Everlasting*）是美國兒童文學作家奈特莉・巴比特的暢銷經典小說，描述小女孩維妮遇見長生不老的一家人的故事。自一九七五年出版以來已發行逾五百萬冊，並於二〇〇二年改編為電影《真愛無盡》。

他從口袋裡掏出一張折疊起來的黃色紙張。「我在書櫃旁邊的地上發現這個，我不知道是否應該扔掉，還是應該放到哪裡。我猜這是你的學生寫的？」

「喔，謝謝。」艾咪收下那張紙，瞄了一眼最上面幾行所提及的幾個名字。沒有一個是她的學生。

「你說你是在哪裡發現的？」

「就在其中一張椅子底下。」

「我想可能是某個人的。謝謝你把它保留下來。」

「不客氣。」他點點頭。

艾咪笑著踏進她的教室。她在一張堆滿東西的桌子後面坐下來，桌上的物品包括了兩本筆記本、一盆小仙人掌（那是妮娜送給她的禮物，妮娜說這個「比花實際多了」）、兩只空馬克杯，一把幾乎沒有釘子的釘書機，以及一本以禁書為主題的年曆，這是歷史系給她的。五月的主題書是《麥田捕手》，雖然艾咪自從四月三日起就把年曆翻到了五月，因為太多學生都在問她，四月的主題書《蘿莉塔》到底是什麼故事。

她把工友給她的那張紙放在年曆旁邊的那一小疊作文上面。她不知道自己是否應該要閱讀那張紙的內容。

艾美把注意力挪到今天文法課要討論的逗點和分號上，不過，她的眼神持續地飄向那疊作文，最後，她終於把最上面的那張紙拿起來，放到她面前的桌上。

肖恩叫我們寫一封信，所以，這就是我寫的信。句點後面幾個被筆尖戳出來的微弱印記，似乎洩露出了作者的不耐煩。

卡爾依舊認為這是一個愚蠢的練習，他看起來好像正在用筆尖刺穿他的紙，這讓肖恩感到失望。而賽莉絲特可能正在畫什麼東西，不過很難看出她在畫什麼。

這些名字艾咪完全都不認得。

十分鐘比我以為的還要長。另外，我上次像這樣用紙和筆寫信，已經是好一陣子以前的事了。我覺得自己好像悲情戰爭片裡的一名士兵，佝僂在一張便條紙上寫信給家鄉的女友。這讓我想起在一次南下的公路旅行中造訪新奧爾良二次大戰博物館的經驗。他們把一堆士兵的信件裱框掛在牆上。當然，我花了二十分鐘的時間把那些信全都看完了，但我現在只記得其中的一封。那個男子寫信給他母親，要她幫忙轉達信息給格特魯德：「無論會發生什麼事，我的感覺都不會改變。」

我不確定為什麼無法忘記那封信。也許是因為看到這麼私密的情感竟然遭到如此公開的展示，讓我感到很奇怪。我在閱讀那封信的時候幾乎感到很尷尬。也或許只是因為格特魯德這個名字讓我難以忘記吧。

讀著這個陌生人私底下的想法，讓艾咪突然萌生一股罪惡感。可是，這封信是在她的教室裡被發現的。這一定是她的某一個學生寫的，不是嗎？只不過，她無法想像她那些十歲大的學生裡，有誰能寫出如此成熟的東西。而且，這看起來好像是在寫什麼學校作業一樣？然而，學校裡並沒有名叫肖恩的老師。

艾咪突然想起，一名同事上個月曾經告訴她，這所學校將會在每個週末主持支援短線繩者的互助團體活動。

當她意識到自己剛才閱讀的是什麼的時候，覺得自己的胃揪緊了，並且對這名作者感到同情，這些內容想必是被誘導出來做為一種療癒的方式。

就在她不知所措地繼續抓著那張紙的邊緣，不確定應該怎麼辦的時候，艾咪將自己的思緒轉向格特魯德。想像一個遠方博物館裡的名字，要比想像一個幾小時之前還坐在這間教室裡，並且留下了這封信的短線繩者要容易多了。因此，艾咪想像著這封情書另一端的那個神秘甜美的女子，每週都焦慮地檢查著她的信箱，等待著一名心懷恐懼的年輕男子從某地的船上捎來沾滿淚痕的信件。不管會發生什麼事，他的感覺都不會改變。

一週後的週日傍晚，莫拉指給班看：一張黃色的便箋紙工整地摺疊成一個四方形，放在書櫃旁邊的地板上，就在她和班固定會坐的座位旁邊。

「喔，哇，我還在想，我把它掉在了哪兒，」班說：「它一直都在這裡，沒有人動過，也沒被扔掉的機率有多少？」

莫拉也和他一樣驚訝。「對於一所昂貴的學校而言，他們一定很吝嗇，才會不雇用清潔工友。」

班把那張紙塞進他的牛仔褲口袋裡，直到回到自己的公寓，他才把紙張打開來。在那封信原本的內容底下多了幾行字。有人回應了。

博物館有解釋格特魯德和那名士兵之間發生了什麼事嗎？我這麼問，只是因為我一直在想這兩個人，而且，我越來越好奇他說的那句話到底是什麼意思。

起初，我把他的信函視為一種極致的浪漫承諾——不管他在戰爭裡發生什麼事，他對格特魯德的愛永遠都不會消逝。然而，如果不是這樣呢？由於我沒有完整地讀過那封信，所以我無法確定，但是，如果他真的只是這麼寫，「告訴她，無論會發生什麼事，我的感覺都不會改變。」那麼，也許他的語意是完全相反的？也許他已經拒絕了可憐的格特魯德，而且，不管他在身體和情感上將會面臨什麼恐怖的遭遇，他的感覺都不會改變。他依然不會像她愛他那樣地愛她。而且，他需要他母親做為一個溝通的管道，因為他沒有勇氣親自告訴格特魯德。

當然，這只是我自己的胡亂猜想（也許，我應該擔心自己竟然在一段絕美的愛情告白中尋找悲傷的因子？），不過，我很好奇你是否知道任何關於格特魯德和她的士兵愛人的故事。

——A

漢克

五月的第一天，西奈山醫院沒有人預料到兩週之後將會有一名短線繩的槍手在這裡引發一場大規模的悲劇。五月一開始的時候，醫生、護士和病患就跟往常一樣，為了身邊那些小小的悲劇而忙碌。

就在那天早上，漢克看到三個人淚眼汪汪地來到醫院，蒼白的臉孔寫滿了恐懼，絕望地要求警衛讓他們和醫生談談關於他們那些短線繩的事情。

稍早，在三月和四月的時候，漢克和他的同事會邀請那些短線繩者來到醫院，幫他們做一些測試：全方位的血液檢查、MRI、超音波、心電圖。有時候，他們會發現一些值得擔心的問題，然後，病患可以回家，即便不是抱著希望，至少也得到了答案。相較之下，要在完全沒有解釋之下就把病患遣走，就困難許多。

然而，幾週過去了，前來醫院的短線繩者越來越多，而且，越來越多人相信那些線繩是真的。因此，到了五月一日的時候，院方決定只要是沒有立即症狀的短線繩者，都不能再受到「縱容」。急診室已經人滿為患了，而且醫院的法律團隊也擔心，如果醫生開立身體健康無虞的證明給那些短線繩者，恐怕將會為他們惹來訴訟。

當強納森．克拉克在五月一日抵達西奈山醫院時，他並不知道醫院已經開始執行這項新的政策。

漢克走到急診室大廳和一名家屬討論病患的檢查結果時，剛好看到強納森手裡捧著一只木盒走了進來。

「抱歉，先生。有什麼事嗎？」警衛問他。

「是啊，我需要幫助。」強納森結結巴巴地說：「這太短了。很快就會發生了。你們得要阻止它。」

「你現在有什麼症狀嗎？先生。」

「我不知道。沒有，我想我沒有什麼症狀。可是，你不明白，這幾乎已經決定了，得有人幫幫我！」

「先生，如果你沒有任何症狀的話，很不幸地，我需要請你離開，」那名警衛指著出口說：「還有病患需要我們立刻處理。」

「我就需要立刻處理！」強納森大叫。「我沒有時間了！」

「先生，我很同情你的處境，但是，很不幸地，我們無能為力。」

「你怎麼可以這麼說？這裡是他媽的醫院！你們應該要幫助人才對！」

幾名在急診室裡等待的病患和家屬轉頭看著這一幕，就像路邊看熱鬧的群眾一樣，不過，大部分的人都只是把目光鎖定在地板上，所有人都為這名男子感到尷尬和難過。

「先生，我需要你冷靜下來。」那名警衛堅定地說。

「不要再那麼叫我！」強納森把他的盒子高舉在空中搖晃。「我快死了！」

醫院裡最強壯的護士之一，也是一名身高六呎四吋的前摔跤手走上前來支援。

「你們怎麼能這樣對待我？」強納森尖叫著。「你們怎麼能就這樣讓我死掉？」

「先生，我們知道這很為難，我們也不想找警察來，可是，如果你不離開的話，我們只能報警了。」那名警衛的手停留在他腰間那根警棍的上方。

強納森安靜了下來，他的眼睛掃過大廳，最終停留在漢克身上，因為他是整間房間裡唯一一個穿白袍的人。

「好，」強納森說：「我走。」

他再度看向那名警衛和高大的護士。「我不想把我最後的日子浪費在他媽的監獄牢籠裡。也許其他的醫院不會這麼沒有良心。」

漢克看著強納森離開急診室，自從這一切發生以來，一直在他內心裡增強的那股感覺——強烈地感覺到自己的無能——似乎在那一刻失去了控制。

在他值班結束時，漢克告訴他的長官，他會在五月底辭職離開醫院。

妮娜

自從黛博拉．凱恩從她的辦公室衝進開放式工作區，警告她的同事有關西奈山醫院發生槍擊事件之後，已經兩天了。

那天上午，妮娜和幾名記者一直都在討論北韓的最新消息，所有既存的盒子——以及接下來出現的每一個盒子——現在都被要求要交給政府。任何還沒有打開盒子的人，都不准再打開他們的盒子一窺究竟，而每一個剛滿二十二歲的人也必須在一收到盒子的時候，就原封不動地交給當地官員。

據說，這樣的規定是因為最高領導階層擔心，少數短線繩者可能會在一無所有的情況下，利用這樣的機會策劃造反。

「這顯然是一種極端的策略，不過，這麼做也許有其道理。」一名寫手表示，「如果每個人都不再打開盒子的話，那麼，生活就能回歸正常。」

「除了那些已經打開的人之外，」妮娜說：「對他們來說已經來不及了。」

「我想，我們只能希望美國的短線繩者不會變成一個威脅。」

妮娜對這個不祥的說法感到驚訝。「為什麼他們會變成威脅？」

在那名寫手來得及回答以前，黛博拉帶著一抹緊張的神情出現在他們的桌子前面。「有報導說西奈山發生了槍擊事件，」她說：「他們預估會有一些傷亡。」

四十八小時之後，除了槍手之外，最終統計的死亡人數為五人，年齡分布在二十三歲到四十六歲之間。五名甚至可能不知道自己是短線繩者的人，或者因為知道才前來醫院想要尋求幫助的人，完全沒有預料到他們所希望避免的命運，竟然就在急診室的門後等待著他們。一名持槍的短線繩者幫他們兌現了這個命運，而槍手的身分已經被確認是來自紐約皇后區的強納森．克拉克。

那名負責報導犯罪新聞的記者召開了當週的圓桌會議：「關於醫院事件的後續報導，我們要下什麼標題？『透視西奈山的悲劇』？」

「也許吧。我不確定用『悲劇』這兩個字是否合適。」

「我們以前也針對這樣的問題爭論過，我們不是決定要根據死亡人數來決定嗎？我記得有人說，死亡人數要達到或超過十個人才叫做『悲劇』。這次的死亡人數還不到十個。」

「我想，兩個星期前發生的那起入室行竊的事件，就被我們稱為『悲劇』，當時只有一個人死了。」

「是啊，我們可能不應該那麼做。個人的悲劇和新聞悲劇並不一樣。」

「這是一起大規模的槍擊事件，這種事向來都是悲劇。」

「這起事件絕對符合大規模槍擊的定義嗎？」

「如果我們是用至少有四名受害人做為標準的話，那麼，這就符合大規模槍擊的定義。」

「這當然是一起悲劇。像這樣的槍擊通常是可以避免的。這些變態的混蛋大部分都會在事發之前，在網路上誇耀他們扭曲的信仰。我們原本可以避免的事件卻發生了，那種事就叫做悲劇。」

「我們陷入語義學的迷思了。這不是什麼在網路上發表宣言的新納粹槍手。那些線繩才是真正的故事所在。」

「很顯然地，醫院拒絕治療那名槍手，因為他反正都要死了。」

「我聽說，醫院只是無法繼續幫那些沒有症狀的短線繩者進行CT掃描。」

「我很好奇，如果他們早知道候診室裡擠滿了生命即將結束的短線繩者的話，那麼，他們是否就能預測到將會有什麼不好的事情發生？」

眾人都沉默了下來。

「聽著，這件事真正的贏家是那些槍枝游說團體和被他們控制的政客。這是這個國家第一起他們可以宣稱與他們無關的槍擊事件：不要怪罪於槍枝、法律，或者醫療保健系統。那是一名短線繩者所為。要怪就怪那些線繩吧。」

「那是我們的角度。」在靜靜地觀察她的編輯群為了符合法律定義，而在悲劇的本質和死亡的人數上爭執不下時，黛博拉終於插嘴說道。她對他們輕易說出口的話感到震驚，一如每次她聽到團隊討論一起槍擊事件或一件天然災害時那樣。在她三十年的新聞工作生涯裡，當新聞標題變得越來越令人擔憂時，黛博拉發現文字在每一次的事件中越來越無足輕重，直到那些名詞和形容詞再也不像過去那樣具有強大的影響力。

「這是新世界的秩序出現之後，第一起大規模槍擊事件，」黛博拉說：「那會讓這件事有所不同嗎？那會讓我們對槍擊事件的反應因此而改變嗎？」

她站起來就要離開房間，不過很快地又轉過身來。

「還有，死了五個人。拜託，你們大可把這叫做悲劇。」

那天晚上，妮娜下班之後回到家，還在想著強納森．克拉克的事。

如果莫拉現在去醫院的話，會發生什麼事？

她們兩人經常租腳踏車沿著河岸騎行。如果莫拉撞到一輛計程車，然後被送到急診室的話會怎樣？醫生會問她的線繩有多長嗎？

妮娜知道，莫拉的膚色原本就已經讓她成為醫院的高危險群。現在又再加上這個因素？當然，莫拉不需要告訴他們任何關於她線繩的事。她可以說謊，騙他們說她從來沒有看過自己的線繩長短。然而，如果他們知道真相的話，他們真的會用不同的方式對待她嗎？

妮娜發現，這可能不是一個有意識的決定。沒錯，如果醫生必須在八歲和七十八歲的病患之間選擇一個動手術的話，他們勢必會優先拯救那個小孩。也許，在這件事上面也是一樣？他們會優先選擇幫助長線繩者？

這讓妮娜嚇壞了，因為莫拉有可能只是因為她的線繩長度，就被當作沒有希望的病患而被棄置。不過，在妮娜理性的腦子裡真正引發混亂的，是因此而衍生的另一個問題——一個病患因為線繩比較短就比較無法受到足夠的照顧，或者一個病患的線繩之所以比較短，是因為照顧不足的關係？

這彷彿是全世界最糟糕的一個蛋生雞，還是雞生蛋的版本。

妮娜打開她的筆電，刪除來自安東尼・羅林斯總統競選團隊要求捐款的新郵件。她甚至不知道自己為什麼在他的名單上，不過，她現在無心取消訂閱。她的腦子裡現在還有其他的事需要思考。

妮娜在搜尋欄裡鍵入「短線繩者＋醫院」幾個字。最熱門的搜尋結果大部分都和最近的槍擊事件有關，不過，在第二頁裡，妮娜碰巧看到一個名叫「線繩理論」的新網站。它顯然是一個公共留言板，但是，這裡的貼文似乎和其他地方都不一樣。這裡沒有任何關於外星人、上帝或者美國國家安全局的貼文。這裡提出的問題感覺上更真實，更迫切。

有其他短線繩者看到他們的健康保險受到了影響嗎？我剛被保險公司拒絕支付一項應該要被涵蓋的治療！我還聽說保費毫無理由地提高了。

妮娜繼續將網頁往下滑動。

我向一名同事透露我收到短線繩的事，結果現在，我剛被公司以「長期財務計畫」為由解雇了。也就是說，我的壽命期限沒有「長到」這家公司可以繼續雇用我？如果有任何律師看到這篇發文，我能在非法解雇的訴訟上站得住腳嗎？

請幫幫我哥哥：銀行拒絕了他的貸款申請，因為他收到了一條短線繩，可是，他是一位很棒的廚師，而且，在紐約開一家餐館是他的夢想。他只剩下三年可以完成這個夢想了！請到我們的GoFundMe上幫忙他籌到這筆款！

妮娜離開主要網頁去為這個活動捐了幾塊錢，不過，捐款後，她覺得有必要再回到主頁去。

關於線繩長度和人口統計的關係，有人在收集數據嗎？我很好奇短線繩是否在有色人種或者低收入團體裡比較普遍？這可能確切證明了系統性的虐待＋缺乏機會，在流傳了幾個世代之後，正在扼殺這些團體。

最後一篇貼文新近收到的一則回應大受歡迎。

不要去挖掘那些數據。那只會被扭曲，然後回來反噬你。支持槍枝的團體已經把西奈山醫院的槍擊事件歸罪於那些線繩了。接下來呢？「你又窮又病又沒有工作，並不是我們的錯——

是那些線繩的錯！那不是我們所能控制的！」

也許莫拉是對的，妮娜心想。也許，那些線繩來自哪裡已經不再重要了。即便它們來自於天堂，或者是從外太空傳送來的，又或者是經由時空旅行從未來回到現在的，全都不重要了，重要的是決定要如何處理它們的人。

當所有人都知道線繩的真相之後，真相所帶來的負擔持續在人們心中和腦子裡扎根。這件事越來越沉重，它所引發的壓力也越來越大，直到有些人終於被壓垮了。

房子和財產被出售；工作被丟下——全都為了要善用各自的時間。有些人想要旅行，想要住在海邊，想要把時間花在自己的孩子身上，想要繪畫、歌唱、寫作和跳舞。其他人則陷入了憤怒、嫉妒和暴力的深淵。

在西奈山醫院事件發生後一週，另一名短線繩者也在亞利桑那第二大城土桑的一間購物中心開槍。

兩起接連發生的槍擊事件都是由短線繩者引發，這讓媒體為之譁然。我們應該要擔心越來越多的短線繩者發動攻擊嗎？新聞跑馬燈提出了這樣的問題。

在倫敦，三名電腦科學家駭進一間大銀行的帳戶，盜走了一千萬英鎊，可能是希望在與世隔絕的小島上安度他們的餘生而不被引渡。

社群媒體上不停地轉傳著一些故事，有些情侶在得知他們的命運之後，於結婚前幾天取消了婚禮，有些人則私奔到拉斯維加斯，他們急就章的婚禮彷彿是在對他們門口的那些盒子豎起中指。

少數一些短線繩者決定要利用他們僅剩的時間，對那些曾經錯待他們的人採取報復。當一名憤怒者的目標是一個長線繩者的時候，任何的謀殺企圖無可避免地終將枉然，因此，他們轉而尋求足以帶來同樣痛苦的手段。普通人表現出了黑手黨的行為。窗戶被砸破，房子被焚燒，腿被打斷，財物被偷竊。在認知到自己不需要活著承受無期徒刑的折磨之後，短線繩者變得憤怒又大膽，幾乎所向無敵。當你已經坐在死亡列車上的時候，就無需畏懼死亡了。

不過，那些短線繩者採取的冒險行為，也同樣發生在長線繩者身上。由於受到長壽的鼓舞，他們開始去高空彈跳、飆車和體驗更猛烈的毒品。他們忘了擁有長線繩只代表他們能活得比較久。長線繩不能防止他們免於受傷或者生病。新聞主播、醫生和政客紛紛呼籲，長線繩者要切記自己並非刀槍不入。你們被賜予了長壽的厚禮，他們說，但是，你們不會想要把生命花在陷入昏迷或者監獄裡。

不過，儘管那些長線繩者採取了戲劇性的行為，最讓人擔心的還是那些短線繩者。當然，那些付諸暴力行為的人只佔了短線繩者總人數的一小部分，然而，已經有足夠的犯罪行為激起了大眾的恐慌。雖然，全世界大部分的長線繩者都對短線繩者的憤怒和悲傷感到同情，但他們依然不免感到越來越害怕。人們開始傳播關於那些擁有「危險的短線繩」者的流言蜚語——他們是一個特別不幸的團體，團體的成員分布在每座城市和每個國家，他們發現自己正在面對著一個為時不長的未來，在這樣的未來裡，他們幾乎不需要為自己的行為承擔任何後果，而這個疾速接近的未來直截了當且無情地提醒著他們，任何合乎道德的行為都不會為他們帶來巨大的回報，他們無法享受到有福報的晚年，也沒有明確的動機足以讓他們行善。

這些短線繩者被誇大為藐視公法和道德秩序的極端主義者，這種諷刺的形象逐漸滲入了課堂和會議室，滲入了醫院和家庭。並且，最終滲入了全球高階政客的辦公室裡。

在美國，民眾一再證明自己特別容易受到偏執的影響，懷疑和猜忌可以很快地就深植人心。市長、州長和國會議員開始低調地討論這個問題，然而，直到發生六月十日的事件之後，總統才決定「短線繩問題」已經來到了沸點，政府需要採取重要的行動。

安東尼

在線繩於三月份出現之後，大部分的美國民眾都忘了即將來臨的總統選舉，這件事曾經是人們頻繁討論的話題。許多主要的雜誌和報紙甚至取消了他們的初選特別報導計畫。

然而，安東尼·羅林斯並沒有忘記。

身為來自維吉尼亞州的名門望族，知名度不高、民調數字慘淡、完全不被看好的國會議員安東尼·羅林斯，將線繩事件視為上帝的賜福。

二月底的時候，就在安東尼宣布參選之後，一名過去的大學同學在CNN上宣稱，她經常聽到安東尼在喝醉時說出一些愚昧和厭女的蠢話，批評兄弟會聚會裡的女性，其中包括在不只一個場合裡，於聽力所及的範圍內使用粗俗且有辱女性的言語。她也回憶說，一年級的女性經常都被警告，不要在安東尼的兄弟會派對中飲用雞尾酒，因為曾經發生過好幾起女性在聚會隔天醒來發現自己失憶的意外事件。

安東尼的團隊很快地做出了回應，他們說，身為數名卓越女性的後代，安東尼向來都對異性極為尊重。那份聲明也確認安東尼曾經數度參加大學兄弟會舉辦的活動，在那樣的場合裡，喝酒是一種普遍的習慣，但是，他完全不記得有什麼特別的「雞尾酒」存在。

在任何其他同學來得及接受其他全國新聞媒體的訪問之前，那些盒子就悄然來到了，這也讓安東尼年輕時的行為傾向在一夜之間不再受到關注。

三月份那個命定的早上，安東尼和妻子凱瑟琳把他們那兩只小盒子拿到起居室，討論著應該要怎麼做。安東尼打電話給他的競選經理，結果，他的經理建議他不要打開盒子。畢竟，安東尼是一個受到高度關注的人物，如果盒子裡的訊息確實為真的話，那麼，任何關於他的敏感資訊都會受到被竊和洩露給媒體的危險。

凱瑟琳則打電話給她在教會的朋友，她的友人也同樣建議她不要打開，並且警告她，末日顯然已近。

「你認為那真的是現在正在發生的事嗎？」凱瑟琳手裡抓著她的欽定版《聖經》問她的丈夫。「《啟示錄》裡明白地寫著，看哪，神的帳幕在人間，祂要與人同住，他們要做祂的子民，神要親自與他們同在，做他們的神。也許，這些盒子是某種暫時的居所？神就住在我們之間？」

安東尼懷疑地說：「《啟示錄》裡不也提到了超級大海嘯，以及水變成了血嗎？出現了一個全新的世界？」

「不然的話，你要怎麼解釋這一切？」

安東尼把《聖經》從妻子的手中拿走，放到桌上，就擺在他們尚未打開的盒子旁邊。

「就在幾天以前，我們的競選還遭到了攻擊，」安東尼說：「現在，人們根本不在乎那個女人認為她記得大學時代發生了什麼事。我相信，那些盒子是來自上帝的訊息，讓我們知道祂正在看照著這場競選活動，保護我們免於受傷。」

凱瑟琳並沒有完全被說服，不過，她吸了一口氣，放鬆了肩膀。「但願你是對的，親愛的。」

安東尼笑著親吻他的妻子。「此外，就算這個世界即將結束，你和我也是一定會被拯救的人。」

不出多久，安東尼和凱瑟琳．羅林斯，以及全世界的人，就明白了那些線繩的真相。當他們終於打開盒子的時候，繩子的實際長度顯示安東尼的壽命是八十一歲，凱瑟琳則是八十五歲，他們知道自己收到了一份不可思議的禮物，那是他們的信仰所得到的回報。

他們在接下來的星期天去了教堂，為他們的好運表達感謝，並且希望能在眼前這條漫漫的競選長路上得到指引。凱瑟琳甚至還穿了她的幸運套裝來到教堂——一件深紅色的裙子和相配的西裝外套，她的服裝不僅裝襯托了安東尼最喜歡的那條領帶，也讓她看起來就像年輕的南西．雷根。當安東尼在一月那個寒冷的早晨於國會殿堂宣誓就職時，凱瑟琳身上就穿著這套衣服，每當他們兩人在床上大玩總統先生和總統夫人的角色扮演時，她風情萬種脫下來的也是這套衣服。

當神父試圖要讓他的信眾安心，相信神將會帶領他們度過這段混亂時期的時候，凱瑟琳本分地跟著其他人一起點頭，而安東尼則為自己做了簡短的禱告：他們兩人的長線繩對他們而言只是一個開始，它象徵著未來將有更好的事情降臨在他們身上。

在三月、四月和五月裡，安東尼的小型競選團隊持續在遊說選民，並且繼續在推特上發布訊息，進行著民調，在此之際，世界上大部分的人則在忙著決定要如何應對他們身邊無可挽回的改變。儘管他的努力結果並沒有顯著的成效，安東尼依然堅持繼續舉辦他的集會和活動（畢竟，大部分的花費都是他妻子的娘家支付的）。

當安東尼還是地方檢察官辦公室的年輕檢察官，而他的大學甜心凱瑟琳・杭特也還是美國革命女兒會的新董事成員時，他們在她家族位於維吉尼亞州的三百畝莊園裡舉行了婚禮，當時的他們都同樣地充滿了野心。

而今，他們就在這個轉折點上。

安東尼和凱瑟琳沒有自己的孩子，不過，自從競選活動於二月展開以來，杭特家族幾乎出席了安東尼和凱瑟琳的每一場活動。（每當凱瑟琳說服她那不喜歡拍照的外甥傑克・杭特和他們一起站在舞台上時，競選活動總是因此而受益，因為二十二歲的傑克穿著筆挺制服的軍校生形象，能夠提醒選民，安東尼對軍隊的大力支持。）

不過，即便有傑克的助力，安東尼知道，他的競選活動聲量依然敵不過線繩引起的騷動和其他知名度較高的候選人，隨著春天過去，安東尼等待著有什麼事情發生，任何事都可以。他的競選急需要有催化劑的出現。

這個觸媒在六月初的時候終於來到了。

一名競選團隊的志工，一名叫做莎朗的中年婦人，告訴她的主管說，她需要和安東尼與凱瑟琳直接談談。

當他們四人齊聚在辦公室的時候，莎朗解釋說，她女兒和俄亥俄州參議員老韋斯・強生二十歲的兒子小韋斯・強生就讀同一所大學，老韋斯・強生在民調上一直都持續領先安東尼好幾個百分點。

「世界真小。」凱瑟琳好奇地說。

「我女兒和小韋斯的前女友剛好是朋友，所以，她才聽說韋斯的父親收到的是短線繩，」莎朗說：「韋斯被擊垮了。我是說那個兒子，不是父親，雖然，我覺得他父親應該也被擊垮了。」

安東尼瞇起雙眼，他已經在腦子裡衡量著幾個作法了。「那顯然是很不幸的消息。」他嚴肅地說。

「悲劇。」凱瑟琳說。

「不過，我們很感謝你和我們分享這個消息。」安東尼禮貌地和莎朗握了握手。

等莎朗和她的主管離開之後，凱瑟琳立刻轉向她丈夫。「我不知道你怎麼想，不過，我認為我們有責任讓國民知道，如果他們選了韋斯・強生當總統的話，他很可能會在任內死亡。」

「我們得很小心處理這件事，」安東尼謹慎地說：「但是，這個消息一旦傳播開來，韋斯就得退選了。」

凱瑟琳用雙臂環住她丈夫的腰。

「你說得對，親愛的。上帝站在我們這邊。」

班

很幸運地，到了五月的時候，班終於可以再度專注於工作了。

也許，他的朋友達蒙是對的，那個互助團體給了班所需要的出口，一個能夠區分他作為短線繩者和作為建築師這兩種身分的方法。身為一個短線繩者，他總是讓任何知道真相的人感到不安和同情，而身為一名正在崛起的建築師，他又能夠激起別人的羨慕和信任。

週一早上，班走過那個大學科學中心的白色比例模型，那座科學中心很快就要動工了，然後在他那間擁有種種成功表徵的個人辦公室裡坐下來：人體工學椅、可調式升降桌、二十七樓的視野。班底下有著一支年輕熱情的建築師團隊，他們希望能在五年或者十年之內成為像班這樣的人。他為了達到這個位置所做的一切——在廚房裡和父親一起練習乘法表，為了準備他的研究所申請表而在晚上十點之前離開酒吧——全都值得了。如果有人在一場訪問中問班，他希望自己在三十歲的時候達到什麼成就，那麼，這裡就是他的答案。

說來奇怪，他這部分的生活感覺如此完整，甚至可以說是成功，然而，他另一部分的生活卻在瞬間崩潰了。即便已經過了兩個月，他的辦公桌上依舊空空如也，他和前女友克萊兒的相片已經不再擺在那裡了。有時候，班覺得自己似乎還能從眼角看得到那張照片的幻影：他們兩人在科尼島的碼頭露出天真笑容的合照。

班彎身到辦公桌底下，從他的手提箱內層裡抽出一張紙，捏在手指之間。那是他和莫拉昨天晚上在教室後面發現的那封信，信末還有署名為「A」的神秘回覆。

某一部分的班懷疑自己是否被惡整了。重返學校那面櫥櫃牆的感覺，讓他懷疑這封信也許只是互助團體裡的某個人對他開的一個殘酷的玩笑，就像當年在全美數學大聯盟盃競賽之前，幾個長曲棍球球員把班和他隊友的計算機電池拆掉一樣。但是，班再也不是那個怪咖青少年了。只要稍微環顧這間辦公室一眼，就會讓他想起這件事。而他完全無法相信，那個互助團體裡有任何人會這樣耍他。他們之間的連結太特別了。

因此，班的結論是，唯一的答案就是，這所學校裡的某個人在這週撿到了他的信，然後回覆了他。

當他這麼解釋的時候，一切聽起來幾乎就很正常了。

這讓班對於自己打算回信的決定感覺好多了。

親愛的A，

很抱歉讓你失望了，但是，我和你一樣所知不多。我會認為你的第一個想法是對的，沒有什麼可以左右那名士兵對格特魯德的愛，即便戰爭也不能。不過，在經歷了過去幾個月之後，我不確定我是否是最適合被問及愛情的人。

我寧可去思考戰爭的事。你是否曾經想過，如果這些線繩出現在二次大戰之前，或者任何重大戰爭之前的話，可能會發生什麼樣的事？如果全世界數百萬的人——這個數字在某些國家代表了一整個世代的人——都看到了自己的短線繩，那麼，他們會預知到即將發生戰爭嗎？那是否又足以阻止戰爭的發生？

也許，他們只會認為將會發生一場瘟疫，而戰爭終究還是會發生。

但是，我真的很好奇。為什麼那些線繩沒有出現在那個時代？為什麼是現在？

當然，就算這些問題都有答案，也無助於我最想要知道的答案。

為什麼是我？

——B

對班來說，在紙上分享自己的想法竟然出奇地簡單，比在互助團體的眾人面前開口要容易多了。不過，當他重新看著自己的信時，意識到自己剛才寫了什麼——基本上，他承認了自己是個短線繩者——他不知道自己是否應該要重寫，把那部分刪掉。信那端的那個陌生人當然不需要知道關於他線繩的事。然而，寫信這種具體而親密的舉動，讓他覺得自己想要誠實。如果知道班的線繩長度會嚇跑這個神秘的回信者，那麼，就順其自然吧。

此外，如果班打算在那個週末把真相告訴家人的話，他也需要練習要怎麼說實話。

對班而言，困難的不只是如何面對他的線繩，還有要如何告訴父母這個消息。幾週下來，他一直守著這個秘密，不想用這個恐怖的真相加重他們的負擔，因為那只會腐蝕他們的晚年歲月。

說服他的人是互助團體裡的莉亞。

「我了解你現在的感受，」她說：「你擔心一旦告訴他們，將會毀了你們在一起的時光。但是，不告訴他們，任憑這個秘密在你心裡潰爛，再加上對你父母說謊的罪惡感，那才真的會毀了你們在一起的時光。」

「你父母有什麼反應？」班問她。

莉亞暫停了一下。「他們哭了很久。」

班同情地點點頭。

「當我還很小的時候，」她說：「看到我父母哭泣，感覺就像世界上最糟糕的事情。這種情況只發生過幾次，例如葬禮或者某些罕見的國家危機時，不過，看到自己的父母啜泣總是讓人感到非常沮喪。結果證明，這種感覺並不會因為年紀增長而有所改變。」

「他們哭完之後發生了什麼事？」

莉亞猛然地吐出了一口氣。「說實在的，那個部分也許還更糟糕。在我告訴他們這件事之後，那天晚上，我睡在他們的沙發上，當我在半夜醒來去上廁所的時候，可以聽到他們在房間裡談論我沒有機會做到的各種事情。他們對我可能永遠沒有機會成為母親，感到傷心欲絕。」

莉亞把她的毛衣拉下來蓋住拳頭，然後用衣袖拭去眼角的淚水。

「可是，即便如此，我還是認為你應該要告訴你父母。」

當黑暗來臨，痛苦圍繞時，我會為你承擔。

車站裡迴盪著令人揮之不去的旋律，那彷如雷・查爾斯[11]的嗓音，讓所有聽到的人都沉默了下來。

班不安地站在地鐵月台上，沉浸在街頭藝人的低音提琴裡。

就像惡水上的大橋，我會為你搭橋。

他身邊的那名老婦人閉上眼睛，身體輕輕在晃動。

就像惡水上的大橋，我會為你搭橋。

[11] 雷・查爾斯（Ray Charles, 1930-2004）是美國靈魂音樂家、鋼琴演奏家，是節奏布魯斯音樂的先驅。他是第一批被列入搖滾名人堂的人物之一，並被法蘭克・辛納屈稱之為「音樂界唯一的天才」。

那名男子的歌聲最終被進站的火車磨擦聲所吞沒，那名老婦在男子腳邊的棒球帽裡投下幾枚硬幣之後，才跟在班身後踏進地鐵車廂，在班對面的空位坐了下來。

當地鐵快速穿越隧道時，班的視線在不同的乘客之間飄移，最後回到了他對面的那名老婦人身上，當時，婦人已經開始低聲地自言自語了起來。

班轉開目光，不想讓自己看起來很無禮，不過，他可以聽到婦人含糊不清的低語，而且她的語速似乎越來越快、越來越堅定。他留意到其他幾名乘客也在注視著婦人。

「總是會有瘋子。」坐在班隔壁的男子嘆息地說。

不過，班為那名婦人感到難過，她的自言自語一直持續到班要下車的那一站都沒有停下來。

當他起身準備下車時，他低頭看著婦人的腿，一路上，她的皮包都擋住了班的視線，因此，班無法看到她擺放在皮包後面的雙手。

她的手指從一顆珠子移動到另一顆珠子上。她正在唸誦《玫瑰經》。

班的父母住在英伍德的一間一房公寓裡；位於曼哈頓最北端的英伍德，不僅房租比較便宜，生活步調也緩慢許多，正是他們想要的那種退休生活。他父親花了四十年的時間在教十二年級的微積分，他的母親則是九年級的歷史老師。他們喜歡開玩笑說，他們的兒子之所以選擇建築這個行業，是為了同時滿足他們兩人：建築是一個城市具體的紀錄，而要讓建築物屹立不倒則需要精確的數學。

當班和他的父母一起坐在餐桌上時，他痛苦地發現，自己上次在這間公寓吃晚餐是和克萊兒一起，大約是在他們分手前一個月左右，在那些線繩出現之前，也在一切彷彿骨牌災難性地崩倒之前。不過，他推開那個記憶，專注在眼前的晚餐上。

班的父母一致決定不要看他們自己的線繩，直到義大利千層麵的盤子空了，最後幾匙咖啡冰淇淋在他的碗底融化成一灘時，班才鼓起足夠的力氣，準備把自己的線繩長度告訴他們。

他放下他的湯匙，看著坐在對面的父母。突然之間，他的腦海裡浮現了那名唸誦《玫瑰經》的老婦。

「你們相信上帝嗎？」他聽到自己在問。

班的家庭並不是一個宗教家庭。他父親的家族原本是猶太教，而他母親則是基督徒，不過，隨著一代一代過去，任何原本存在的宗教熱情都消退了。他小時候不曾去做過禮拜，晚餐時也不會禱告。他告訴朋友說，他家是未知論者，但他從來沒有真的問過父母這是不是真的。

他父親往後靠在椅背上，椅子在他的體重下發出了嘎嘎的聲音。「老實說，我不知道，」他說：「不過，我已經接受了一個事實，我承認那是我到死都不會知道的事情。就算到了那個時候，我可能依然不會知道。」

他母親的臉上掛著一絲淺笑，神情看似望向遙遠的地方。「有時候，我會想，我們沒有用任何信仰來教養你，是不是做錯了，」她靜靜地說：「可是，我想，我自己對上帝的信仰從來沒有堅定到可以那麼做。」

班覺得很慚愧。他不應該說這些話的。如果真的有上帝的話，祂在班的父母生活中給了許多賜福。然而，祂也殺了他們的兒子。

他的父母很少提及班那早產的哥哥，他比班大三歲，不過，出生之後，他只活了兩天。

「對不起，我不應該問的。」班說。

「不，不，沒關係，」他母親向他保證。「在現在這個世界裡，我確實也比較常思考到這個問題。」她深深吸了一口氣才繼續往下說：「像我們失去你哥哥那樣地失去某個人，最奇怪的就是你的第一反應居然是全然否定上帝。你的結論一定是上帝並不存在，因為你在教堂裡所聽到的那個慈愛的上帝絕對不會如此殘酷，你也永遠不會相信一個會讓這種事情發生在你身上的上帝。情況就那樣持續了一陣子。不過，最終，你發現自己相信的事剛好完全相反，並且確實希望上帝真的存在。因為，如果上帝存在的話，那麼，某種天堂就會存在。而你需要相信有某種天堂的存在，因為，要接受已經發生的事，唯一的方法就是相信當我們死的時候，我們會去到某個地方。而不是……不再存在。」

班的母親已經在哭泣了。「因為，不管我們要去的地方是哪裡，那都是你哥哥所在之處。那是我的寶貝所在的地方。而我拒絕相信我的寶貝已經不存在了。」

她放任淚水決堤，她的丈夫則用手摟住她的背。

班覺得自己很混蛋。他現在無法對他們開口，他們的痛苦已經這麼深了，他不應該問及那些關於上帝的蠢問題，導致往事又被重提。

問題是，班甚至不知道他們的回答是否重要。他不知道相信上帝和天堂是否會讓他的父母在聽到有關他線繩的真相時，感覺好過一些或更不好過，只要他們的線繩再給到他們另一個十四年，他們就會在有生之年裡埋葬他們的第二個孩子。

莫拉

長久以來，莫拉鮮少想到關於小孩的事。她很難想像自己成為一名母親，甚至連假設都很困難。

二十九歲的她，依然覺得自己只比十七歲那年從父母家偷溜出去參加地下音樂會，以及讓一個朋友幫她穿耳洞（因此而引發的感染持續了好幾週之久）的她，成熟不了多少。

那個固執、沒有責任心的年輕女孩，不可能為人父母。她不想把可以在酒吧裡和朋友混到半夜的生活方式，拿來交換一早起床哺餵母乳的日子。她絕對不想要懷胎九月，也不想經歷殘忍的分娩過程，誰知道那需要撐上幾個小時，這麼多年來，她也從來不希望這種事發生在任何一任女友的身上。她想要擁有穿著運動褲在家待上一整天、什麼也不做的自由，或者辭職去環遊世界，她希望未來能在倫敦或者馬德里擁有第二間公寓。

尤有甚者，她很少會產生想要成為母親的渴望，只有當她看到一個特別可愛的嬰兒，或者知道一個朋友或同事剛懷孕時，才會有這樣的感覺。因此，莫拉很輕易地就將這種感覺斥之為生理上的小干擾。如果她真的想要孩子的話，她應該早就知道了。畢竟，她都快要三十歲了。

莫拉剛認識妮娜時，她曾經擔心自己不想當母親的本能，可能會讓她們的關係出現裂痕，然而，很幸運地，具有成為主編野心的妮娜也有同感，這讓莫拉感到很滿意。她們的想法一致。

直到她打開了她的盒子。

那股想要成為母親的渴望變得越來越頻繁，越來越強烈。過去，莫拉以為女人對孩子的渴望只是情感性的，然而，對她而言，那份渴望不知怎麼地變成了生理上的，一股在她體內可以察覺得到的感受。

當她想到擁有一個孩子時，可以感覺到自己的腹部緊繃，彷彿在揉捏著一個空虛的凹洞。她的雙手和手臂感到輕微的刺痛，彷彿有一股煩躁不安往下延伸到她的手指，想要觸摸什麼不存在那裡的東西，想要抓住什麼不存在的東西。

她記得在高中上過一堂關於能源的物理課，那也是唯一一堂她還記得的課。那是一個關於捲曲的彈簧等待著彈起來的趣事。彈簧在捲曲狀態下充滿了潛在的能量，不停地等待著被轉換為動能，而這股動態的能量唯有在它終於彈起時才會出現。莫拉的手臂和雙手充滿了潛在的能量，等待著付諸行動，她想要摟抱另一個生命，像搖籃一般地輕晃和安慰著那個生命。

一天傍晚，莫拉在回家的途中轉過街角，看見一名年輕的母親帶著她的兒子走出一棟褐色砂岩建築。那個看似四、五歲的小男孩，肩膀上揹著一個小到不能再小的藍色後背包，當他從台階上跳到人行道上，剛好停在莫拉前方時，他很快地抓住了他母親的手。

他抬起那顆金色頭髮的頭望著他母親。「那個遊戲約會很好玩，對不對？」

他母親點點頭。

男孩暫停了一會兒，然後問：「你覺得我們是不是偶爾可以讓他到我們家來？」

也許是男孩出其不意的高八度嗓音，也許是他聽起來是那麼地害羞和不確定，彷彿他不知道其他人是否也和他一樣這麼開心，或者不知道他母親是否會讓他再參加一場遊戲約會。莫拉不知道是什麼原因讓她的腳步突然停了下來，她感覺到自己開始哭泣，就在人行道的正中央。

那個小男孩和他母親沒有注意到這一幕，他們繼續地往前走，而莫拉只是站在那裡流淚，她的反應顯然只是因為她剛才目睹的那份天真。

不過，那天晚上稍晚的時候，當莫拉試著要睡覺時，那股渴望強烈到讓她轉過身，幾乎就要拍拍妮娜的肩膀，問她是否可能改變關於生養孩子的心意。直到一股覺醒重重地給了她一記當頭棒喝。

當她的孩子七歲時，莫拉就會離開人世了。

她一夜無眠地在思考自己是否還能這麼做，最終得到了一個彷彿是無可避免的結論。她無法忍受留下那麼幼小的兒女，等到他們長大之後，他們將會忘了她的容貌、她的聲音，以及她推著搖籃哄他們入睡的感覺。

此外，如果妮娜會再婚的話——光是再婚這個念頭本身就令人感到痛苦——那麼，莫拉不希望自己的孩子叫別人「媽媽」。她不想讓其他女人教她的兒子如何閱讀，或者在他第一次心碎的時候安慰他。她不想讓別人養大她的孩子。

不過，儘管做出了決定，但是，莫拉知道那股渴望不會全然消失，當她凝視著妮娜的背脊在睡夢中輕微地上下起伏時，莫拉不知道不把自己的這些想法告訴妮娜，算不算是一種不誠實，因為，她曾經發誓會和妮娜分享一切。

然而，莫拉就是無法告訴她，關於這股渴望、那個捲曲的彈簧或者那個揹著藍色迷你背包的男孩的故事。

不管妮娜怎麼嘗試，她依然永遠無法了解。

✦

隔天早上，翻騰的情緒和缺乏睡眠帶給莫拉一股嚴重的宿醉感。當莫拉在床上翻身、在浴室流瀉而出的明亮燈光下緊閉雙眼時，妮娜已經在刷牙了。

「你還好嗎？」妮娜問。

「我今天早上感覺不太舒服。」莫拉說。

「你需要我幫你拿什麼東西過來嗎？我應該要打電話給醫生嗎？」

「不，不，我沒事，」莫拉對她保證。自從她們知道莫拉收到的是一條短線繩之後，她只要出現一點點不舒服，哪怕是微乎其微，都足以讓妮娜發狂。

「你確定嗎？」妮娜擔心地蹙緊雙眉問道。

「嗯。我只需要請一天病假，在家睡覺就好。」莫拉說。她看著妮娜放在床尾的筆電。「我可以借用你的電腦發送郵件到公司嗎？」

「當然可以。」妮娜說完，轉身對著水槽漱洗。

莫拉把筆電拉到棉被這頭，然後讓自己靠坐在枕頭上。在把訊息發送給她的老闆之後，她打開臉書很快地閱覽了一下。然而，她很快地就收到了一堆她從來都沒有見過的定向廣告。

一家旅行社正在宣傳它的「短線繩者最想去的地方」，能讓你在短短幾個月內環遊世界，還有一對看似鬼祟的律師在兜售他們的短線繩者民事訴訟優惠方案。「過去，你遭受到錯誤的對待嗎？撥亂反正，在你還可以這麼做的時候！」

為什麼妮娜會收到這些明顯是針對短線繩者的投機廣告？她真的在搜尋什麼短線繩者的奇特假期嗎？還是在找尋律師？

一般而言，莫拉對於她伴侶的線上活動，都保持著自由放任的態度。她不介意她們是否在她不在的時候觀看色情影片，或者偶爾和她們的前任互通電子郵件，只要她問及的時候，她們都誠實以對就好。不過，這些臉書的廣告看起來不太對勁。

妮娜正在衣櫃旁邊換裝，因此，莫拉在她的筆電上點擊了「搜尋紀錄」。

最近的連結包括了一些很普通的新聞網站，不過，再往下看，內容出現了變化。十數個Reddit網頁，內容的怪異程度各異，外加數度造訪了一個名為「線繩理論」的網站，那顯然是心懷不滿的短線繩者發表意見的某種論壇。這些全都不像是一般人平時會瀏覽的網頁，特別是妮娜。

當妮娜準備就緒時，她回到了臥室。「你確定你沒事嗎？我很樂意待在家裡陪你。」

「『短線繩理論』是什麼？」莫拉問。

「你是說，物理學上嗎？」

「我是指這個網站，」說著，莫拉把筆電轉過去，好讓妮娜可以看到螢幕。「還有你一直在瀏覽的其他網頁。」

「沒什麼。」妮娜聳聳肩。

「看來不像沒什麼。」

「我知道那看起來很奇怪。」妮娜的臉頰開始漲紅。「不過，我只是在谷歌上找些資料，然後，原本的搜尋就有點失控了。」

為了避免遭到任何進一步的質問，妮娜轉身背對莫拉，開始收拾她的皮包，再三檢查她例行的用品是否都帶齊了：幾支備用的筆、一本隨身筆記，還有隨身的乾洗手。

莫拉從床上站起來，走上前和她的女友面對面。「那些搜尋看似花了很多時間，妮娜。感覺就像你完全掉進了一個該死的無底洞而無法自拔一樣。」

妮娜從她的皮包上抬起頭來，帶著一絲惱火地撥開臉上的頭髮。「喔，你完全反應過度了。」她說。

「你知道嗎？身為一個線繩很長的人來說，」莫拉說：「你對短線繩者的困境也太感興趣了吧。」

妮娜詫異地問：「那是什麼意思？」

「沒什麼，」莫拉突然意識到自己正在悄悄地朝著危險邊緣而去。「我想，我只是很驚訝，你從來沒有提過這份……執念。」

「那不是執念，」妮娜堅持地說。「我只是……我不知道……在尋找答案而已。」

「你找到了嗎？」

妮娜翻了翻白眼以示回應。

「我想你沒有找到吧。」莫拉嚴厲地說，隨即轉身走向走廊。

「你要去哪裡？」妮娜在她身後大喊。

當莫拉沒有回應時，妮娜跑到走廊上，抓住莫拉的手臂，一把將她轉過身來，讓兩人困在了兩面牆壁之間的狹窄空間裡。

「你為什麼對這件事這麼生氣？」妮娜問。

莫拉直視著妮娜慌張的雙眼。她知道自己傷害到妮娜了，這不是她想要的。但是，她覺得筋疲力盡、覺得煩躁，而且，她依然在想昨天晚上的事。當莫拉得到那個令人揪心的結論，明白到她永遠也無法創建一個她自己的家庭時，妮娜卻埋首在某個充滿了疑神疑鬼陰謀論的荒謬網站上。

「我只是不明白，為什麼你要這麼執著於這些線繩的事情，你又不是生活完全被搞亂的那個人！」

妮娜的呼吸開始不順暢了起來，她早先因為窘迫而漲紅的臉瞬間發白了。她的手無力地從莫拉的手臂上垂落下來。

「我也許沒有一條短線繩，」她安靜地說：「但是，你和我共享著我們現在的生活，所以，你正在經歷的一切也都會影響到我。」

「我不敢相信你這麼自私。」莫拉憤怒地說。

「我並不想要這樣！」妮娜沮喪地舉起雙手。她努力讓自己不要被生氣和侮辱沖昏頭。

莫拉覺得自己幾乎可以看到妮娜的腦子正在尋找最好的方法，想要在一切為時已晚之前化解眼前的局面。

「聽著，我知道我有時候會有點衝動，沒錯，不知道這些線繩的真相確實讓我很難熬，」妮娜冷靜地說：「也許，一切就是這樣開始的，但是，我發誓，我發現那個『線繩理論』的網站，唯一的原因只是我考量到了你和你的安全。我很擔心你。我一直都在擔心你。」

「你在這些網站上發現了什麼並不重要，因為那無法改變任何事。」莫拉堅定地說：「即將發生的事……依然會發生。你只是在浪費你的時間而已。」

莫拉看著妮娜壓抑著的眼淚。

「而且，我不需要你一直為我擔心，」莫拉嘆了一口氣。「這只會讓我們兩個都瘋掉而已。我需要你振作起來。為了我。」

妮娜點點頭。

「你覺得你能不能試著放手，就一點點？」莫拉問。

「可以，當然可以。」妮娜伸手搓了搓莫拉的臉頰。

「好。由於這間公寓的空間只有那麼一丁點大，只能讓一個人為線繩的事發瘋，鑒於目前的情況，我希望我可以保有這個權利。」

親愛的B，

但願我能給你答案。我的一名同事（說實話，他是一名長線繩者）花了一整個午餐的時間，企圖要說服全桌的人，那些線繩其實是一份人性的禮物。他說，數個世紀以來，我們的歌曲、詩歌和刺繡枕頭，不斷地要求我們要記得人生苦短，我們應該要把每一天都當作生命的最後一天來過，然而，從來沒有人這麼做。

也許，他是對的，那些線繩真的給了我們一個機會，讓我們可以活得比較沒有遺憾，因為我們確切地知道自己還有多少時間可以這麼做。不過，要求別人這麼做，是否仍然太過分了？

我想，我應該要告訴你，我還沒有看過自己的線繩，而且，我也不打算看。

自從那些線繩出現以來，我們的話題多半都圍繞著一些偉大而沉重的想法，說白了就是關於生命和死亡的事。而我想念那些談論小事情的時光，特別是在一座充滿各種奇妙的小事情的城市裡。

例如，昨天晚上，我在我的公寓外面等計程車，然後，我看到對街三樓的窗口有一名老人探出頭來，對著底下人行道上的一名老婦人揮手道別，當時，她正從那棟建築裡走出來。在她走路的時候，他持續在對她揮手，而她也不停地轉身對他揮手。就這樣，在老婦人越走越遠之下，他們宛如小孩一樣地不停地在對彼此揮手，直到她幾乎走到了街區的盡頭。即便那名婦人不再轉身，而只是繼續往前走時，那名男子的頭也一直探在窗口外，看著她消失的那個街角。

也許是格特魯德和她的士兵。他們在曼哈頓重逢了，而且過著快樂的退休生活。

——A

親愛的A，

這裡有件小事：大約一年以前，我在午夜時分步行回家，突然之間，有一首老歌〈世事不可強求〉⓬不知道從哪裡傳送而出。那是多麗斯．戴演唱的原曲版本。我祖母以前偶爾會哼唱這首歌。那首歌越來越大聲，直到我轉身，看到一名腳踏車騎士在空曠的街道正中央騎行，他穿著一件瘋狂的紫色外套，腳踏車後面綁了一台音響。他踩著腳踏車，緩緩地經過我身邊，彷彿他只是一名普通的腳踏車騎士。

不過，就在幾個月前，我在街上聽到了同樣的音樂，同樣也是在深夜的時候。「順其自然吧，該來的總會來到……」然後，他又出現了，同樣的男子，同樣的歌曲，也許還是同樣的腳踏車。

也許，他是在線繩出現之後才選擇了這首歌曲，現在，我們看得到未來，至少能夠看到一部分。然而，我很高興他依然在這麼做。也許，他用的是某種輪流的方式，在每個安靜的傍晚把音樂帶到這座城市不同的角落，而每隔幾個月，他就會來到我住的這條街。

——B

傑克

傑克的母親喜歡音樂。這是他對母親的記憶之一，她會在廚房裡自顧自地輕聲吹口哨，也會在晚上唱歌給他聽。

在她離開之後，就在他的五歲生日左右，傑克的父親說他的年紀已經大到睡前不需要再聽搖籃曲，因此拒絕縱容他的要求。他的姑姑凱瑟琳至少還會在哄他入睡的夜晚，試著唱歌給他聽，不過，她只會唱教堂的那幾首歌，最終，傑克就不再要求她唱搖籃曲了。

在他的記憶中，他姑姑文雅地坐在床邊輕聲哼唱著關於上帝的愛和耶穌犧牲的歌曲，雖然聲音有點尖銳，不過，那些記憶卻讓傑克覺得，當她要求他參加競選的集會活動時，他必須得要答應。

「你姑丈安東尼和我會很感激你的，如果你可以和我們一起站在台上的話，」她曾經這麼說：「你穿上你的軍校制服，在台上看起來一定會很帥氣的。」

儘管心裡覺得有疙瘩，傑克還是答應了。

⓬〈世事多變化〉（Que Sera Sera）是希區考克一九五六年執導的電影《擒兇記》的主題曲，由主演的多麗斯・戴演唱。多麗斯・戴也是美國歷來最受歡迎的女歌手之一。這首歌於二〇〇四年被列入AFI百年百大電影歌曲名單。

在杭特家族裡，「好」是唯一能被接受的回答。

通常，好幾個堂兄弟姊妹或姻親都會和他一起站在台上，不過，傑克似乎是唯一一個對此感到尷尬的人，他的腳總是在那雙軍靴裡不安地蠕動。他總是試著站在他姑姑或姑丈的正後面，讓他們為他擋住攝影機捕獵般的鏡頭，希望自己盡可能不被注意到。傑克向來都希望他的軍校同學不會在電視或者照片裡認出他來。他們全都知道他姑丈正在競選總統，光是這一點就已經夠糟糕的了。

相異於家族裡的其他成員，傑克對於暴露在全國的鎂光燈下並不感興趣。他只想安度最後一年的軍校生活，不要再為自己招來更多的關注。而安東尼公開爭奪權力的行為，對此絕對毫無助益。

傑克的室友哈維是他唯一能傾訴的人。

「我只是不知道要怎麼脫身。」傑克在他們一起走進體育館，準備練習隔天的障礙課程時抱怨道。

「你為什麼不能直接告訴他們說，你覺得不自在？」哈維一邊問，一邊把搖晃中的繩索拉向自己。「你可以說你害怕舞台，或者其他什麼的嗎？」

兩個男孩抓住繩索，開始往上攀爬。

「害怕對他們來說不是理由。」傑克喘著氣回答，繩子刺人的纖維陷入了他的掌心裡。

「可是，他們是你的家人啊。」哈維說。他已經領先傑克兩呎了。

「也許你的家人會了解，」傑克嘆了一口氣，抬頭看著哈維的鞋底在他上方一吋一吋地往上移動。「但是，我的家人絕對不可能的。」

哈維抵達繩索頂端的平台，然後同情地對傑克點點頭，在此之際，兩名橄欖球隊的隊員走進他們底下的體育館。

「嘿，杭特！不要往下看！」其中一個男孩嘲笑地說。

「是啊，真是太可惜了，你姑丈還不是總統，」另一個說：「也許，他無法讓你不用上這些繩索課。」

傑克的憤怒被引燃，他緊緊地握住手中的繩子，不過，哈維從頭頂上方的平台給了他一個制止的眼神。不值得。

這不是傑克的親戚第一次為他帶來麻煩，肯定也不會是最後一次。杭特家族的名聲在校園中聲名遠播。傑克的家族擁有一份殊榮，他們的一名祖先曾經是美國獨立戰爭中真正的軍事英雄——最早的那位杭特將軍——自從一七七〇年代起，每一代的杭特家族至少都會把一名家族成員送入軍中。傑克的父親因為在一場高中足球賽受傷，導致膝蓋粉碎，因此無法參軍。（他轉而成為一名重要的國防工業承包商。）事實上，杭特家族史裡唯一的污點是傑克的母親，她在傑克很小的時候就離他而去了。（她現在在西班牙的某個地方，她嫁給了一名帶著一對十二歲雙胞胎的當地僑民，而傑克至今從來沒有見過這些人。）傑克的父親對自己受傷感到羞愧，妻子的離去也讓他覺得丟臉，在這兩道傷害所造成的自卑感之下，他明白地表示，傑克進入軍校是毫無疑問的決定。

杭特家族在維吉尼亞州的社交圈和軍事菁英圈子裡向來都備受尊崇，不過，安東尼和凱瑟琳最近進軍政壇的舉動，卻將這個家族所受到的關注推到了意料之外的高度。雖然，早在安東尼尚未在他的家鄉維吉尼亞州之外獲得什麼有意義的知名度之前，他就已經向所有人宣布自己競選總統的決定，此舉雖然令人驚訝，不過，杭特家族也集體誓言會全力支持他當選。

「我知道，我答應過凱瑟琳姑姑說我會去，但是，真的有必要讓我出席每一場集會嗎？」那晚稍後的時候，傑克在電話裡問他的父親。「我只是擔心我會跟不上學校的進度，」他解釋說：「還有，我曾經發誓這個學期會更常到體育館去，而且……」

「這是你的家人，傑克。家人是會相互支持的，」他父親說：「特別是像我們這樣的家族。」

他姑丈的競選只是讓傑克在自己家族面前感到更加不安，彷彿他平庸的成績和不起眼的體型帶給他的自卑感還不夠一樣。

傑克很愛他的凱瑟琳姑姑，但是，他從來都不明白她在安東尼身上到底看到了什麼，除了野心和結實的下巴輪廓之外。當他姑丈的名聲越來越旺之後，傑克發現他越來越粗魯，也越來越虛偽，他的自大膨脹到了不可控制的地步。某部分的傑克向來都很羨慕安東尼無需從軍就可以獲得杭特家族的接受——甚至是認同——而杭特家族向來都是以嚴苛而聞名，但是，傑克卻得要在他從來都不想去讀的軍校裡接受四年的磨練。

因此，當那些盒子在那年春天出現時，當安東尼．羅林斯正在感謝上帝賜給了他一個好消息的預兆時，傑克也同樣地感到了感激。雖然，那些盒子出現的時機也許有助於沖淡最近關於安東尼的負面新聞，但是，傑克覺得那些線繩必將終結他姑丈的競選。某一場未知的災難將無可避免地讓一張熟悉的臉孔進駐到白宮，一名經得起考驗、家喻戶曉、擁有智慧和專業，足以應付這個非凡時期，讓舉國上下冷靜下來的候選人。當然，這需要一名經驗老道的國防部長，或者一名前副總統，某個具有數十年經驗、飽經這個世界正在面臨的這種巨變、經歷過驚濤駭浪的人。

安東尼・羅林斯只是一個國會代表，一個政治新手，他靠的只是顯赫的杭特家族所提供給他的裙帶關係。他從來沒有上過戰場；他從來沒有帶領眾人度過危機。他現在不可能會贏。

這讓傑克鬆了一口氣。

哈維

傑克．杭特和哈維．賈西亞從他們在軍校的第一年起就是室友，比起其他的軍校生，他們兩人都更為內向，因此他們會彼此尋求慰藉，更遑論他們也比其他學生都矮了幾吋，也輕了幾磅。

起初，哈維還得依賴傑克的引導。哈維是他家族裡第一個讀大學的人，而傑克的家譜樹上，軍事獎牌則多得有如裝飾品一般。他的第二個表姊最近才剛從軍校畢業，傑克知道軍校的歷史和傳統，知道校園生活的詳情細節，那是只有軍人世家才可能會知道的。

一直到開學之後的第三或第四週，哈維才開始看到真正的傑克．杭特，才明白那些沉重地吊掛在家譜樹上的裝飾品，幾乎會導致樹枝斷裂。

當一群新生宣布他們打算要在前臂刺上「寧死不屈」的刺青時，傑克覺得這些人瘋了。

「你不喜歡刺青？」哈維曾經問他。

「不喜歡那種感傷的話。」傑克回答。

在白天的訓練裡，傑克很明顯地不如大部分的其他軍校生那麼迅速、強壯，或者沒有那份與生俱來的自律，而許多學生也都過於渴望證明自己比知名的杭特家族成員優秀。

初秋的某一個晚上，一名肌肉發達的傢伙從紀念杭特曾祖父的一塊牌匾上，認出了杭特的姓氏，進而向傑克發出公然格鬥的挑戰。

「別這樣，杭特！」他嘲諷地說：「你不希望你曾祖父看扁你，認為你是個娘娘腔吧！」那場鬥毆只維持了兩分鐘，傑克就在挨了三記重拳之後倒下了。然而，那些冷笑和嘲諷比那些拳頭更糟糕。

比賽結束之後，哈維默默地陪著洩氣的傑克走回他們的宿舍，然後偷溜進廚房找了一個冰袋，給他那鼻子已經腫起來的室友。

「謝謝你。」傑克呻吟著把冰袋敷在已經瘀青的臉上。

「不客氣。」哈維聳聳肩。

「我不單指冰袋，」傑克說：「我是指這一切。你把我當作一般的室友。」

「你是說，我沒有挑釁你進行什麼毫無意義的競爭嗎？」

「因為你似乎不在乎我是誰，也不曾刺探過關於我家的事。」傑克解釋說：「那對我來說是從來沒有過的體驗。這樣很好。」

「很抱歉，我得要打擊你的自尊，老兄，你確實就只是一個室友而已，」哈維說：「當然，你對這裡的事務運作有額外的了解，但是，我並不是在這個世界長大的。你的名字對我來說一點意義也沒有。」哈維友好地笑了笑。

他說的是真話。哈維不明白為什麼自己要崇拜這個十八歲的孩子，只因為他的祖先有過的成就。不過，他對傑克特殊的身分也並非全然無感。從傑克那些勉為其難的話語，以及其他學生的八卦裡，哈維也拼湊出了他的家族背景：杭特家族的九代人自從建國以來就一直為祖國奮鬥，他們在經年累月中曾經接受過的榮譽，以及他們曾經奉獻過的捐款。

雖然，哈維想要把傑克視為一個普通的同學，但是，他無法不感激這份友誼所帶來的好處。由於拉丁裔的軍校生在校園中只佔十分之一，因此，哈維對於成功備感壓力——在這一點上，他對於傑克背負著眾人期待的壓力絕對可以感同身受——而哈維也樂見他和傑克的交情似乎讓他的聲望在老師之間得到了提升，並且讓他們對他多了一點關注。

「為什麼大家都那麼關注他？」有一天傍晚，哈維的父親曾經在電話裡問道。

「我想，他的家族很有名吧，」哈維試著解釋。「有點類似甘迺迪家族？」

「喔，原來如此，」他父親說：「只要他對你友善就好。」透過電話，哈維可以聽得出他父親幾乎是在聳肩的聲音。

哈維的父母為兒子的成就感到無限驕傲，不過，他們依然擔心他的福祉。申請軍校是哈維自己的決定，雖然，這絕對是因為在教堂裡為流浪漢打包食物的十八年以來，不停地聽到他父母講述美國自由的優點所造成的結果。某方面而言，哈維從軍的選擇是因為受到家庭的觸發，一如傑克一樣。哈維想要做能讓父母讚賞的事，想要對他們的教導以及他們生活的方式致敬。

而且，全額獎學金也沒有什麼壞處。

因此，傑克和哈維忍受了他們生命中最艱困的四年，不過，他們一起撐了過來，到了五月的時候，距離他們正式成為美軍的最新成員，就只剩下幾週了。

他們的畢業為一個非常奇特的學期畫下了句點。

傑克的姑丈在二月的時候宣布要參選總統，這讓傑克和哈維都很失望。（哈維只在傑克二十一歲的生日晚餐上見過他一次，不過，他立刻就可以感受到安東尼對權力的貪婪。）

到了三月的時候，兩個小木盒出現在傑克和哈維的宿舍門口。

在看完盒子上的敘述並認為那是軍校的某種測試之後，兩人誰也不敢打開盒子，因為他們認為，那是軍校想要看看誘惑和好奇是否會在學生們畢業前的最後幾個月裡戰勝他們。

然而，即便在得知那不是測試，而且全世界都收到了同樣的木盒之後，這兩個男孩依舊選擇不要看盒子裡有什麼東西。他們的職業很危險，如果能夠這樣看待的話，就比較容易接受等待著他們的風險：只是一個風險，而不是絕對。

在五月那些快樂的日子裡，也就是畢業前的最後幾天，當他們在草坪上扔飛盤、為期末考的結束乾杯時，哈維和傑克完全都不知道六月的事件將會改變一切。

漢克

對漢克來說，剩下的五月在模糊中過去了，他在醫院的最後一天終於來到了，他原本以為自己直到滿頭白髮，手指也因為關節炎而無法縫合傷口時，才會看到這一天的來臨。他的一名醫生同事安妮卡邀請他一起吃午餐慶祝。

「這不是什麼真的值得慶祝的事。」當他們在醫院餐廳裡的一張小桌子旁坐下來時，漢克這麼說。

「我們並不是在慶祝你要離開了。而是在慶祝你在這間醫院服務期間的成就。」安妮卡笑著舉起她的咖啡杯來乾杯。

漢克很高興他和安妮卡能夠成熟到以朋友的身分道別。基於他們的過往，即使他們兩人特意避開彼此也不足為奇。不過，現在，他就要離開醫院了，漢克懷疑自己是否會再見到她。安妮卡・辛哈是他認識的外科醫生中最有才能的一個，也是他此生第二個摯愛（第一個是他在讀醫學院那三年裡交往的女友露西，當漢克搬到紐約的時候，露西接受了聖地牙哥住院醫生的工作）。在漢克看來，他和安妮卡是天造地設的一對。他們了解各自對生活的要求，他們同樣地奮發努力，並且激勵彼此成為更好的醫生。也許，漢克給她的壓力有點過頭了，因為安妮卡最終覺得自己對漢克的投入，無法像她對工作的投入一樣。

至少，她的決定對她來說似乎是可行的。安妮卡正在朝著外科主任的目標一步步前進。此外，她也沒有完全放棄漢克。

自從他們兩年前分手以來，每當他們有特殊發洩的需求時，漢克或安妮卡都會趁機利用他們持續的友誼關係，這種情況至少每個月會發生一次。這對他們來說很輕鬆。所有的尷尬、客氣和彆扭都早已不再，就算在做壞事的當下，其中一方接到醫院的緊急通知，他們也不會覺得受到冒犯。

然而，此刻，和安妮卡一起坐在餐廳裡，在憶及過去那幾個月的關係時，漢克無法不想起三月的那個晚上。安妮卡發現真相的那個晚上。

那晚的性愛特別美好，是那種極端的、貪婪的投入，那種只有當風險升高、當外面的世界就要坍塌時，你才會有的投入。而那個三月，這個世界的確坍塌了。

在那些盒子初來乍到時，漢克並沒有立刻打開他自己的盒子。

盒子上的那些話讓他感到憂心，他想要等到獲知更多的資訊之後再打開。不過，當那些線繩受到官方的確認之後，漢克依然無法決定要怎麼做。某部分的他認為，那些盒子就像例行的醫學測試一樣：如果你的身體發生了什麼問題，那麼你應該要知道真相。即便你無法改變最終的結果，但是在這段期間，也許你能做點什麼來改善你的生命。然而，另一部分的他——也是每天都要處理病患和家屬憤怒、悲傷情緒的那一部分——卻在想，是否盡量把痛苦延後，才是比較好的作法。

不過，最終，漢克理性的那一面勝出了。他無法逃避擺在眼前的訊息。

因此，他打開了他的盒子，並且用那個居家的計算方式測量了他的線繩長度，結果發現他徹底完蛋了，一切已經無法挽回。他的線上顯示他只剩下五個月。

他不應該打開那個該死的盒子。

漢克很快地考慮在四月辭職，好將他剩餘的幾個月拿來旅行，不過，很幸運地，他早已看過了大部分的世界，並且曾經在歐洲待過兩個夏天，此外，在讀醫學院的前一年，他也和一位朋友一起以背包客之姿走遍了亞洲。除此之外，他的工作就是他的全部。醫院那些無菌的白牆就是他這一輩子的疆界，他的同事是他唯一的朋友。不過，漢克從來都不太介意自己大部分的時間都待在急診室裡。他喜歡他的工作。他喜歡腎上腺素、喜歡挑戰，喜歡自己正在拯救生命的事實，這是很多人嚮往的事，卻很少人真的身體力行。

他知道自己有時候很自私；也許，他所幫助過的病患對他的感激，讓他感到過多的滿足，但是，他認為，如果天堂或者等同於天堂的東西真的存在，他也許已經在那裡贏得了一個位置。在此同時，繼續拯救生命也不是什麼壞事。

在和安妮卡分手之後的兩年裡，漢克並未真正的再交往過其他女孩，他的父親已經過世了，他不想讓七十六歲的母親受到驚嚇，因此，他決定不要告訴任何人他們分手的事。他不希望這個消息造成任何人的負擔，他也不想要別人的同情或施捨。他只想保持堅強，然而，一旦每個人開始小心謹慎地呵護他時，他就無法變得堅強。他無法在每個人都等著他崩潰的情況下，還能繼續振作下去。

在急診室工作的漢克，不像腫瘤科的同事那麼擅於告知病患末期的診斷結果，不過，他已經看過夠多的悲劇，也失去過夠多的病患——夠多的短線繩者，在他們被稱為短線繩者之前——所以，他並不想問為什麼是我。漢克和過去二十年裡每天被推進急診室裡的病患沒有兩樣。以前他會問為什麼是他們？現在則是為什麼是他？這些都是沒有意義的問題，只會徒增傷痛而已。

在他打開盒子之後的一週左右，漢克在值了一整天的班之後，來到醫院的更衣室裡換衣服，準備回家休息三天，那也是幾個月以來他第一個真正的休假，就在那個時候，他突然發現自己並不想回家。整整七十二小時沒有任何病患、沒有任何工作、沒有任何令他分散注意力的事，這聽起來就像個惡夢。他不能花這麼多時間單獨和自己的思緒相處。

一想到那些焦慮不安的日子正在等待著他，漢克就覺得自己渾身都因為恐懼而緊繃了起來。他用力關上櫃子的門，重重地拍了櫃子一掌。

「這麼糟糕的一天啊？」

漢克轉身，只見依然穿著手術服的安妮卡一臉關心地看著他。

他內心的某部分崩潰了。

「你要去喝一杯嗎？」他問。

但是，一杯變成了好幾杯，然後，很快地，安妮卡就回到了漢克的公寓，兩人享受了他們特別盡興的性愛，而漢克也短暫地忘卻了他走廊上那只裝著短線繩的盒子。

完事之後，安妮卡讓漢克輕鬆地靠在枕頭上昏昏欲睡，自己則從床邊的矮櫃裡拿出一件他的T恤套上。當她經過走廊前往浴室時，她看到了。櫥櫃上的那個盒子。

盒子就放在那裡，毫無遮掩地暴露在視線之下。

整個三月，安妮卡都還是少數幾個依然堅決否定這些線繩的人之一。儘管坊間流傳著各種證據，安妮卡畢竟還是一名相信科學的女性，在那些線繩的預言能力還沒有得到任何科學的解釋之前，她無法接受它們。她一直等到疾病管制暨預防中心的局長公布研究結果之後才打開盒子，結果在她終於打開時，她發現自己的線繩結束在八十七歲。這個結果和她期望的一樣好。

但是，當安妮卡看到漢克的盒子就放在櫥櫃上時，一股不安的好奇心突然淹沒了她。她就是想要知道。

她覺得那就好像一個男人忘了把支票簿收起來，這無疑是在鼓勵任何女人去看一眼。或者像是在偷窺醫藥櫃裡都放了些什麼東西一樣。每個人都會這麼做。而且，那些盒子才剛出現不久，社會上還沒有發展出明確的標準來規範大家要如何對待它們。此外，安妮卡和漢克交往了將近三年，彼此分享了所有的秘密，儘管他們對未來有各自不同的安排，但是直到現在，他們依然還很親密。安妮卡甚至不只一次懷疑，她決定結束這段關係是否是個錯誤。

當她決定偷偷打開漢克的盒子，掀開在盒子裡承擔著防守任務的那塊銀色布料時，她對漢克所有矛盾的情感似乎在那一刻都和她嚴重的好奇心交織在一起，她纖細的外科醫生手指動作起來也一如往常地靈活。

當安妮卡看到盒子底部的那條短線繩時，低聲地倒抽了一口氣。她最近才剛測量過自己的線繩，預知到她將可以活到八十多歲，她很快就看出漢克的線繩長度大約只有她自己的一半。那就意味著他會在四十多歲的年紀死亡。

而他現在已經四十多歲了。

在震驚之中，安妮卡意識到漢克這天晚上為什麼邀請她過來，為什麼他們的性愛讓她感覺到前所未有的激烈，彷彿充滿了遠遠超乎他們兩個人的能量。漢克知道自己的生命很快就要走到盡頭了。很快。

當安妮卡回到臥室時，漢克已經坐在床上了，在昏暗的光線下，他幾乎看不到她臉上奇怪的表情。她在他身邊坐了下來，將她溫暖的手放在他壯碩的前臂上。

「對不起，漢克。」

「為什麼？」他問。

「你不用再強忍了。在我面前不需要。」

漢克不自在地在枕頭上挪動了一下。「說真的，安妮卡，你在說什麼？」

「我知道我不應該看，但是……我還是看了，」安妮卡低聲地說，淚水已經在她的眼裡打轉了。「我不知道該說什麼，除了……對不起。不管你需要什麼，我都在你身邊。」

漢克花了一秒鐘的時間，才把她莫名又突然的道歉與他在走廊上的盒子聯想在一起。

她看過了，現在，她正在說對不起，還帶著明顯的同情看著他。

「喔，我的天吶。你是怎麼搞的？」漢克大吼地把手臂從她的手底下甩開。「你幹嘛要那麼做？」

安妮卡無助地看著他，沉默地搖了搖頭。

「你一點都不在乎我的隱私嗎？」他對著她大吼。

漢克可以感覺到自己的心跳在加速，血液在他的血管裡衝撞。他的身體啟動了「戰鬥或逃跑」的模式，這種感覺對他這種人而言並不陌生。但是，他這次無法逃跑，安妮卡已經知道了真相。他唯一的選擇就是戰鬥。

他和安妮卡在他們交往的幾年裡曾經吵過幾次，當然，他們一直到分手前都還是時有爭執，但是，她從來沒有像這次這樣違背過他的信任。這比偷看別人的日記，或者駭入別人的銀行帳戶，甚至偷取他人的醫療紀錄都還要惡劣。如果他們還在交往的話，這絕對是無可原諒的事情。

「對不起，漢克。我不知道我是怎麼了！」安妮卡懊悔地皺著眉頭。

「我的天吶，安妮卡，如果我還不知道的話呢？」漢克說：「萬一我自己都還沒看呢？這會是我發現答案的方式嗎？你有考慮到這一點嗎？」

安妮卡的淚水盈眶。「我只是……我只是覺得你已經知道了。我覺得你不太一樣。今晚。而我了解你，漢克。我知道你會選擇獨自面對，你覺得你不想給其他人帶來負擔。」她說：「所以，我希望你知道你並不孤單。如果你不想要孤單的話。」

漢克依然可以感覺到壓力的荷爾蒙在他全身流竄，讓他隨時準備戰鬥。他依然可以感受到內在的憤怒。但是，聽到安妮卡的話，看著她慚愧地蜷縮在床墊邊緣，身體不停地在漢克那件寬鬆的T恤底下顫抖時，漢克發現自己並不是真的對她感到生氣。

他是在氣他的線繩。

某部分的漢克依舊愛著安妮卡。幾年以前，他甚至還曾經一度認為有朝一日自己會娶她，無論如何都會接受她的缺點。那天晚上，她的行為顯然比她任何的缺點都還要糟糕。但是，她剛才說出口的話卻一點都不糟糕。

此外，漢克並不想再吵架了。他不想和自己所愛的人為敵，不想在他只剩下這麼短的時間可以和他們相處時還要吵架。

他長長地嘆了一口氣，然後疲憊地伸出手，覆蓋在她的手上。

安妮卡感激地抬頭看著他，同時咬住下唇讓自己不再繼續顫抖。「我知道我不應該那麼做，漢克。但是，你真的不打算告訴我嗎？」

「我不打算告訴任何人。」

安妮卡發紅的眼睛寫滿了痛苦。「可是，獨自經歷這件事一定很可怕。」

「比不上你現在看著我的眼神那麼可怕。」漢克說。

「也許那不是真的！」安妮卡試著讓自己聽起來充滿希望。「你我都告訴過病患，他們只剩下幾個月的生命，但是卻看著他們又活了好幾年。」

「你知道這並不一樣。」

安妮卡安靜地點點頭。「我保證，我不會告訴任何人，如果你真的希望如此的話。」

漢克依然想要保守自己的秘密，不過，聽到安妮卡說出來，他確實感到了一絲安慰，因為，有一個人知道了關於他的線繩真相。

要對所有人隱瞞事實，讓他感到筋疲力盡，他總是不斷地擔心自己可能會不經意地說出或做出什麼洩露真相的事。現在，至少，他可以放鬆自己對安妮卡的戒心。他不需要假裝一切都沒事。

「你知道嗎？我一直都很努力不要讓醫院的人發現，不要讓我母親發現，」漢克說：「在此同時，我也沒有真的哭過、尖叫，或者做什麼一個人在這種情況下應該會做的事。」

「為什麼？」

漢克知道自己之所以沒有在他父親的葬禮上哭泣，是因為當時他試圖為了他母親而保持堅強，他知道當安妮卡和他分手時，他為什麼沒有哭泣，那是因為他想要在他欣賞的女人面前保留顏面。但是這次，他不知道自己為什麼沒有哭。

安妮卡從床上拿起一顆枕頭遞給漢克。

「你要我捶打枕頭或者做什麼嗎？」

「你可以對它做任何你想要做的事，」她說：「我也許會在手術室裡裝出一副強悍的模樣，但是，我向來都會埋首在枕頭裡哭泣。」

漢克不甘願地從安妮卡手中接過枕頭，無言地看著它。

「你要我讓你獨處嗎？」她問。

漢克透過朦朧的眼睛看著她。那頭垂肩的黑髮在他白色的T恤映襯下看起來更烏黑了。那濕答答的眼影殘留在她棕色的眼睛底下。還有她那在思索問題的解決之道時，總是會支撐在雙手上的尖下巴。

當他們還在交往時，漢克曾經以為，兩年後，他們在時報上刊登的結婚宣告，將預示著他們會成為醫學界裡嶄露頭角的夫妻檔。他怎麼都沒有預料到會有眼前的這一刻。

漢克突然用枕頭蒙住臉，開始對著柔軟的枕頭奮力喊叫，安妮卡看著他額頭上的血管在皮膚底下脹大，彷彿也和他一樣正在大聲嘶吼。

當他終於聲嘶力竭時，漢克把枕頭放回腿上，努力地要回復呼吸。

「你覺得你可以多待一會兒嗎？」他問她。

安妮卡展開雙臂，抱住他寬闊的肩膀，漢克感到自己可以毫無顧忌地哭泣，彷彿他從來都不曾哭過一樣。那是一場持久且無需壓抑的哭泣。

在幽暗的房間裡，在安妮卡安全的懷抱中，漢克讓自己被淹沒在深沉的、全然釋放的哭泣裡，這場哭泣時而讓他失去控制，時而掏空他所有的空氣，隨即又消失，留給他一片冷靜和平靜，讓他可以短暫地喘息，然後再度湧起下一波的浪潮，重新將他捲回逆流之中。

在這整個過程中，安妮卡一次也沒有放開他，直到漢克終於讓自己退出她的懷抱。

一週之後，安妮卡把互助團體的訊息告訴了漢克。

當他在醫院裡遇到她時，安妮卡問他是否想到接下來要怎麼辦。

「我經常告訴我的病患，要他們嘗試某些療法或者互助團體，所以，我想我應該要以實際行動來證明我自己的話。」他說。

安妮卡給了他康納利學院的地址，在那所距離她公寓很近的學校裡，有很多團體已經展開活動了，漢克也在接下來的週日出現在那裡，只不過他因為急診室繁忙而遲到了半個小時。

他從二〇一室的門往內窺探，那些短線繩者——只剩下不到一年的生命——匯聚一堂。每個人都在哭泣，他們手牽著手，揉著彼此的背，把一盒紙巾一個傳過一個。那看起來實在令人沮喪。漢克希望這個團體能讓他感覺好一點，感覺堅強一點，而不是比現在更悲傷。

就在他要離開之際，他聽到三扇門之外的二〇四室傳來了微弱的笑聲，那裡是線繩長度中等者的聚會之處，漢克決定要去一探究竟。

沒有人需要知道他其實並不屬於那裡。

親愛的B，

在今天的單字課裡，我的一名學生把「莽撞」定義為「好玩」，因此，我必須告訴她，她的理解有誤。她看起來很困惑，然後告訴我說：「對不起，我以為我可以隨心所欲地定義它。」

我從來沒有聽過一個學生這麼說，這件事讓我思考了一整天。

也許，那些盒子也像這樣。沒有人可以為它們提供萬無一失的解釋，所以，我們希望它們代表什麼意思，它們就代表了什麼意思，不管那是上帝、命運、魔法或者某種無所不知的存在。不管你的線繩有多長，它也可以代表你希望它所代表的意義，那是一張允許你想怎麼做就怎麼做的許可證，允許你不再節食、讓你尋求報復、讓你辭去工作、讓你去環遊世界、去冒險。

每個早上，我都在想，我是否會在今天崩潰而打開它。

如果這個問題不會太觸及個人隱私的話，我可以問——你是否後悔看了你的線繩？

——A

班

班不知道自己為什麼驚訝。他應該已經預期到這個問題遲早會出現。

不過，他花了一點時間才寫下了他的回答。答案遠比這個簡單的問題——你是否後悔看了你的線繩？——要來得複雜許多。而且，要回答這個問題，可能會重新挖出那晚當他知道自己拿到了一條短線繩時的各種情緒。那些震驚、悲傷和害怕。還有克萊兒哭泣時的神情。

班相信，這些信件另一端的那個陌生人一直對他很誠實，而他也想要和對方以誠相待。然而，他發現自己無法完整地分享這個故事。他希望不要再重回到那個晚上。至少還不要。

親愛的A，

我覺得我打開盒子之前和之後彷彿兩個時空，而這兩個時空是如此地不同。想要再回到打開盒子之前的時光，是絕無可能的。我知道這聽起來彷彿陳腔濫調，不過，那是真的。一旦你知道了某件事，你就忘了不知道的時候是什麼感覺。

是的，大部分的時候，我對於自己知道的事實感到後悔。然而，我試著告訴自己，一開始的這份後悔會過去的，總有一天，我甚至可能會慶幸自己知道真相。

當然，如果我最終死於某個突發意外的話，那麼，也許我最好不要預先知道，而只是在瞬間不省人事，完全來不及思考是否錯了或如果怎樣怎樣的話。但是，如果最終我是慢慢死去，不乏時間自我反省的話，那麼，我會很欣慰死亡並沒有以令人驚駭的模式來到，也希望我有把死亡之前的十四年活成我要的模樣，這樣，我就可以在最大的滿足之下回顧一生。

班在寫完這封信之後感到疲憊不堪，彷彿他立刻就可以睡著一樣。但是，他還有其他的話想說。

從你最新的一封信裡，我可以推測你是一名老師，現在是六月，也許，你將會遠離這座城市，到某個地方去過暑假。

班不知道要如何結尾。他應該要透露自己的姓名嗎？要留下他的地址嗎？要建議他們見面嗎？

他真的很驚訝這些書信往返竟然維持了這麼久。他唯一類似的經驗，是在一場暑假的宿營之後，當時，他的上下鋪夥伴曾經發誓要在下一個學年度裡維持筆友的關係，甚至還在掌心裡吐口水握手發誓。然而，到了冬季的時候，當男孩們的生活再度被課業、運動和音樂課淹沒時，所有的聯繫幾乎都相繼斷絕了。班是寄出最後一封信的人，不過，他再也沒有收到任何回信。

班不知道他現在通信的對象是男是女，是年輕還是年老。或者，對方是否對於這段關係有所投入，如果可以把幾封簡短的書信往返稱之為「關係」的話。

也許，對於那個人而言，這只是一個微不足道的消遣而已。也許，對方只是同情他。

不過，他不希望對方就那樣消失。

班把自己線繩的事告訴了一小群他信任的人——幾個老朋友，還有一名親近的同事——一開始的時候，他們還經常和班保持聯絡，總是打電話或者傳簡訊關心他。不過，近來，這樣的聯繫已經慢慢消失了。即便在四月份鼓舞班加入互助團體，並且總是在週一早上對他前一天晚上的聚會表達關切的達蒙，最近兩週以來也不再有所反應了。

也許，他們對於幫助班感到無助，或者因為悲傷而感到不自在，又或者對他們自己擁有長線繩而懷抱著罪惡感。也許，他們只是不知道還能說什麼。

不過，我依然會在每週日晚上來到這間教室，如果這個夏天你還待在這裡的話。如果你不在的話，那麼，祝你好運，我希望不管你做出什麼決定，都能夠找到平靜。

——B

「今晚，我想要聊聊後悔。」肖恩開啟了這天傍晚的討論。

「喔，太好了，我們已經有一陣子沒有主題了。」莫拉小聲地對班說。

「而且這聽起來好像很刺激。」他補充說。

班和莫拉在第一個晚上相鄰而坐的結果，讓他們養成了坐在彼此隔壁的習慣。莫拉很感激班能容忍她以旁觀者的角度發表評論，而班也很慶幸莫拉從來都沒有把這些聚會看得太嚴肅。她每一句輕鬆的評論，都為他們黯淡的氣氛搓破了一個洞，否則的話，他們最終可能都會窒息。

「我相信，我們之中很多人都思考過，在我們離開之前會後悔沒有做過哪些事情，」肖恩說：「那麼，我們何不先來討論已經讓我們感到後悔的事。」

「聽起來真是他媽的令人沮喪。」卡爾說。

「後悔是生命正常的一部分，」肖恩解釋說：「我想，我們會發現不是只有我們自己會後悔。會讓我們感到後悔的可能是我們做過的事，也可能是我們沒有做的事。」

「我很後悔自己沒有早點變成素食主義者，」賽莉絲特主動表示。「我父母擔心那會影響我的發育，但是，有時候我會想起在十六歲之前所吃下肚的所有動物，一想起這個，我就覺得反胃。」

雀兒喜戲劇性地翻了個白眼。

「我對我和泰德的關係感到後悔。」泰瑞爾嘆了一口氣。

「誰是泰德？」莉亞問。

「我的前男友。我偷了他那只價值八百元的手錶。」

所有人都等待他進一步說明。

「首先，我要說我認為自己是一個品格很高尚的人，」泰瑞爾說：「這是我唯一可恥的偏差行為，這就好像你一輩子都在吃沙拉，結果有一天卻吞下了整個巧克力蛋糕一樣。長話短說，當泰德決定以最沒有創意的方式劈腿時，我們已經交往快一年了。」

「和你最好的朋友劈腿嗎？」賽莉絲特猜測。

「他是在加班到深夜的時候和一個同事出軌的。他從公司回家的時候繫錯了皮帶，像個白痴一樣，因為很明顯地，當時辦公室裡很暗，在金融界裡，每個男人都繫著同樣醜陋的黑皮帶。因此，我當然就發現了，然後我們就分手了，而且，我決定要拿走某個他在乎的東西做為報復。」

「那只手錶對他很重要嗎？」班問。

「那不是他的傳家寶之類的東西。那是一只超貴的手錶。也是那個混蛋欠我的。我得要報復他，因為他浪費了我十個月的生命。他偷走了我所有的時間，所以，除了偷走他的手錶之外，我想不出任何更恰當的作法。」

泰瑞爾捲起他的袖子，露出狡猾的笑容轉動著他的手腕，只見那只金色的腕錶在教室的日光燈底下閃爍。

賽莉絲特對於用這種被她視為道德敗壞的手段來進行報復，而非讓因果自行運作的作法感到震驚。雀兒喜和卡爾則雙雙發出了歡呼。

「可是，現在你後悔拿走了手錶？」肖恩問。

「喔，不是的，」泰瑞爾說：「我後悔和泰德交往。我當然不後悔偷了他的手錶。」

他的說法連肖恩都不禁感到莞爾。

「好了，還有人要分享什麼的嗎？」他問著眾人。

「有，」卡爾說：「我後悔打開了那個該死的盒子。」

教室裡的人全都沉默地點頭表示同意。

✦

班等到全部的人都離開了，只剩下他隻身還在教室裡，才把那張紙從他的袋子裡掏出來，然後把紙對折，露出頁面上的字母「A」。他彎下身，把摺疊起來的紙張彷彿一個迷你帳篷般地放在椅子後面的書櫃腳架底下。

當班轉身時，一臉疑惑的漢克正站在他的身後。

「我想，我把我的耳機掉在這裡了。」漢克說。

「喔，嗯，我可以幫忙你找。」班說。

兩名男子低頭在瀰漫著尷尬氣氛的教室裡移動。

「你介意我問你，你剛才在用那張紙做什麼嗎？」漢克終於大膽地問。

班想了一會兒。「這會受到醫生和病患之間的隱私保障嗎？」

「當然了，當然會。」漢克笑答。

於是，班把自己在之前聚會結束後掉在教室裡的那封信，以及收到神秘回覆，到展開一系列匿名書信往返的過程，都告訴了漢克。

「現在，我和一個完全陌生的人在通信，」班解釋說：「當我說出來的時候，我發現這聽起來很瘋狂。」

漢克好奇地瞇起眼睛看著班。「你真的不知道是誰在寫信給你嗎？」

班搖搖頭。「我只能猜測是這所學校裡的某一位老師，」他說：「不過，我想，學校在平常的晚上和週末，也會在這間教室裡舉辦一些匿名戒酒會或幾個其他團體的聚會活動，所以，我想，回信的人也可能是那些成員之一。」

漢克聳聳肩，露出令人安心的笑容。「我想，你要弄清楚的唯一方式就是繼續回信給對方。」

「謝謝。」班說。

「謝什麼？」

「謝謝你沒有讓我覺得自己瘋了。」

「我們全都在一個未知的領域裡。很難把任何反應稱之為瘋狂。」漢克瞄著肖恩用來放咖啡和零食的那張桌子底下。

「你在西奈山醫院工作，對嗎？很遺憾那裡發生的事。」

「事實上，我在五月底就辭職了，」漢克說：「不過，早在槍擊事件發生前，我就已經提出辭呈了……我剛發現我不知道你是做哪一行的？」

「我是個建築師。」班說。

「哇！你設計過什麼我認得的建築物嗎？」

「還沒有，」班傷感地說：「有一棟正在建造中，不過在北部。」

由於漢克已經辭去了醫院的工作，那天晚上，他並沒有地方可去，便在一張塑膠椅上坐下來。「你怎麼會想要當一名建築師？」

班有點驚訝地在他旁邊的椅子上坐下來。「我也不太確定，」他說：「我沒有任何的兄弟姊妹和我一起長大，而我父母都在工作，因此，我花了很多時間在塗鴉上，隨手亂畫一些小房子和小城鎮，然後想像著住在裡面的人是什麼樣子。」

漢克同情地皺起眉頭看著他。

「喔，不是的，不要誤會，」班結結巴巴地說：「我父母很棒，而且，我也不是一直都很寂寞。我只是真的很喜歡畫那些小小世界而已。」

「而你現在想要建構更大的世界？」

班笑了。「這麼說吧，高中對我來說並不總是一帆風順，當時，我覺得如果我可以建構出像紐約摩天大樓那麼巨大的東西，那麼，我就不可能會再覺得自己很渺小。」

「那現在呢？」

班望向身旁的窗外，只見上東城區雄偉的公寓在逐漸變黑的天色裡融合在一起。

「現在，我想要建構永恆的東西。一座可以屹立不搖的建築，即便在我……」

漢克往後靠在他的椅子上，理解地嘆了一口氣。「你在聚會中很少發言。為什麼？」

「嗯，我從來都不太喜歡公開說話。」

「七個短線繩者加上肖恩，算不上是令人畏縮的聽眾。」

「是啊！我知道。我想，我只是比較喜歡聆聽吧。」

兩人沉默了一分鐘，不確定這場對話還會持續下去。

不過，班很好奇。「如果不是因為槍擊事件的話，你為什麼要辭職呢？」

「我想我累了，」漢克說：「不想再看到人們哭著走進醫院，他們很害怕，全然地絕望，並且乞求我給他們我無法給出的答案。」

「聽起來很可怕。」

漢克若有所思地把嘴撇向一邊。

「你知道嗎？不只是這樣。那是我告訴我老闆和同事的理由，但事實是，我只是不想再當醫生了。當時的我以為，我把數百個人從死亡邊緣帶回到這個世界，以為我在對抗死亡，而且還贏了。然後，我發現也許我並沒有贏。也許，我只是救了那些命不該絕的人，那些線繩上還有很多時間的人。至於那些我試圖拯救卻沒能救回的人，也許，他們根本無法獲救。沒有醫生可以幫到他們。」

「那聽起來幾乎像是一種安慰？」

「不過，當你發現那不是一場公平的戰鬥時，你就很難繼續對抗了，」漢克說：「我想，其他人可能比我更能夠轉移他們的注意力。即便我們無法讓別人變得長壽，至少，我們可以影響他們生活的品質。」

「有道理。」班認同地說。

「我知道他們是對的，可是我就是無法克服，」漢克說：「我在急診室裡工作。在我的職業生涯裡，我一直都在和死亡搏鬥。但是，死亡是我們無法打敗的。」

「在那些線繩出現以前，這就已經是不爭的事實了，不是嗎？」班問。

「是的，」漢克說：「但是，在線繩出現以前，我還可以欺騙自己說，我真的有機會戰勝死亡。」

班憂鬱地點點頭。「我很遺憾。關於這一切。」

「我很遺憾沒有機會看到你的摩天大樓。」漢克說。

班假裝遭到了侮辱。「嘿！我還有十四年的時間可以建造它。」

漢克低頭看著自己的腳，不知道是否應該要坦承。

「我和你們其他人不一樣。」他說。

「什麼意思？」班問。

「我的線繩比你們短很多。我只是不想去參加那個超短線繩者的聚會。太壓抑了。」

「我不知道該說什麼。」班的聲音聽起來就像在耳語。「我很遺憾。」

「誰知道呢？」漢克聳聳肩。「也許賽莉絲特的嬉皮信念是對的，反正我們都會再度重生？」

班對漢克笑了笑。「能這麼想確實很好。」

漢克

六月九日那天，漢克的互助團體把聚會時間提前了一小時，這樣一來，大家就可以及時回家收看初選辯論。

漢克並沒有特別關心政治。他在乎的是廣義上會立刻影響到他和他工作的事情——醫療保險、犯罪率、稅金——不過，他沒有興趣花上幾個小時的時間來辯論政策的枝微末節，或者閱讀政治的評論報導，就像他有些朋友那樣。然而，漢克聽說來自維吉尼亞州的候選人安東尼·羅林斯打算在今晚的辯論中做出重大的宣布，因此，漢克決定要收看今晚的辯論。

當主持人問了一個漢克並沒有意識到自己正在期待的問題時，他正在棕色皮沙發上，一邊啜飲著啤酒，一邊靠在背面朝上的坐墊上，那個坐墊的正面已經被刮破了，所以去年他不得不把坐墊翻面過來。

「我想要用一個話題來開啟今晚的辯論，我相信這是每一位選民腦子裡都在思考的事：線繩。我們聽到一些報導說，中國和北韓政府已經針對線繩的事，發布了全國性的規則。所有的中國公民現在被要求在收到盒子之際就立刻打開，然後向政府報告他們的線繩長度，而北韓則下令不准打開盒子，並且由軍方負責在盒子一送達的時候就沒收。雖然，我們尚未在美國看到如此激烈的作法，不過，我們都注意到了最近發生的悲劇事件，包括上個月在紐約一家醫院以及亞利桑那州某間商場發生的槍擊事件，這些事件顯然都和那些線繩的出現有關。因此，候選人們，這些線繩的出現是否有引發你們重新思考你們的任何立場或計畫？」

安東尼．羅林斯已經準備好了。他無視於這個問題，直接就進入他顯然已經排練過的演說。

「總統一職是我國最高的行政職務，不管是誰當選，民眾都期待他要為國家奉獻完整的四年，甚至也許是整整八年。參選總統是在對這個偉大國家的人民做出一個承諾，你承諾你願意、也能夠在完整的總統任期之內全心投入，也許甚至是兩個任期。這就是為什麼我要謙卑地讓你們看到——除了我的退稅資料和推特紀錄以外——一個更加重要的東西。我的線繩。」

語畢，安東尼從他的講台後面拿出一個小木盒，打開來，然後拿出裡面的線繩，經過這段日子，每個人現在都可以很快就辨識出那是一條具有相當長度的線繩。

「如果我有幸成為你們所選的人，我保證，我會在你們所賦予我的任期內做好、做滿。而我也要求我的競選對手們，在公開透明的精神下，展示他們自己的線繩，如此一來，選民就可以盡可能地了解到誰可能在未來幾年領導我們的國家，進而投出他們的選票。」

聽眾在詫異下不知道該如何反應。在大部分人的掌聲和點頭認同之下，台下也發出了一些噓聲和質問。

「好了，好了，」主持人要群眾冷靜下來。「讓我們來聽聽其他候選人的回應。」

「我和我丈夫一起做出決定，我們誰都不會去看我們的線繩，」非政治圈出身的哈佛政治科學教授艾蜜莉亞．帕金斯博士說：「我相信，要不要看完全屬於個人選擇，而要求候選人把這麼私密的東西拿出來似乎並不公平，也不道德，更不要說不符合美國的價值觀了。羅林斯議員的提議感覺上更像是稍早所提到的威權政府的作法。」

「謝謝你，帕金斯博士，」主持人說：「魯斯參議員，你有什麼看法？」

「我相信帕金斯小姐並沒有了解到，要成為一名有效率且值得信任的公僕，就需要接受一個事實，那就是你大部分的私生活都會變得公開，」那名參議員表示。「對於總統一職來說也是如此。即便候選人拒絕展示他們的線繩，你也可以打賭那些小報勢必會去挖掘這些訊息。而且，我已經可以看見新聞標題了：『全民選出來的總統某某人將會死於任內。』」

以「家庭價值」為訴求的肯塔基女性候選人愛麗絲·哈珀議員補充道：「我想，任何不幸收到短線繩的候選人，應該會想要退出競選，將他們剩餘的時間用來與所愛的人相處，而不是花在競選上面，去尋求一份他們做不了多久的工作。」

當其他人發言的時候，參議員韋斯·強生則在思考。

他是台上唯一一名非裔美國人，他知道，他受到歡迎的程度令很多人驚訝。他聽到很多專家和主播對於他的參選表達疑慮，他們認為，他不能永遠依賴他優雅的舉止和隨機應變的能力。

等到其他人都說完之後，主持人問他是否有什麼要補充的。

「有的，」強生說：「美國民眾應該選出的人是價值觀受到他們認同的人，是立場受到他們支持的人，以及相信他的政見可以改善我們國家的人。擁有短線繩並不會抹煞那些特質，如果只因為線繩短而選擇不投給一名適合的候選人，那就好像是在為這名候選人完全無法控制的事情在懲罰他一樣。我們將種族、性別、殘障和年齡的歧視視為非法，而強迫候選人展示他們的線繩，無異於是在姑息一種全新的歧視行為。」

一些零星的掌聲讓主持人往前靠近他的麥克風，不過，強生還沒說完。

「我們有些偉大的領袖在他們任內去世，」他繼續往下說：「而我們有些最沒有效率的政客則很有福氣地活了很久。如果約翰·甘迺迪揭示了他的線繩，而選民也因此懲罰他的話，那麼，古巴飛彈危機也許就會爆發成美俄之間的核戰。如果法蘭克林·羅斯福公開了他的線繩，選民也因此懲罰他的話，那麼，納粹也許永遠都不會被打敗。如果亞伯拉罕·林肯展示了他的線繩，那麼，和我以及我孩子一樣的男男女女也許至今還是奴隸，而我們的國家可能也會永遠陷於分裂。如果那些人治理國家的機會只是因為天生的不幸而遭到剝奪，那麼，我們的世界現在會是什麼模樣？對此，我感到不寒而慄，我希望美國民眾能看到羅林斯議員的提議裡所挾帶的危險。」

現場聽眾如雷的掌聲和羅林斯茫然的神情讓漢克鬆了一口氣。然而，在韋斯·強生的最後一個鏡頭裡，也就是攝影機即將轉開之前，漢克發誓他看到了這名參議員眼裡泛著淚光，那是他無法在全國的電視機前流下的淚水。

那一刻，漢克了解到自己和韋斯·強生擁有同樣的命運。

漢克很快地對這場辯論其餘的部分失去了興趣，轉而上網搜尋民眾對羅林斯和強生的言論有何反應。雖然強生的立場獲得了許多支持，不過，羅林斯的提議毫無疑問地引發了一些討論。一些貼文和部落格的文章開始出現在全國各地，主張短線繩者不能被賦予這個國家最重要的職務。

他們表示，短線繩者太焦慮了，太不安、太沮喪了。

不出多久，這個話題就不只侷限於總統職務了。網友紛紛問到，也許，所有的政治工作人員都應該要求揭露線繩？各大公司的執行長呢？住院醫生呢？為什麼醫院要花時間訓練一個無法回報這份投資的人呢？

漢克用力地闔上筆電。

隔天早上，六月十日，大約上午九點左右，就在那些盒子出現剛滿三個月之後，一名短線繩者在國會大廈外扔擲了一枚自製炸彈，造成數名旁觀者身亡，而漢克知道，在中西部某一州枯燥無聊的飯店房間裡，安東尼・羅林斯一定很高興看到這個消息。

夏天

安東尼

六月十日爆炸事件的嫌犯在那場爆炸中死亡，也連累了其他幾名短線繩者跟著喪命，不過，當局在事後搜索他的公寓時發現了他所留下的一則訊息：「在人們受到痛苦和死亡的時候，我們的當局卻什麼也沒做。」

總統召集了一支由菁英人士組成的緊急專案小組，來處理此事造成的不良影響，該小組很快地達成一致的認同，他們認為政府無法讓短線繩者免於受到痛苦和死亡。不過，該小組也達成一個決定，政府需要採取某種嚴正的措施，來制止諸如那名炸彈客一樣行為失常的短線繩者。

六月十九日早上，安東尼．羅林斯飛回他的家鄉華盛頓特區，獨留他妻子一個人在查爾斯頓的一場下午茶會裡，和重要的金主一起享用伯爵茶和蔓越莓核桃司康。反正，她也很適合那樣的活動。

六月二十日上午，那支總統的緊急專案小組準備好要歡迎它的最新成員。

這個隊伍原本已經包含了三名資深參議員，兩名聯邦調查局和兩名國土安全部的高階官員，以及參謀長聯席會議主席，每個人都宣誓過要對他們的任務保密。

「為什麼會有低階代表加入我們？」一名參議員問：「對於這種重大的事情而言，這麼做似乎史無前例。」

「我想，現在就是史無前例的時期。」另一名參議員聳聳肩。

「我只是不明白，總統怎麼會信任某個經驗不足的人。」

「總統的任期所剩不多，」那名參謀長聯席會議主席說：「他需要從長遠來思考，誰會在未來四年帶領這個國家度過這場惡夢。很顯然地，羅林斯在那場辯論上的演說引燃了黨內派系的爭辯。他們把他的話聽進去了。尤有甚者，人民也贊同他的說法。他的民調正在急遽升高。」

那名參議員沮喪地搖頭。「他太渴望權力了。我已經可以預見了。」

「他是什麼樣的人並不重要，只要他同意我們上次討論過的事就好。」

當安東尼突然被一名白宮助理帶進房間時，迎接他的是僵硬的微笑和更不自然的握手。

六月二十一日上午，專案小組的九名成員聚集在白宮辦公室，針對所謂的「短線繩者的情勢」，向總統本人提出他們的想法。

他們主張應該要求即將出任高階政府職務的人揭露他們的線繩。並且認為此舉應該要比照背景調查或者體檢。如果你將要出任具有權力的職務，就需要證明你在身體上和精神上都適任。他們認為，一名短線繩者是一種風險。你無法知道他們是否會突然失控，就像那個炸彈客和在他之前的那個槍手。

聯邦調查局的羅斯威爾探員是房間裡唯一的女性，在大部分的會議裡，她都保持緘默，讓那些男性在她思考的時候，持續地表達他們的意見。

「有件事我們還沒有想到，」她終於打斷他們。「如果我們可以檢查每一個申請外勤特工職務或現役軍職者的線繩，並且只派那些長線繩者出任外勤或者上戰場的話，那麼，我們就可以有效地排除死亡的風險。他們必定可以存活下來。」

她環視著各自在腦子裡評估，並且對她點頭表示認同的男性，然後露出了笑容。

「那也只是存活下來而已，」一名年長的參議員表示。「那並不代表我們的軍人不會在昏迷中，或者斷手斷腳地被送回來。」

「那總比送回來的是一個屍袋要好。」她說。

「我們限制的對象是軍隊和聯邦職務嗎？」另一個人問。「我認為，警察部門和其他高風險的工作也會想要效仿這個作法。」

總統一直保持著沉默，認真地在傾聽。不過，他的專案小組現在似乎正在朝著一個強烈的共識暴衝而去。他需要發表他的看法。

「好了，」他謹慎地揚起一隻手。「我同意你們所說的，但是，這需要有限制。我們是美國，不是中國或北韓。我們無法要求每個人打開他們的盒子，告訴我們裡面是什麼。此外，如果我們允許這個作法擴散到每個行業的話，我擔心短線繩者就沒有工作了。」

「您有什麼建議，總統先生？」

「妥協，」總統說：「我們要求軍方、外勤探員和擁有最高安全許可權的政府官員，揭露他們的線繩。不過，其他的行業都維持現狀。至少暫時如此。」

幾天之後，凱瑟琳回到他們位於麥克萊恩郊區的家，重新加入她丈夫的行列，這幢相對簡樸的四房住宅是他們在安東尼當選國會議員之後買下的。

「我還是不敢相信總統竟然親自打電話給你，」凱瑟琳上氣不接下氣地說：「他一定認為你會贏得選舉。」

「我們先不要操之過急，」安東尼說：「他只是認清了事實：我是唯一一個有足夠勇氣公開說出很多人正思考的事情的人。」

在他們起居室的安全屏障下，安東尼把他所能說的全都告訴了他好奇的妻子，不過並沒有洩露任何專案小組成員的身分或者太多的細節。

「接下來將出現一些改變，」安東尼說：「不過，像我們這樣的人會沒事的。」

「我們會比沒事還要好。」凱瑟琳笑道。

雖然安東尼向來都避免讓自己成為過分樂觀的犧牲品，不過，此刻，他不得不同意她的說法。

莫拉

六月底的一個週五晚上，白宮召開了一場電視記者會，宣布了那些改變。

總統站在講台上，在幾名秘密專家小組資深成員的擁簇下，向全國宣布了這個全新的「安全與透明的人員任命暨招募法」，簡稱「STAR」法案。

「他們一定知道民眾會很憤怒，」妮娜說：「所以他們才在週五宣布。他們希望週末的時候不會有太多的媒體報導這件事，也許人們甚至不會太關注。他們還真的以為大家不會注意到。」

當妮娜不安地碎碎念時，莫拉則安靜地在思考這件事。

「我的意思是，我聽說那場初選辯論改變了國會內部的討論方向，可是，我怎麼都無法相信他們竟然這麼過分，而且速度這麼快。」

莫拉依舊沒有說話。

「你還好嗎？」妮娜輕聲地問。

莫拉轉而面對她的女友。「你沒聽到嗎？總統剛剛根據線繩把人民分成了兩個階級。」

妮娜不知道應該如何反應。她希望自己聽起來能讓人感到安心。「也許這件事實際上沒有這麼極端。」

莫拉從沙發上站起來，開始在室內踱步。

「他們剛剛告訴我，因為我的線繩，我不能當兵，也不能成為聯邦調查局探員或者做什麼國安局級別的工作。他們怎麼可以那麼做？」

「我真的不知道，」妮娜說：「不過，那並不是說你不能當兵或成為探員，只不過你在那些職務上能做的事受到了限制。」

「你是認真的嗎？妮娜。你是在企圖為他們辯護嗎？」

「不，當然不是，」她說：「那太可怕了。」

「每個人都說，發生在其他國家的事不會發生在這裡，」莫拉說：「結果，你看看現在！」

妮娜的手機在她的口袋裡不停地震動，那個編輯的聊天群組瘋狂地在辯論大家剛剛聽到的新聞。

「也許，這只是對那個炸彈事件的一個愚蠢的膝蓋式反應，」妮娜說：「一旦他們了解到這是個錯誤時，他們就會取消了。」

然而，莫拉卻嘆息地搖搖頭。「我可不是這樣看的。」

莫拉愛妮娜，但是，妮娜總是試圖要安慰她，要讓她看到事情好的那一面。和妮娜在一起，也許一直都是莫拉的一把保護傘，但是，這並沒有讓雨傘外面的世界停止下雨，而且，有時候，她只是需要空間發洩她的憤怒。

在二〇四室裡，她可以在那些同感憤怒的人包圍下，浸淫在那股憤怒之中。

記者會後的那個週日，莫拉走進教室，已經有幾個人在討論那個新聞了，她把袋子放在地上。「大家都很不爽嗎？」

「對啊」、「當然了」，種種低語迴盪在這個團體裡。

「我相信每個人的情緒此刻都很高漲，我很樂意輪流討論每個人的感受，」肖恩說。他擔心這堂課會流於混亂的叫罵。

「也許我們反應過度了。」賽莉絲特說。

「我想，只有一個方法可以反應。」莫拉說。

「你認為那對我們來說是什麼意思？」莉亞的眼神在眾人的臉孔上尋求著答案。漢克和莉亞的眼神相遇。「很不幸地，那代表著事情只會越來越糟。」

「情況不可能比現在還要糟糕了，」卡爾說：「除非他們能讓我們的線繩變得更短。」

「可是，不只是政府，」雀兒喜說：「是每個人。我剛聽說有一個專為短線繩者新設計的約會app，叫做『分享你的時間』。你甚至可以用線繩的長度來篩選對象。他們把這個app當作一種方法，讓你找到和你類似的人，但是，很明顯地，這只是一種把我們趕出一般app的手法，希望上帝保佑長線繩者不會不小心愛上我們其中之一。」

「事實上，我還從一些想要領養孩子的朋友那裡聽到一個令人很不安的故事，」泰瑞爾說：「他們兩人都沒有打開盒子，但是，領養機構卻顯然在對他們施壓，要他們打開來看。聽起來，他們的競爭對象似乎把自己的長線繩拿來當作是成為好父母的某種資格。」

「真是糟糕。」雀兒喜說。

「我猜，短線繩者要領養孩子，就像同志情侶要認養孩子一樣，」泰瑞爾說：「那不是不可能，但是肯定不容易。」

「我選擇相信人們會看到這一切錯得有多麼離譜，並且要求改變。」賽莉絲特冷靜地說。

「我不會這麼期待。」莫拉說。

「為什麼？」

「因為這就是人類一直在做的事，」莫拉說：「如果我們以為這次會有所不同，就是在欺騙自己。這是這個世界運作的方式。我們基於種族、階級、宗教，或者我們決定要捏造的任何特徵，來把我們自己分類，然後我們就堅持要用不同的方式對待彼此。」

漢克嚴肅地點點頭。「似乎沒有人在意當我們躺在解剖台上被開腸破肚時，每個人看起來其實都是一樣的。」

這句話讓教室裡沉默了一會兒。

「可是，你真的認為把不同的線繩拿來和不同的種族相比，公平嗎？」泰瑞爾問。

「為什麼不公平？」莫拉說：「我們都聽到那個新聞了。我們剛剛被禁止擔任這個國家最有權力的職務。短線繩者不需要申請。我想，我們任何人都不需要被提醒歷史喜歡重演。」

「至少，很多長線繩者對我們只有同情，」班說：「但願那能讓他們更能理解我們。」

「如果僅只是同情就好了，」漢克說：「任何時候，只要有另一起和一名暴力的短線繩者有關的意外發生，他們的同情就會被恐懼越沖越淡。而恐懼是一種更強大的情緒。」

「可是，他們為什麼應該要怕我們？」莉亞問。「他們擁有一切，我們卻什麼也沒有。」

「因為我們沒有什麼可以失去的。」漢克回答她。

他回想起初選辯論的那個晚上，當觀眾對安東尼·羅林斯無情的行動呼籲報以掌聲時，漢克曾經花了好幾個小時在瀏覽網友對於歧視短線繩者是否合理的討論。他感覺自己怒火中燒。

「他們說短線繩者不值得信任，」他說：「他們說，我們的風險太高，太難以預測。當然，這全都是胡扯，可是，莫拉說的沒錯。這就是事情向來運作的方式。一旦你開始告訴人們說，某個特定的團體是不可信任的時候，像是猶太人偷了他們的錢，墨西哥人偷了他們的工作，女性主義者不實地指控他們強暴等等，人們很容易就會開始互相懷疑。只要再發生一起槍擊、炸彈或者其他什麼只有老天爺才知道的事件，我甚至不願意去想這可能會引發什麼後果。」

賽莉絲特的臉一副受到打擊的模樣，而莉亞看起來彷彿就要哭了。

卡爾轉向漢克。「你知道嗎？身為一名醫生，你實在不太擅長傳達壞消息。」

哈維

當總統在全國電視上首度宣布STAR法案時，傑克・杭特和哈維・賈西亞，以及軍隊裡的其他所有人，立刻就知道他們的職業生涯和人生將受到永遠的改變。

這對朋友在五月底一個悶熱的星期四從軍校畢業，正式成為美軍少尉。哈維的父母在淚水中泛著笑意，而傑克的父親則肅穆地點著頭，備感驕傲。

畢業之後，兩人搬到了華盛頓特區的一間公寓，那是傑克的父親之前為了偶爾從維吉尼亞來到華盛頓特區探訪兒子而購買的。為了想在分發之前享受他們最後的夏天，每天晚上，他們回家就暢飲冰涼的啤酒，吃著冷比薩，玩著《勁爆美式足球》的電玩遊戲。他們還從路邊拖了一張廢棄的桌上足球台回到起居室。每個星期六在喬治城的酒吧裡，他們都是彼此最好的把妹軍師。

然而，在六月的一個星期五晚上，一切突然都改變了。

「為了要更好地保護我們的國家，以及為此而奉獻個人生命的男男女女，」總統宣布道：「未來，STAR法案將會要求政府和聯邦機構的某些成員，以及軍方所有成員，提供一份正式的線繩揭示結果。此外，這個法案也適用於這些職務的申請人和招募對象。」

傑克和哈維既驚訝又困惑。

「那是什麼意思？」哈維問他的朋友。

「我想，那表示我們得要打開盒子看，」傑克說：「表示我們再也沒有選擇了。」

在那些線繩出現之前，新進少尉的軍種分配向來都是根據畢業生的興趣和軍隊的需求來決定。

然而，這個世界從三月以來已經改變了。現在還有新的資訊要考量。

在總統宣布軍方所有的人事都需要先揭示線繩之後，流言很快就開始在新近的畢業生之間散播，某些特定職務，例如涉及現行戰事或者位於高風險地區的職務，不會再開放給持有短線繩的軍人。

傑克的反應主要是埋怨和憤世嫉俗。

「他們在強迫我們看我們的線繩，即便我們不想這麼做，」傑克咆哮地說。「為什麼？他們認為他們可以改變命運嗎？彷彿不把短線繩者送上戰場，就可以拯救他們的性命嗎？我相信，他們只是企圖要拯救他們自己的聲望吧。」

哈維的感覺比較矛盾。

「我不知道，」他說：「也許，把一群短線繩者送上戰場，甚至沒有試著對此做些什麼，讓他們覺得有罪惡感吧。」

當他們兩人坐在公寓的地板上，把兩只小盒子放在他們之間，再把傑克腿上的平板電腦滑到計算線繩長度的網頁時，兩人都感到了同樣的緊張。

近幾年來，他們的身體和精神都已經克服了許多的挑戰：艱鉅的障礙訓練場、新生霸凌、拳擊賽、憑藉著手裡的一個指南針橫越山丘、沼澤和林木地形。然而，他們眼前的這個任務卻是最艱鉅的。

「如果是短線繩的話，」哈維問：「你覺得你會辭職嗎？」

「嗯，我想，我會服完我八年的軍職，然後……我真的不知道，」傑克瞪大眼睛地說：「你呢？」

「過去，我從來沒想過我會走到今天，」哈維說：「所以，我覺得我理應繼續走下去。不管盒子裡面是什麼。」

哈維的父母都是虔誠的天主教徒，因此，他以他們之名默默地祈禱，然後朝著傑克點點頭。他準備好了。

因為他必須如此。

當傑克測量他自己的線繩時，他長長地吐出了一口氣，然後浮現出一絲微笑。

但是，哈維卻陷入了沉默。

哈維選擇不要告訴他的父母。他們在看到他穿上那身軍服的時候必然會很興奮，他畢業於這個國家最優秀的大學之一，他贏得了每個人對他的尊重。這就是他們對兒子最大的期望。

接下來的一整週裡，傑克都在照顧他悲傷的室友，把食物送進他的臥室，不斷地詢問他有什麼需要。

這兩個年輕人已經提交了他們對軍種分配的偏好，不過，他們還在等待親自面試，屆時，他們將被要求提供他們的線繩。

傑克的線繩很長，對此，他當然很高興。不過，他也很害怕。他對於自己的體力絲毫沒有幻想，他知道，他在軍校的時候只是勉強達標而已，而現在，拜他的長線繩所賜，軍方可能會讓他終生都待在戰場。

他把最糟糕的情況都想了一遍，這讓他覺得頭重腳輕，讓他感到心悸，所有軍校曾經試圖為他驅除的恐懼，頓時都回來了。也許他永遠回不了家，也許再也見不到他的家人或朋友。如果他真的回來了，也可能是因為腳被炸斷而坐在輪椅被送回來，又或者是帶著燒焦的疤痕回來。這樣的念頭讓他的胃痙攣，也讓他想要嘔吐。

傑克連和同學赤手空拳地打一架都會輸。他怎麼可能在真正的戰場上戰鬥？

他緊緊地閉上眼睛，試著不要讓自己暈倒。

不過，就在那個時候，他發現也許有解決的辦法。

✦

幾天之後，傑克和哈維一起出門慢跑。

他們依照慣例地沿著幾個街區跑步，自四月以來，很多商店和餐廳都已經歇業關門了，這讓街道蒙上一股怪異的空洞感，雖然，空曠的道路確實讓跑步變得輕鬆許多，無需閃避一堆車輛或逛街的行人。荒涼的店門成為人們發洩的管道，其中一幅特別憤怒的塗鴉——去他媽的線繩！——就被他們當成了三英里的標誌。

在慢跑的過程中，傑克大部分的時候都很安靜，他聽著他們的球鞋重重踩踏在人行道上的聲音，想著是否應該把心裡的話說出來。

「哈維？」

他的朋友繼續注視著眼前的道路。「什麼？」

「如果……我們交換呢？」

哈維依舊專注地看著前方。「交換什麼？」他問。

「交換我們的線繩。」傑克說。

哈維猛然停下腳步，對傑克的話大感震驚。「你剛才說什麼？」

他們身後的一名腳踏車騎士開始狂亂地按鈴，但是，哈維依舊站在路上動也不動。

「小心！」那名騎士大喊，就在腳踏車呼嘯而過，差點撞到他們時，傑克很快地把哈維拉開。

「你還好吧？」傑克問。「你差點就要被那個王八蛋撞到了！」

不過，哈維的腦子裡只裝得下一件事。「你剛才說的真的是交換我們的線繩嗎？」

傑克點點頭。「我那麼說是不是真的瘋了？」

是啊，你是瘋了，哈維心想。「可是……那不會真的改變任何事。」他說。

「那也許不會改變結果，」傑克說：「但是，那肯定會改變其他的一切。」

哈維依然不明白。「你為什麼想要假裝你拿到的是一條短線繩？」

傑克覺得這個交換線繩的提議讓自己好像一個混蛋，彷彿他是在對最好的朋友炫耀自己的長線繩。如果傑克能對任何人坦白的話，那就是哈維了。

「我不想打仗，」傑克安靜地說：「也許，如果軍方認為我拿到了一條短線繩的話，他們就會讓我在華盛頓特區的辦公室裡待上幾年。」

哈維點點頭。在和傑克同住四年多之後，傑克不想被分發到外地的想法並不令他感到意外。嚇到他的是傑克大膽的建議。交換線繩？那可能嗎？

「我只是在想你說過的話，你說你理應繼續走下去，」傑克說：「而你我都知道，你在課堂上和野外的成績都比我好，所以，如果我們之中只有一個人有機會可以真正證明自己的話，那應該是你。」

哈維依然在思考他的話，不過，他不能就那樣站在那裡。他的腿此刻就像他的腦子一樣煩躁不安。因此，他轉過身，再度邁開步伐，把一臉驚訝的傑克留在他的身後追趕。

哈維繼續跑步，讓自己專注在從鼻子吸氣、嘴巴吐氣上，同時也衡量著自己的選擇。

傑克是在要求他蓄意對美國軍方說謊，對那些曾經教育和訓練他的人說謊。這不只是錯的，也絕對是非法的。傑克一定是瘋了，才會提出這樣的建議。

可是，哈維轉而在想，傑克確實提到了一個重點，哈維已經投注了那麼多的時間和精力，他在夜裡犧牲睡眠準備考試，白天的時候則將汗水和鮮血往嘴裡吞。

哈維付出了那麼多的努力，為自己爭取到了機會。而今，他只剩下五年可以把握住這個機會。

哈維的腳感覺輕飄飄的，在他前進的同時，腦內啡也在他的體內為他打氣。他知道自己絕對不會滿足於枯燥無聊的辦公桌職務，那顯然比較吸引傑克。然而，沒有一條長線繩——或者，至少表面上看起來像是有一條長線繩——哈維就只能那樣了。

他不知道父母現在會對他說什麼，如果他們知道他正在考慮什麼的話。說謊是一種罪，不管動機為何？他們含辛茹苦，並不是只為了要養大一個罪犯？

或者，他們會重複在慶祝他畢業時所說的話嗎？*哈維，我們為你感到很驕傲。*

等到他們返抵家門時，哈維依然沒有開口，所以，傑克緊張地打破了沉默。「你顯然應該做你想要做的事，」他一邊說，一邊還因為最後衝刺在喘氣。「這完全是你的選擇。不過，我只是希望你知道，你有……選擇。」

哈維把鑰匙插進前門的鎖孔。「我需要睡一覺。」他終於開口。

不過，他並沒有睡。

他閉上眼睛，埋首在他的枕頭裡哭泣，他盯著天花板，趴在床上，不停地翻身，但是，睡意一直都沒有降臨。昏沉和錯亂的幻覺籠罩著他，傑克的那個提議也在他的腦海裡揮之不去。

當哈維想像著自己的葬禮時，那才是最糟糕的部分。覆蓋在他棺木上的五彩美國國旗，在哀悼者的黑色衣服襯托下顯得如此栩栩如生。那一天，國旗將會是他父母唯一的慰藉。

當然，人們會提到他是如何死掉的。如果他的父母泣不成聲的話，也許神父會幫忙述說他的故事。

哈維發現，在他閉上眼睛，乞求著自己可以入睡時，這個部分卻不斷地在他的腦子裡倒帶和重播。

「那輛車子不知道是從哪裡衝出來的。」神父悲傷地搖搖頭說道。

倒帶。

「最後，他還是無法戰勝病魔。」神父依然在悲傷地搖頭。

倒帶。

「他很會游泳，但是，浪實在太大了。」

倒帶。

「當炸彈爆炸時，他就坐在辦公桌上。」

倒帶。

「直到他嚥下最後一口氣，他都是一位真正的美國英雄。」神父堅定地說。

這是哈維首次沒有搖頭。

班

二〇四室的冷氣突然壞了，因此，肖恩打開所有的窗。每扇窗戶都裝上了複雜的兒童安全鎖，這讓打開窗戶耗費了不少力氣。每個人都渴望著微風吹進室內。然而，這個夏日晚上卻很沉悶，太過沉悶，瀰漫在教室裡無法流通的熱氣，似乎讓眾人陷入了比平時更為嚴重的沉思狀態。

「我剛看了達賴喇嘛的一場演說，是關於在那些盒子出現之後尋找快樂和內心的平靜，」賽莉絲特說：「以及我們應該如何不讓那些線繩改變生活方式。這條線繩只是針對這輩子。在你的下輩子裡，事情可能會全然不同。」

肖恩鼓勵地朝著賽莉絲特點點頭，不過，班可以看出每當她暗示輪迴的可能性時，班上有些人就感到不悅。持有一條短線繩依然是一個很難接受的事實，即便真的還有其他的機會將會來到。況且，每個人都想要在這輩子活久一點，而不是活在某個新的人生，活在一個新的身體裡。

班很能理解他們的感受，不過，他對賽莉絲特的理論並沒有那麼多的敵意。他並非真的相信這些說法，但是，如果重生的承諾能給某些人帶來安慰的話，他又有什麼立場來評斷呢？

班的老闆，也是公司的資深建築師之一，經常談及建築的「第二次生命」，每當他所喜愛的一棟建築物無法保存下來，並且慘遭拆除的命運時，也許這就是減緩他內心衝擊的方法。當班還是一名年輕助理時，這剛好就發生在他的第一個案子上。班的老闆告訴他，他總是企圖在新建築的設計中，融入對原建築的敬意，也許是石塊上的花紋或者一扇窗戶的形狀。這種作法讓班甚為欣賞，並且最終也運用在他自己的案子上。他喜歡這樣的概念，即便建築物也可以有記憶，而且也一樣可以被記住。

「你們曾經思考過，你們目前的生活可能有所不同嗎？而不是去想來生的事？」泰瑞爾問。「我想，我們的腦海中也許都有另一個可能的人生選擇或者平行的生活。或者，至少有一個我們會不斷想起的重大時刻或決定。我知道我不斷會想起的是舊金山。在我剛開始工作時，我曾經在那裡有過一個工作機會，但是，我得因此搬到這個國家的另一頭，所以我拒絕了。而現在，我總是不免會想起如果我真的接受了那份工作，現在也依然住在西岸的話，那會是什麼樣子。也許，那個版本的我因為沒有置身在瘋狂的紐約而更快樂。也許，他會在某個素食咖啡館遇見夢中情人，然後，他們會在每個週末輪流去滑雪和衝浪，因為你在加州真的可以又滑雪又衝浪。還有，也許……也許他的線繩很長。也許那裡有著什麼會改變這一切的事物。」

那晚，幾個不同的團體在同一時間結束聚會，它們各自的成員紛紛走到學校前面的人行道上。漢克、莫拉和班則在角落裡徘徊。

「今天的聚會還真沉重。」漢克說。

「這已經變成一個相當沉重的夏天了，」莫拉說：「在團體成員的故事和正在發生的新聞之間，無處可逃。」

「你們通常都做些什麼來因應這種情況?」漢克問。

「呃……我想我只是繼續過我的生活。」莫拉聳聳肩。

「你們都沒有任何出口嗎?發洩的方式?」

「這個團體不就是出口嗎?」班問。

「是啊,不過,用說的效果有限,」漢克說:「也許是因為我習慣用手工作,但是我向來也需要某些……身體上的宣洩。」漢克突然冒出一個想法。「我下次去的時候,你們兩個何不和我一起去?」

「去哪兒?」班問。

「相信我就對了,」漢克笑著說:「下週末。日落的時候去是最好的。」

✦

接下來的星期六,班和莫拉在切爾西碼頭的入口外面集合,這裡有沿著哈德遜河岸分布的大型運動設施。

「喔,不會吧!你覺得他是不是要我們去攀岩?」莫拉問。「當作克服障礙的隱喻?」

「我覺得是要滑冰,」班說:「我父母向來都保護過度,他們在我十六歲的時候,還要我在冰上戴著安全帽,根本就沒有人這麼做。那讓我一輩子都留下了陰影。」

莫拉聞言大笑。「這聽起來像是我女朋友會做的事。」

然而，當漢克到達的時候，他們很驚訝地看到他帶了三支高爾夫球桿。

「喔，我從來沒有打過高爾夫球。」莫拉說。

「我也沒有，」班說：「也許我們可以到擊球練習區去試試？」

「別傻了，我已經幫我們在實際的練習場預約好時段了。」漢克說：「我曾經靠救人為生，所以，我想我應該有能力教你們打高爾夫球。」

「好吧，醫生，」莫拉答應地說。「不過。我得要說，我沒想到你會有這種小資情調的興趣。」

「我知道高爾夫球感覺很正經八百，」漢克笑著說：「但是，它真的是一種很好的發洩方式。每當我在急診室渡過疲憊的一天之後，總是會到這裡來。事實上，在我打開我的盒子之後，就是到這裡來的。」

有一秒鐘的時間，班不知道漢克是否會把他線繩的真相告訴莫拉。不過，漢克只是帶著他們走向電梯，沒有再多說一個字。

練習場漂浮在哈德遜河上面，四周圍繞著網子，以防止偏離方向的球掉入水中。

班、漢克和莫拉搭乘電梯上了三層樓，來到最高的一層，當班走到懸吊在球道上方的高架台時，首先映入他眼簾的是渲染了整個天空的暮色。漢克是對的。這個時間太完美了，雲彩從深藍漸變到桃色，再到明亮的橘色。即便他們腳下經常被嘲諷為噁心和污染的河水，此刻也美得讓班震驚，只見河面上輕柔的漣漪蒙上了一層粉紅色的光暈。

漢克很快地向他們指導了基本要領，然後，他們就各自走到自己的發球區。

莫拉出人意料地熟練，第一次揮桿就把球擊到了練習場的中央。

「也許我媽和老虎伍茲有染，只是沒有告訴我而已。」她若有所思地說。

班的第一桿笨拙地錯過了球，而當他終於碰到球時，那顆球直接就被打歪到網子上了。

「你會抓到訣竅的，」漢克說：「只要把它當作是治療，而非打高爾夫球。」

莫拉一球接著一球地打出去，伴隨著每一次揮桿的呼呼聲和球桿擊中球的喀噠聲，她宣洩式的獨白也跟著響起，彷彿在播放曲目一般。

「這一球是為了我從來都不會嫉妒任何人而打。從來都不會，」她說：「而我現在卻嫉妒他媽的每一個走在街上的人。」

喀噠。

「這一球是為了我甚至無法對此生氣而打，因為一直生氣只會毀了我剩餘的生命。」

喀噠。

「而那真的讓我氣死了！」

喀噠。

然而，班還在努力把自己的腦子和動作連結起來。

漢克走到班後面，將手臂放在他的肩膀上。「這不是大師盃，班。誰在乎球飛到哪兒去？這是關於你，以及你的感覺，把那樣的感覺透過你的手臂，往下傳送到那顆球上，然後傳送出你的身體。」

「你現在聽起來好像肖恩。」莫拉回頭說道。

「明白了嗎？」漢克問。

「嗯，明白了。」班說。

於是，漢克往後退開幾步，讓班自己站在台上。

班重新調整握姿，微微地拱背，驀然之間，他意識到自己上一次擺出這樣的姿勢是在第二次和克萊兒約會的時候，當時，他們在總督島打迷你高爾夫，並且無意間碰上了一個九歲男孩的派對。克萊兒看著那個一頭紅髮、戴著圓眼鏡的小壽星，然後說她希望她未來的兒子也會戴眼鏡。

在搭乘渡輪返回曼哈頓的途中，克萊兒被風吹亂的頭髮不停地沾在她塗著唇膏的嘴上，當她的頭髮短暫地被吹開，不再黏住她的嘴唇時，班首度親吻了她。

不過，那是在她毀了一切之前。

班依然可以聽到莫拉和漢克在他身邊揮桿的聲音，然而，此刻他的心思卻在別的地方。

三月底的某一天晚上，大約七點的時候，他們坐在廚房的桌邊。

他的生活在那一刻碎裂了，就像泰瑞爾拒絕那份舊金山的工作時那樣。那天晚上，班的舊生命結束了，並且開始了他現在的生命。

那天，他們叫了外賣的中餐，班很驚訝自己竟然還記得這些細節。

不過，那段記憶向來都是從克萊兒坐在椅子上一副坐立不安的模樣開始，當時，班正在打開筷子的包裝。

她讓他先開始吃飯。為什麼她要讓他開始吃飯？為什麼她不直接了當說出來？

克萊兒在她的盤子裡來回撥弄著一顆水餃。

「今天工作順利嗎？」班問。

「有件事我需要說，可是我不知道要怎麼說。」克萊兒的神情嚴肅，有一種不祥的感覺。

「好吧。」班用一張紙巾擦了擦嘴，然後挺起背脊。

「我想，我們不應該繼續在一起了。」

她的話落在他們之間的空間裡，飄過廚房的桌子傳送過來，班讓那些話先沉澱一會兒，心裡盤算著該如何反應。

「你確定嗎？」他問。

他立刻就後悔了，這麼說真是太蠢了。他真希望可以把這句話收回來。

克萊兒的嘴唇開始發抖，很快地，她就開始哭泣，班可以感覺到自己的臉頰在發燙。

「發生了什麼事？」班擠出一句話來問她。

他在腦子裡疾速回想著過去一年半以來，他們之間所有重大的爭執，最近的一次是上個星期，當他們聽到總統宣布那些線繩為真的時候，克萊兒堅持要兩人一起打開盒子。但是，班告訴她，自己還沒有準備好。

「我打開了我的盒子。」克萊兒的臉頰被淚水浸濕了。

這句話彷彿一顆子彈射穿了他的腹部。她已經打開盒子了。在沒有他的陪伴之下。

班看著她的淚水，以為她是為了她自己在哭泣。她已經看到她自己的短線繩了。

「喔，不會吧，克萊兒，不會吧。」

接下來才是最糟的部分。

「不是我的。」她的聲音比低語大不了多少。

「什麼意思？」

「我的很長，」她說。「是你的……」克萊兒的話被她的啜泣聲吞沒了。

「等一下……讓我弄清楚。」班的思緒在他說話的同時不停地在旋轉。她到底做了什麼？

她已經看過了她的線繩，這部分他明白。但是，她說她的線繩很長。

她是因為他的線繩才哭的。

「喔，我的天吶。」他覺得自己就要吐了。

「求求你不要對我生氣，」克萊兒嗚咽地說：「當我看到我的線繩很長時，我只是認為你的也會一樣！我真的沒有想到會這樣。」

班緊緊地閉上雙眼。他試著要穩定呼吸，然而，他卻覺得自己快要窒息了。

「你怎麼可以那麼做？」他大吼地說。班不知道自己的聲音竟然可以充滿這麼多的憤怒。「你要看你自己的線繩是一回事，但是，你沒有權利看我的！」

「我知道，」她說：「我很抱歉。」

班沉默了幾分鐘，而克萊兒只是坐在他對面的椅子上，用雙臂抱住自己。一下子發生了太多事，這麼多的打擊讓班難以消化。他試著要讓思緒集中在她背叛的行為上，她竟然打開了他的盒子，違反了他對她的信任。

這比去思考她在盒子裡發現了什麼要安全多了。

「我多麼希望我們兩個的線繩都一樣。希望我們可以一輩子在一起，」克萊兒說：「我希望你知道這一點。」

最終，他不得不問：「我的線繩有多短？還有幾年？」

「十四年。」她的聲音已經沙啞破裂了。

十四年。

十四年。他會等到稍後再來思考這件事。稍後再來計算。

現在，他需要處理當下的危機，他的關係正在他眼前崩解。

「如果你真的愛我的話，那麼，你為什麼要離開？特別是現在？」班問。

「求求你……」克萊兒把臉埋進手裡。

班注視著她，他的視線很快就模糊了。「你不應該給我一個答案嗎？」

克萊兒吸了一口氣，試著要重新振作起來。「我就是做不到，」她說：「我不能和你在一起，然後在不停的倒數中過日子。我會瘋掉的。」

她看著他，眼裡充滿焦慮。「我知道我不值得你原諒，但是我真的很抱歉，班。」

他覺得自己宛如一艘在暴風雨中的小船，他需要一個穩固的東西，一個錨，讓他的思緒可以抓住，即便只是一下子。班低頭看著克萊兒的雙手在桌面上顫抖。在過去十七個月裡，他曾經無數次握過那雙手，在長時間的漫步中、在床上，他們的手指總是自然地纏繞在一起。他認出她手指上斑駁的紫色指甲油是她最喜歡的顏色之一。幸運的薰衣草，或者是幸運的紫丁香。反正是其中之一。

克萊兒一定是注意到他正在看著她的手指，因為她也低下頭望向它們。他們就那樣持續地看著她發抖的雙手，因為他們無法看著彼此。

不過，現在，班正在看著自己的手，他的手就握在高爾夫球桿的橡膠頸圈上。

「你還好嗎？班。」莫拉從隔壁的發球區問道。

換作是別人，可能會想像克萊兒的臉就在高爾夫球上，然後用盡力氣揮打那顆球。但是班並不想這麼做，他不想傷害克萊兒。

他可以責怪她背叛他，沒有讓他有機會自己做選擇，但是他無法真的因為她的離去而責怪她。

克萊兒自己曾經說過。她不夠堅強。她需要安全感，穩定性，一輩子的保障。如果她選擇了班，將班置於自己之上，她將無法面對未來會發生的事。

她就是這樣的一個人，很多人也會這樣做。也許大部分的人都會。而把他剩餘的十四年沉浸在痛苦和怨懟之中，對誰都沒有好處。

現在，班需要往前看，而不是往後看。

他瞇著眼睛望著逐漸變暗的地平線，夕陽的最後一抹銀光正在哈德遜河上方餘燼般的天空裡逐漸燃燒殆盡。

然後，他挺起肩膀，揚起手臂，將球朝著河流揮出。

親愛的B，

通常，當我漫步在我家附近時，會經過這幢壯觀的公寓。我相信你也看過這幢名為伍斯利的建築——華麗、魁梧，沿著百老匯橫跨了一整個街區。它的入口不只有一座巨大的鐵門守衛著，鐵門上還以金色的字體標示著它的名字，同時還有一名真正的警衛站在一間小守衛室裡，所以只有那些住在裡面的幸運兒才能進得去。它就像是上西城的白金漢宮。從人行道上，你依然可以透過前門的欄杆之間，窺視到裡面的中央庭園，那是一座完美的迷你公園，裡面有修剪整齊的樹籬和白色的石頭長椅，將一座多層次的噴泉圍繞在中間。

在我的想像裡，每個住在紐約的人都有一個自己認定的地方，那個地方變成了他們另一種生活的象徵、他們夢想生活的象徵。也許是他們渴望能在裡面表演的某個時代廣場劇院，或者他們省吃儉用，攢錢想要買下的某個布魯克林廉價酒吧。而我的那個象徵就是伍斯利。

每當我走過那棟建築時，都會幻想住在那些價值數百萬的公寓裡是什麼感覺，那是我的學校薪水永遠也負擔不起的公寓。我可以坐在噴泉邊的長椅上，回憶著所有我曾經去過的美好之地、見過的人，以及閱讀過的那些書籍，還有曾經教過的學生。我可以從長椅上抬起頭，看著我位於幾層樓之上的公寓，而我想像中的丈夫和孩子——通常是兩個，雖然有時候我也會想像是三或四個——正在屋裡做晚餐，當微風正好吹過時，就會將晚餐的香味從打開的窗戶裡吹送出來。

每當我想到這些事的時候，都覺得自己又傻又淺薄，特別是在一切都改變了的現在，以及未來感覺如此脆弱的現在。我知道，這是一個無趣的夢想，也並不特別。不過，這個夢想不只攸關金錢、富裕和成功的表象。住在伍斯利裡的那個我，她內心的一切也都安定了下來。她看著自己的生活，全然地感到滿足。她再也不需要浪費時間在幻想上，因為她已經住在裡面了。

我想，那就是為什麼我無法去看自己的線繩的原因，因為只要我還沒有看，就可以繼續夢想著有朝一日，我將會成為那個坐在伍斯利庭園長椅上的女子。任何的白日夢都依然可能會實現。

——A

傑克

傑克通常都不記得他的夢，不過，在他提議交換線繩之後的那個早上，傑克在早晨八點左右醒來，然後在昏沉和疲憊中發現自己夢到了他的祖父，這是幾個月以來的第一次。

他的祖父卡爾是傑克家族裡唯一受到哈維喜歡的人，而這不是沒有道理的。傑克的幾名年長的遠房親戚很喜歡對哈維做出令人不快的評論，他們會問哈維的父母是如何來到美國的，或者他的家人並非「真正的」美國人，那他為什麼想要從軍。

不過，卡爾爺爺不會這樣。

傑克在大一那年十二月的海陸大戰[13]裡介紹他們彼此認識，當時的卡爾已經白髮蒼蒼，並且佝僂著背，就像同齡的九十幾歲老人一樣，但是，他的腦子卻比某些小了他好幾歲的人還要清楚。傑克聽著他祖父講述自己為了能在二次大戰時入伍而謊報年齡的事，當時，他身材高大，卻還是個滿臉青春痘的十五歲孩子，這個故事傑克已經聽得耳熟能詳了。

「你們這些男孩在做的是很崇高的事情，」卡爾告訴傑克和哈維，他們兩人緊靠在強風中的看台上，等待著球賽開始。「我們常聽到關於壞人的故事，不過，我在軍中遇到的人，是我這輩子所認識的人當中，最令我欽佩的幾個。」

這些話傑克在每一次的家族聚會裡幾乎都聽過了，不過，他很高興看到他祖父的話讓哈維聽得入神。

「在我們能投入任何戰鬥之前，花了十六週的時間在新英格蘭接受訓練，在那裡，有幾個比較年長的傢伙把我納入了他們的小圈圈裡。他們偷偷給了我一些他們的雪茄，又在我們晚上休息的時候帶我去看電影。特別是其中一個名叫史賓賽的男孩，他真的很照顧我。他從來不讓任何人對我出言不遜。」

「不過，當他們終於分派任務給我們的時候，我竟然被派往太平洋，而那些年長的傢伙全都被派往歐洲。我相信，傑克已經告訴過你，我們家族裡大部分的男人或多或少都曾經從軍過，因此，我也被期待要在某一個時間點入伍，然而，戰爭卻讓我在更年少的時候就加入了軍隊，那是我們任何人都沒有預料到的，而且，無論你以為自己已經做好了多少準備，在被派遣下部隊之前的那一刻，你依然忍不住會感到害怕。」

哈維沉默地點點頭。

「史賓賽可以看得出來，和他們這個團體分開讓我感到很沮喪，所以他把我拉到一邊，然後從口袋裡掏出他向來都隨身攜帶的一張小祈禱卡。他說那是哈什基偉努，是祈求上帝保佑你安然度過夜晚的一句猶太祈禱文。那是他母親給他的。你能相信嗎？他居然把那張祈禱卡送給了我。

⓭海陸大戰是美國陸軍海軍橄欖球賽的簡稱，是美國西點軍校的陸軍黑騎士隊與美國海軍學院的海軍學院生隊之間，一年一度的橄欖球比賽。首屆海陸大戰於一八九〇年舉行。

他告訴我，那會保佑我平安。」

卡爾搖搖頭，彷彿他依然無法相信幾十年前發生的事。「那是我所經歷過最慷慨的行為之一。我自己是個基督徒，但是，每一天，我都把那句祈禱文塞在我的制服裡面，而史賓賽說的沒錯。它保佑了我平安。」

「戰後，你有和史賓賽以及其他人保持聯繫嗎？」哈維問。

每當他祖父說到這裡時，傑克都可以看到他臉上的羞愧和悔意。

「我必須要很慚愧地承認，我其實不知道史賓賽或者其他人發生了什麼事。當我終於離開軍隊時，我非常想要尋找他們的下落，但是，說真的，我一直都因為太害怕而不敢去找。只要我不知道發生了什麼事，就可以想像他們每一個人都像我一樣滿臉皺紋，身邊圍繞著兒孫。我甚至可以想像他們今天就在這些看台上，為我們的隊伍加油。而我也願意相信，那也是他們沒有來找我的原因。」

當卡爾環顧著擠滿人群的看台時，傑克和哈維都沒有吭聲。

「聽著，孩子，我老了，但是我並沒有瞎，」卡爾最終說道：「我知道現在情況不一樣了。當我看到那些從越南回來的人是如何被我們糟蹋的時候，我知道情況已經改變了。不過，對我來說，這是奉獻生命最好的方法。而我也認為，自己能和那些同袍夥伴一起服役是一種榮幸。我相信，我應該要為我的生命和我的幸運感謝上帝。不過，我也同樣要感謝那些人。」

傑克和哈維很清楚他所指為何。他們一起熬夜，在考試前幫彼此複習功課，或者在爛泥和雨水中為彼此歡呼，這樣的經歷他們早已數不清了。

這也是他們之所以能夠撐過來的唯一方法。

隔年夏天，在前往卡爾葬禮的途中，傑克的父親在黑色廂型車後座遞給他一只信封。信封上寫著「給我的孫子」。傑克撇過頭，不讓他父親看到他眼裡的淚水。

傑克翻身趴在床上，不想起床。說來奇怪，他很慶幸卡爾爺爺沒能活到看見線繩的事。即便在戰爭中見證了那麼多恐怖的事情，卡爾依然保有很單純的信仰——相信他的上帝，相信他的國家。誰知道這個瘋狂的新世界可能會對他造成什麼影響？

當然，傑克更慶幸他的祖父已經不會知道他打算欺騙軍方，只不過，傑克的謊言是為了讓他自己脫身。

傑克嘆了一口氣，在枕頭上轉過頭，看著陽光避開了窗簾，投射在他床邊的矮櫃上，而櫃子第一個抽屜的角落裡，就塞著一張老舊褪色的哈什基偉努祈禱卡。

然後，傑克想起他祖父經常敘述的那個故事，他的朋友是怎麼在他需要的時候，把那張卡片給了他，以及戰後，他是如何選擇不去尋找他的那些朋友，以免要面對潛在的殘酷事實。那個決定顯然讓他到死之前都承受著痛苦。

但是，他至少還能選擇不去尋找。

哈維

哈維最後一定是睡著了，因為他隔天早晨醒來的時候覺得頭痛欲裂。

他不知道為什麼，不過，他想到了傑克的祖父。

哈維只見過他一次，那是在大一那年的一場橄欖球比賽上。卡爾．杭特是一名老派的愛國主義者。他身為一名真正的一七七六年美國獨立戰爭中的愛國者後裔，以及《美國軍人權利法案》[14]那一代的一分子，他的這種愛國主義並不令人意外。他的熱情提醒了哈維，自己一開始的時候為什麼要申請軍校。儘管傑克有些親戚會侮辱他，然而，卡爾爺爺向來都帶著同袍的敬意對待哈維。

哈維可以看得出傑克對他祖父的崇拜，他曾經那麼急切地想要介紹他們認識。而卡爾和他們分享的故事——他在前往太平洋之前的焦慮，以及被迫和他的朋友分開——是哈維唯一一次看到杭特家族有人卸下了鋼鐵般的家族外表，進而承認自己的脆弱。

卡爾的葬禮是哈維第一次參加退伍軍人的追悼會。那天，他的目光一直無法從靜靜覆蓋在棺木上的那面美國國旗挪開。

回憶起卡爾的葬禮，讓哈維想起了他自己在夜裡的幻想，當他的思緒在半夢半醒之間遊蕩時，那些畫面就在他的腦海裡一遍又一遍地播放。

直到他嚥下最後一口氣，他都是一位真正的美國英雄。

「你父親呢？」哈維問傑克。「你得要告訴他，我們交換了線繩，不然的話，他會以為……」

「我知道，」傑克說：「我會找一個方式告訴他的。」

哈維不知道傑克已經把這個部分都想清楚了。

傑克決定告訴他父親，交換線繩是哈維的主意，而他只是順便幫最好的朋友一個忙而已。他的父親會對他們欺騙軍方的事實感到不悅，不過，但願他會尊重兒子的忠誠。

不過，他只會把交換線繩的事告訴他父親一個人，沒有其他人能知道真相，特別是他的姑姑凱瑟琳，此刻，她正在美國中部的某個地方或佛羅里達，試著要說服一個搖擺郡的選民為他姑丈安東尼的競選捐款。現在顯然不是披露家醜的時機。他們只能相信傑克真的收到了一條短線繩。

「那……之後呢？」哈維問：「大家不會很困惑嗎？」

「我想，我們還有幾年的時間可以想出辦法，」傑克說。他已經想好要對他父親說什麼了，不過，除此之外，傑克並沒有過多的計畫。「誰知道呢？也許那些線繩到時候都不會是什麼大問

⓮《美國軍人權利法案》（G.I. Bill）是美國國會為了安置第二次世界大戰後的退伍軍人，在一九四四年所通過的法案，此法案給予退伍軍人各種福利，包括由失業保險支付的經濟補貼、家庭及商業貸款，以及高等教育及職業訓練的各種補貼等。這項法案由美國退伍軍人協會推動。

題了。」

哈維猶豫了。如此輕率地一頭栽進一個這麼糾結的處境而沒有想到退路，這全都是軍校教過他們不要去做的事情。

然而，他們也被訓練要勇敢，即便面對著種種的不確定。

「好吧。」哈維說：「我同意。」

妮娜

週六晚上，當莫拉和互助團體的朋友去切爾西碼頭參加一場神秘活動之際，妮娜邀請艾咪一起去市中心的一家新餐館晚餐。

她妹妹遲到了，因此，妮娜自己先坐下來環顧著餐館。這裡是那種時尚、工業風的地方，有著磚牆和開放式的廚房，可以清楚地看到廚師們奔走在燃燒的爐火之間。

妮娜不知道餐館的老闆是不是她眼前所見的那些人其中之一。這個月初，她曾經在新聞裡看到這家餐館開幕的消息，並且立刻就認出了那個故事：一名短線繩廚師被銀行拒絕放貸，結果，他的手足在網路上發起了線上集資，幫他募集到了足夠的資金。最早，她是在「線繩理論」上看到這個故事，當時，她還經常上這個網站搜尋資料。

妮娜已經有一段時間沒有上那個網站，也不再造訪其他的部落格和論壇。在和莫拉發生爭執之後，她突然就停止了搜尋，雖然，偶爾她還是會查看貼文，追蹤某一個特別事件的後續發展，例如六月的初選辯論。

不過，在STAR法案宣布之後，妮娜看到莫拉的憤怒和恐懼，她才終於了解到莫拉的反應才是最重要的，是最需要妮娜關注的，而非其他網路陌生人的反應。

妮娜注意到她桌上的菜單上貼了一張傳單，那是下週一場開放麥克風之夜的宣傳。她瞄到餐廳後方有一個小平台和一支等著被使用的麥克風架。

她不由自主地想像莫拉站在台上，以熱情的演出向艾美．懷絲[15]致敬，雖然她的膚色稍微黑了一點，那張臉也被麥克風擋住了一部分，不過她的美麗依然不減。妮娜很難相信，自從她和昔日的大學室友莎拉在酒吧裡和莫拉初次相遇，至今已經兩年多了。

去那間卡拉OK酒吧是莎拉的提議。每次到紐約，她都想要重溫年少時的音樂劇時光——她最大的成就是在高中時代的學校演出裡扮演《紅男綠女》裡的阿德雷德一角——因此，她至少會去看一場百老匯的演出，並且至少造訪一間位於市中心的卡拉OK酒吧。

在莫拉鞠躬下台之後，莎拉堅持要妮娜上前去自我介紹。「你應該去和她說話。她很漂亮。」

「我做不到。」妮娜拒絕了。

「為什麼？」莎拉問。

「因為我連她是不是同志都不知道。」

「喔，拜託，只有蕾絲邊才會唱〈瓦萊麗〉。」

「這太荒唐了，」妮娜說：「那只是一首受歡迎的歌而已。」

「一首關於身為蕾絲邊的受人歡迎的歌曲。」

「好吧，就算她是，我也不會像你一樣在酒吧裡和陌生人搭訕。」

「你是說我很隨便嗎？」莎拉假裝生氣地說。

「不是！我是說你很有自信。那是我向來缺乏的。」

「你用你那支紅筆批評任何文章的時候就很有勇氣。你就常常這樣對待我寫的文章。」

「那不一樣。」妮娜翻了個白眼。「那是工作。」

「這也是工作，」莎拉說：「只要上前就成功了百分之八十。」說著，她吸了一口覆盆莓伏特加。

「教我要矜持的人不就是你嗎？」妮娜問。

「我又不是叫你約她出去。我只是在告訴你去打個招呼，看看會怎麼樣而已。」

雖然，距離莎拉上次從洛杉磯飛來紐約至今，她們已經有六個月沒見面了，不過，她們很輕鬆地就進入到她們相處的老模式，莎拉會提出感情的建議，而妮娜則猶豫著是否要聽進去。

大一那年，她們在隨機分配之下成為室友，不過，妮娜從來都沒有想過自己會和莎拉變成朋友，瘦高又活潑的莎拉擁有一頭不可思議的金髮，總能在風乾之後保持滑順、閃亮和鬈曲，讓她看起來彷彿是德州的大學姊妹會成員，而實際上，她卻來自西雅圖。然而，在當了三週的室友之後，妮娜透露了自己是同性戀的秘密，喜歡時尚品牌J. Crew的莎拉決定要把安靜的妮娜納入她的羽翼之下，因為她很高興又少了一個在校園裡和她競爭帥哥的對手。

「耍酷和維持佔上風的優勢，絕對不會讓你後悔。」莎拉總愛這麼說。而妮娜也總是跟著這

⑮艾美・懷絲（Amy Winehouse, 1983-2011）是英國歌手暨詞曲作家，以懷舊的低沉嗓音聞名，並被BBC評價為「她這一代中傑出的聲樂天才」。後因酒精中毒在自宅身亡，過世時年僅二十七歲。

麼做。她向來都是等別的女孩先發簡訊給她，先約她出去，先親吻她。

對於莎拉來說，這是一個小遊戲，一種激起男人興趣、讓男人忍不住想要挑戰的手段。但是，對妮娜而言，這變成了一種保護。如果她一直都讓其他女人率先行動的話，那麼，她就永遠不需要主動出擊，也永遠不需要覺得無助和脆弱。

光是看著莫拉站在台上，看著她的自信、她散發出的光芒，即便沒有那麼嫻熟的歌唱技巧，她也能擄獲全場觀眾的目光，這就讓妮娜感到自己特別的軟弱。她覺得自己簡直相形見絀。妮娜留著一頭簡單的短髮，體型有點像是個小男孩，臉蛋雖然還算漂亮，不過還是相當平凡。她覺得最多只能形容自己是一個在地鐵上總會有陌生人擠到她身邊的女孩。她並非那麼不顯眼，但是，在實際的體型上或給人的感覺上，她都佔據不了太多空間，所以人們似乎總是覺得他們可以擠進她旁邊那個窄小的空隙。就算他們擠不進來，妮娜看起來也像是那種即便被撞到也不會抱怨的低調女子。她甚至還可能往旁邊挪動來讓出空間。

等到妮娜鼓起足夠的勇氣去和莫拉說話時，莫拉已經回到酒吧裡，在一群穿著休閒褲和裙子、看似是她同事的人當中坐下來了。很幸運地，她靠在那群人邊緣的一張凳子上，很容易就可以接近她。

去吧，妮娜這麼告訴自己。她已經一年多沒有約會過了，每當艾咪追問的時候，她總是用為了升遷而加班當作藉口，而莎拉的鼓吹也許是她爭取到約會最好的機會。

妮娜清了清喉嚨。「剛才的演出很精彩。」

「喔，謝謝！」那名剛演唱完的女子歪著頭，笑著回應。「你今晚也打算為我們演唱嗎？」

「喔，沒有，我嚴重怯場。」

「夜色尚早。你還有時間可以克服怯場。」

「我是妮娜。」

當妮娜正經八百地伸出手要握手時，那名女子笑了。「莫拉。」

「你是和同事一起來的嗎？」

莫拉點點頭。「我們今晚在慶祝。我們剛剛在一場嚴峻的競標中，贏得了一個重大的青年文學小說系列的出版權。基本上會是下一個《哈利波特》。」

「哇，恭喜。你在哪一家出版社工作？」

「這個我不能告訴你，」莫拉靦腆地說：「技術上來說，我不能在媒體發布這個消息之前說任何事。」

「也許這樣最好，因為我就在一家新聞雜誌工作。」

「喔，該死！也許我什麼都不該說。」莫拉又笑了。

「沒事的，」妮娜笑了笑。「我保證我會幫你保守秘密。」

和莫拉在一起，一切立刻就不同了。妮娜發現這是她第一次想要當那個主動採取行動的人，而非等著被追求的人，就讓莎拉的建議滾到一邊去吧。也許，為了自我保護，在之前的幾段關係中，她一直都甘冒失去對方的風險，但是，她直覺地認為自己不應該錯失和莫拉在一起的機會，是莫拉拉著妮娜走出她的公寓去布魯克林聽音樂會、去上熱瑜珈、去品酒、去參加新書發表的派對。

過去和其他女人約會時，妮娜總是確保自己不是先到場的那個，她從來都不想要緊張兮兮地等人，或者表現地太過熱切。

但是和莫拉約會時，她卻提早到了。

「對不去，我遲到了！」艾咪向妮娜道歉，然後笨拙地在她姊姊對面的椅子上一屁股坐下來。「我又坐過站了。」

妮娜並不驚訝。「這回你看的是什麼書？」

「《蘇珊夫人》[16]，」艾咪承認道：「我最近很喜歡書信體的小說，自從我……呃，反正就是很喜歡。然後，我發現那是我最後一本奧斯汀的作品，真令人悲傷。」

妮娜笑了笑，想起她在送給艾咪《諾桑覺寺》[17]的時候，曾經在封面上貼了一張嘲弄的警告：「看看你瘋狂的幻想可能會把你帶到什麼境地？！」

當時，她們都還在不同的大學讀書，妮娜和艾咪有一項傳統，她們會交換各自已經讀完的書。這原本是艾咪的建議，因為她擔心她和妮娜可能會因為住在不同的地方而漸行漸遠，結果，在將近五年的時間裡，姊妹倆互寄了十數本書籍，並且在她們最喜歡的句子旁邊貼滿附註的標籤，也在空白的頁面上，凌亂地寫滿只有她們才知道的笑話。妮娜在收到艾咪寄來的《別讓我走》[18]時，還曾經取笑過艾咪為了這本書而哭得稀里嘩啦，因為最後幾頁都被淚水弄皺了，而艾咪也抱怨妮娜在她寄來的《異數》[19]裡，留下了那麼多擾人的註記和下劃線。

即便她們現在都住在紐約，有時候，妮娜在打開信箱時，依然會懷念艾咪的包裹為她帶來的那份熟悉的驚喜。

「最近怎麼樣？」妮娜問。

飢腸轆轆地看著菜單的艾咪抬起頭。「喔，我想，我還沒告訴過你關於小偷的事。」

「什麼小偷？」

「住在我樓下的那對情侶，就是3B的羅威爾斯，幾天前，他們的公寓被偷了，」艾咪解釋說：「皮夾、筆電，還有大部分比較值錢的珠寶。」

「喔，不會吧，真可怕。」

---

⑯《蘇珊夫人》（*Lady Susan*）是珍．奧斯汀創作的一本中篇書信體小說。描述寡婦蘇珊夫人為自己尋找新丈夫，同時也決定要把女兒嫁出去的故事。可能寫於一七九四年，但直到一八七一年才出版。

⑰《諾桑覺寺》（*Northanger Abbey*）是珍．奧斯汀早期的作品，這是一部極富文學色彩的長篇愛情小說。與她的其他作品不同的是，除了愛情糾紛之外，小說自始至終還貫穿著對哥德式小說的嘲諷。出版於一八一七年。

⑱《別讓我走》（*Never Let Me Go*）是日裔英國作家石黑一雄出版於二〇〇五年的作品，以類科幻小說的寫作手法探討「複製人」議題，情節讓英國媒體大為驚艷。本書曾入圍布克獎決選，並曾經改編成電影、舞台劇及日本電視劇。

⑲《異數》（*Outliers*）是美國作家麥爾坎．葛拉威爾的一本社會學著作，探討超凡和平凡的界線在哪裡，並且揭露成功除了能力，還需要哪些條件。二〇〇八年出版時曾登上《紐約時報》和《環球郵報》暢銷書排行榜第一名。

「最不可思議的是，有兩個主要的嫌犯：一個是每週來一次的傭人，另一個是外來的承包商，他們最近才來廚房安裝過一些新的家電。」

「結果是誰？」

「那個傭人已經在羅威爾斯家幫傭兩年多了，」艾咪說：「可是，她在三月的時候收到了一條非常短的線繩，所以羅威爾斯認為是她，原因是出於嫉妒或憤怒，或者其他什麼理由。她發誓她是清白的，可是他們還是把她解雇了。現在，整棟公寓都站在她那一邊，大家都在收發室裡竊竊私語。」

「你認為發生了什麼事？」妮娜問。

「我真的不知道，」艾咪說：「但是，人們開始用線繩來做為犯罪的證明，這麼做感覺很危險。」

妮娜不發一語地點點頭，希望能改變話題。她只想要度過一個沒有悲傷的晚上。和莎拉一起去卡拉OK酒吧，和她妹妹吃一頓愉快的晚餐。就像以前那樣。

「說點輕鬆的話題吧，這裡是一個相當不錯的約會地點，不是嗎？分享下酒菜的感覺很浪漫。」妮娜用手肘推了一下她妹妹。

艾咪伸手拿了一片麵包，同時佯裝沮喪地搖搖頭。「你不知道現在約會有多詭異。彷彿以前還不夠辛苦一樣！那就好像在整段的約會過程中，一直都存在著一個大家都想要逃避的問題。你應該提起它們嗎？你又應該在什麼時候提及？我是說，兩個人的關係要到什麼程度，你才有權利知道這麼私人的事情？」

妮娜只是點點頭。過去那種時光已經不見了，她卻還傻傻地想要找回來。

「這麼看來，我猜現在沒有什麼讓你覺得特別的人？」她問。

「只有你，我親愛的姊姊。」艾咪笑著咬了一口麵包。

「也許，如果你別再貪心地霸佔住麵包籃的話……」妮娜取笑地把那籃麵包拉向自己。

「嘿！」艾咪把兩根手指沾進她的水杯裡，然後把水滴彈向她姊姊，彷彿又回到了小時候在她們父母家廚房裡的樣子。小時候，她們總是穿著母親幫她們買的同款洋裝，並且為了一些小事爭吵，例如盤子裡最後的薯條。

往日的時光不再，妮娜心想。至少，這樣的老習慣還保留了下來。

傑克

傑克想念過去的日子。畢業以前的日子、那些線繩出現以前的日子，以及他和哈維被迫打開盒子之前的日子。還有，他姑丈變得家喻戶曉之前的日子。

安東尼從來都不應該這麼有名。他從來都不應該有這麼多的粉絲，以及為數堪憂的反對者。在那些線繩出現，把整個國家搞得大亂之後，傑克以為安東尼艱困的選戰大概只能撐到春天而已。然而，在這個沉悶的夏天裡，他還在這裡，而且行情越來越好。

自從六月的辯論以來，安東尼的每一場演說都引發了更多人的關注，凱瑟琳也持續對傑克施加壓力，要求他去參加他們的活動（他的出現顯然比過去更重要了，因為在引發爭議的STAR法案宣布之後，這麼做可以突顯安東尼對軍隊的支持）。

凱瑟琳才剛剛邀請傑克和他們一起在曼哈頓的一場大型集會中登上舞台，不過，傑克還在考慮是否要去。他還沒有告訴他姑姑和姑丈關於他那條「短線繩」的事，他也不確定自己還能拖多久。最後，一定會有人問及此事的。

為了轉移注意力，傑克讓自己坐在電視機前面，很高興地選擇了正在轉播華盛頓國民隊比賽的頻道。

不過，第四局才剛開始就被廣告打斷了，一支「讓羅林斯帶領美國」的新廣告開始播放。

螢幕上出現一名嬌小的金髮女子的臉部特寫。

「我叫做露易莎，」那名女子說：「六月十日早上，當炸彈引發時，我正走在國會大廈附近。那是一名暴力的短線繩者花了好幾星期策劃的一場爆炸事件。」

鏡頭往後拉，揭示了那名女子正坐在輪椅上，她已經少了一條腿。

「我可以理解這名男子在看到他的短線繩之後，內心一定感到很痛苦。但是，他為什麼要把同樣的痛苦也加諸在其他許多人身上？」露易莎的眼裡泛著淚光。「我相信安東尼．羅林斯議員能保護我們城市的安全，這樣，其他無辜的旁觀者就無需承受到我所經歷的痛苦。」

安東尼真的做得有點過火了，傑克心想。發生在那名婦人身上的事確實很可怕，但是，那並非每天都會發生的事。在那些線繩出現之前，這個國家也不是和平與非暴力的堡壘。

廣告最後，安東尼親自出現了。「那就是我為什麼覺得很榮幸能成為處理那些線繩問題的總統專案小組成員之一，同時也是STAR法案和未來其他法案的主要發起人之一，這些法案將會保護所有像露易莎這樣的美國人，在未來免於受到暴力的傷害。」他說。

「我是安東尼．羅林斯，我贊同這樣的作法。」

傑克大感震驚。安東尼是總統專案小組的成員之一？安東尼幫忙起草了STAR法案？

「該死！」傑克大叫。

他自己的姑丈是他和哈維為什麼被迫打開盒子的原因。是他們必須交換線繩，對身邊所有的人說謊的原因。

傑克從沙發上抓起水壺，一把扔向安東尼的臉。「可惡！可惡！」

在電視台把畫面切回到棒球比賽現場的同時，那只塑膠水壺大聲地從電視螢幕上彈起來，將水壺裡僅剩的幾滴水灑向了空中。

這當然全都是他家族的錯，他甚至不應該感到意外。每當傑克的生活裡出現什麼不愉快的事情時，他那不尋常的家族通常就是罪魁禍首：他母親決定自己再也無法當個杭特家族的人、必須讀軍校所帶給他的壓力，以及他現在所遭遇到的線繩困境。

而這回，他甚至也把哈維拖進了這個泥淖。還好哈維不在，沒有看到這支廣告，沒有發現安東尼應該受到怎樣的譴責。

現在，安東尼希望傑克能加入他在紐約的行列，在鏡頭前愚蠢地站在舞台上，聽著他姑丈誇耀自己起草了那個永遠毀了傑克和哈維一生的法案。

家人要彼此支持，傑克聽到他父親的聲音在腦海裡響起。特別是像我們這樣的家族。

安東尼

安東尼準備好了。

他的演說內容被重點式地條列在一張張攤放在他腿上的白色提示卡上，那篇稿子已經被他的首席溝通幕僚、競選經理和凱瑟琳校對及編輯過，並且在四天的排練之後，被他牢牢地記在腦子裡，這些提示卡只是預防萬一而已。

他往後靠在車子座椅的米色靠墊上，這輛車身上漆著「讓羅林斯帶領美國」的大巴士，正在從華盛頓特區穩定地駛向紐約市中心的一座公園，警方已經在那裡設置了路障，嗅彈犬也在四處聞著味道，不少群眾已經聚集在那裡準備聽取安東尼的演說，同時也有為數相等的人群在那裡抗議。

安東尼的競選經理已經警告他們，有人會在那裡示威。

「我們應該要擔心嗎？」凱瑟琳問。

「現場會有很多保安人員的，夫人。」競選經理說。

「我是指政治印象。」她皺著眉頭說。

「當我們決定要把線繩設定為主要話題時，就知道會有這個可能性。不過，說實在的，我把這視為你丈夫正在崛起的象徵。不是每個人的活動都會有民眾參加的。」

「如果我們夠幸運的話，也許還會有某些瘋狂的示威者在現場打人。」安東尼若有所思地說：「沒有人喜歡憤怒的暴民。」

漢克

漢克準備好了。

他終於覺得自己真的要做什麼事了，這是自從他離開醫院之後第一次有這樣的感覺。

他將要和互助團體在市中心的示威現場集合，安東尼．羅林斯即將在那裡發表演說。起初，漢克考慮要做一張海報帶往現場，不過他想不出適當的口號，最後他認為自己的參與才是最重要的。

在喝完咖啡之後，他很快地打開電視，記者們依然在報導上週發生在北京的抗議事件。

「剛剛加入收看的觀眾，我們正在追蹤北京的第四天示威行動，」那名主播表示。畫面顯示北京市中心的商業區裡圍堵了數千名群眾。

「也許大家還記得，幾個月前，中國政府要求所有的公民都要呈報他們的線繩長度，做為國家資料庫的一部分，他們宣稱，這是為了保護大眾和做為官方紀錄之用，」那名主播解釋道：「雖然國際間對於此舉的動機存在著歧異，特別是歐盟和美國，不過，本月初三個北京人民拒絕遵守這個命令，才是引發現在這些大規模示威真正的導火線。」

漢克認為，北京事件的持續報導，多少激勵了今天將在曼哈頓示威的群眾。在聽到安東尼．羅林斯的演講之後，讓人很難不擔心美國已經越來越傾向中國的策略了。

據說，安東尼．羅林斯是政府最近那些政策背後的主要推手之一，而他在六月的初選辯論會上發表的驚人之語，也被很多人認為是目前短線繩者遭到歧視的始作俑者，這樣的歧視已經從國會擴散到了幾乎每一個社區，根據臉書的活動頁面顯示，將近九千位民眾計畫在曼哈頓公園集合，安東尼的集會活動也正在那裡舉行，他們攜帶了海報、大聲公和國旗，準備在那裡發洩他們的憤怒。

漢克想起安妮卡拖著他去參加在華盛頓特區舉行的科學遊行。一開始他並不想去，因為他不相信那會有什麼效果。

「也許不會，」安妮卡曾經這麼說：「不過，我要告訴你，我曾經在婦女遊行上對我朋友講過的話。我們之所以遊行，並不只是因為我們想要改變。我們遊行是為了提醒他們，我們的重要性。提醒他們，他們不能忘記我們。」

漢克關上電視，走出了家門。

在公園裡，漢克的身邊圍繞著各種標語。「短線繩者要團結！」、「長線繩者矯枉過正了」、「人人平等」、「線繩不能代表我們！」。

他很驚訝自己竟然感到如此震撼。眼前的畫面實在太美了，這是一個由五彩繽紛的海報，以及尖銳與認真並存的標語，所組成的一個萬花筒。

這股突然降臨在漢克身上的感受，在那一刻將他帶到了另一個時空，二十幾年前，他們在醫院受訓的第一週，他的女友露西牽著他的手，將他帶到產科病房，他們兩人透過玻璃，看著成排的新生兒，有的在睡覺，有的在蠕動，有的在打哈欠，也有的在哭。露西的眼睛閃爍著淚光，但是漢克並不想在她面前哭泣，他依然努力想要讓她留下好印象。因此，他只是站在那裡，注視著未來。看著搖籃裡十幾張尚未被病房外的世界所污染的空白畫布。十幾個讓人依然保持希望的理由。

漢克在醫學院的很多同學都說，他們想要當醫生是為了投身於比自我價值更大的事務。當他們這麼說的時候，漢克總是點頭表示同意，然而，他從來都不曾真正了解過他們那麼說是什麼意思。他只想要幫助人們而已。

不過，在這裡，在人群中，當他的目光掃過一張又一張的臉孔時，他明白了。

在遠處的身後，漢克可以聽到安東尼・羅林斯在歡呼和噓聲中走上了舞台，但是他還不想轉身。他想要再多看幾眼那些示威的群眾。

突然之間，漢克遊蕩的目光有了焦點。

一名紅褐色頭髮的女子在人群中迅速地移動，並且在擠向前面的過程中，不斷地撞到別人或者倉促地推開別人，她的右手插在外套裡，彷彿手裡抓了什麼東西一樣。

該死。漢克可以感到一股焦慮。每當一名希望渺茫的病患被送進急診室的時候，漢克就會燃起這樣的直覺反應和作嘔的感覺。每當有什麼可怕的事情即將發生時，他的身體向來都會出現一種本能的預感。

有人正在他後面的麥克風介紹羅林斯，讚揚著這位國會議員的勇氣、堅定和信念，然而，漢克幾乎聽不進去。他跟著那名女子，一吋一吋地靠近她，試著要弄清她打算做什麼。也許她口袋裡的東西只是一個特別尖銳的標牌，或者一具大聲公，或者一瓶豬血。不管那是什麼，她都已經下定了決心。

當她終於掏出一把槍的時候，他和她之間只相隔了幾呎的距離。

漢克這一生都被一股本能的衝動所驅動，那讓他在十二小時的輪班裡可以保持警覺，讓他的手能夠伸進一個流血的傷口，用他的兩根手指掐住動脈，也讓他能在五月那個早晨，在西奈山醫院裡跑向槍聲的來源。同樣的那股本能此刻也在驅動著他。

漢克看到那名女子的手按在扳機上。

她微微顫抖的手指猶豫了兩秒鐘。

就在她決定按下扳機的那一刻，漢克已經有了足夠的時間飛撲到槍口之前。

安東尼

安東尼才剛聽到一聲槍響，立刻就被一窩蜂擁上來的保全人員和警察團團圍住了，他們將他拉下舞台，帶到一輛等待中的廂型車裡。當那扇防彈門在他身後關上時，群眾驚慌的喊叫聲立刻就沉寂了下來。

「發生了什麼事？」他問司機。

「我們還不確定。」

「凱瑟琳在哪裡？」

「她很安全。他們把她帶到後面那輛車裡了。」

安東尼點點頭，低頭看著自己在混亂撤退中被弄皺的西裝。

他很安全。

凱瑟琳很安全。

他剛逃過了一場極有可能是針對性的槍擊。一次暗殺。針對他而來。

天啊，安東尼心想。有人想要殺他。

他一直都有幾個敵人：大學兄弟會裡的競爭對手、法律學校裡一個討人厭的勁敵、地方檢察官辦公室裡一個同樣在爭取晉升的同事。但是，這次不一樣。這次太危險了。

有一會兒的時間，安東尼真的感到害怕。

不過，他想起了他的長線繩，以及那條線繩保證給他的八十一年，此外，除了他的亞曼尼西裝被扯皺了之外，他毫髮無傷。

另一個想法很快就浮現了。

這很可能是發生在他競選期間最好的一件事。

人們會同情他，會被他激勵，將他視為一名成功的倖存者。泰迪．羅斯福、理查．尼克森、羅納德．雷根，全都是被暗殺下的生還者。而他，安東尼．羅林斯，維吉尼亞州的國會議員，剛剛加入了這些人的菁英隊伍。多虧了一個槍法不準的槍手，讓他距離白宮辦公室越來越近了。

接下來幾天，他當然會準備一篇動人的演說，來譴責企圖要打倒他的暴力和仇恨，並且為任何悲劇性的傷亡表示哀悼，同時呼籲他的同胞在面對恐懼時繼續前進。

他們一定會喜歡的，安東尼心想，我將會成為一名英雄。

漢克

他只知道那名女子試著要幫他。她射中了他，現在，她想要救他。

「不不不不不不，」她一次又一次地乞求著。「我不是要對你開槍！」

當然，漢克早已經知道了。現在，這不會改變任何事。

那名槍手的雙手緊緊地壓在他的胸口上，她的眼淚急速地落下來。她的臉龐是如此靠近漢克，以至於他可以看到從她臉頰滑下的淚水，以及正在她鼻孔裡成形的氣泡。她散落的紅褐色髮絲擦過漢克的鼻子。

「對不起，」她啜泣地說：「真的對不起。」

當幾名旁觀者出現在她頭頂上方，一把將她從地上拉起帶開時，她的手臂依然持續地向他伸過來。

那名女子的臉很快就被更熟悉的臉孔所取代，莉亞和賽莉絲特蹲下來，繼續在他的傷口上施壓，讓他突然之間痛到想罵髒話，腎上腺素開始退去，他覺得皮膚彷彿在燃燒，嚴重的耳鳴也讓他感到天旋地轉。

「你不會有事的。」莉亞低聲地說。

「沒事的，他會沒事的！」泰瑞爾大聲地說，企圖要讓所有人冷靜下來。「他還有好幾年的時間可活。就像我們其他人一樣。」

漢克好不容易轉過頭，瞄了班一眼，只見班噙著淚水，渾身都在顫抖，莫拉則握住了他的手。班得要向他們所有人解釋。

當漢克把頭轉回來時，第三組人到了。緊急救護人員帶著擔架和一個氧氣面罩抵達了。

身為醫生，漢克曾經目睹過一百二十九個病人的最後一刻。他對他們每一個人的記憶，比他對他的女友露西和安妮卡的記憶，以及他在成長過程中對他父母的記憶，都還要鮮明。有些人的最後一刻是平靜的，有些人是激烈的。有些人是預期中的，有些人則是突如其來的。他可以看到監測器上每一條歸於平坦的線。一條在螢幕上繃緊的線。

漢克向來都希望他自己的最後一刻是平靜的，然而，群眾的騷動和救護車的警笛聲，讓他知道不可能會有平靜。

當氧氣面罩的橡膠鬆緊帶拉過他的頭時，漢克不知道接下來會發生什麼事。他很害怕，他只能保持著希望。希望那會是一個好的地方。希望他父親會在那裡，等待著他。希望他母親會沒事，然後，假以時日，她也會來到那裡。

班是漢克在闔上眼睛之前最後看到的一張臉。他顯然追趕在緊急救護人員後面，企圖要跑到擔架旁邊，並且在他們把他送上救護車之前，及時趕到了漢克身邊。

「那些你以為你救了他們的長線繩者，」班說：「你真的救了他們。他們的線繩之所以是長的，是因為你注定要救他們。因為你，他們的線繩才是長的。」

班的臉越來越往後退，終於被鎖在救護車門的後面，漢克閉上眼睛，只有他的希望還伴隨著他。

莫拉

莫拉並沒有預料到漢克的死亡會對她造成這麼大的影響，然而，在他葬禮過後的那幾天，她覺得很焦慮，失去了方向。

為了讓她安心，妮娜告訴她，任何反應都是很正常的。

「你看著你認識的人中槍，然後在你眼前鮮血直流，」她說：「那對任何人來說都會造成創傷。」

但是，那並非真的攸關暴力，或者親眼看著漢克在她眼前離開。她曾經想要和莉亞以及賽莉絲特跑過去，在醫療人員抵達之前做點什麼，但是，班抓住了她的手，把她拉回來，並且帶著極度悲傷的無奈凝視著她的眼睛，那讓她立刻就明白了，完全無需言語的交流。

當莫拉閉上眼睛時，她看到的甚至不是漢克。而是他的葬禮。

她看到的是他的同事暨前女友安妮卡・辛哈醫生在泣不成聲中，訴說著漢克最後的行動激勵了她，讓她辭去醫院的工作，加入了無國界醫生的行列。

她看到是漢克坐在前排的母親，在她那片黑色的面紗底下哭泣。

還有十數名在房間後面進進出出的醫生和護士，每個人都想在換班的空檔前來致意。

槍擊事件和漢克死亡的新聞報導持續了好幾天：「當地醫生的英雄形象永留人間」。主播們紛紛為這名犧牲自己性命，救了一名國會議員和一群觀眾，讓他們免於受到潛在暴行傷害的急診室醫生表達哀悼。有幾段報導還提及漢克去那場集會，只是為了抗議那名國會議員的行徑。

週日晚上，當莫拉來到學校的時候，滿頭大汗的雀兒喜正坐在入口的台階上懶洋洋地抽菸，即便在太陽下山之後，八月沉悶的熱氣也沒有明顯地減弱。

距離他們聚會開始的時間還有幾分鐘，因此，莫拉在她旁邊坐了下來。

雀兒喜把香菸遞給她。「你抽菸嗎？」

「只抽過幾次而已，在大學的時候，」莫拉聳聳肩。「當然，那是大麻……」

雀兒喜笑了，然後又抽了一口。

「你知道嗎？如果那位醫生大人現在在這裡的話，他可能會因為我沒有戒菸而對我大吼，」她說：「不過，有時候，我覺得拿到一條短線繩，唯一的好處就是我又可以自由自在地抽菸了。不管我會怎麼死掉，都比肺癌奪走我的生命要來得快。」

在互助團體聚會開始之初的四月，莫拉經常好奇地注視著雀兒喜，看著她天然的橘色頭髮和不自然的橘色皮膚互相輝映。那讓莫拉感到很不可思議，因為即便面對了令人心碎的命運，雀兒喜依然很重視她每兩週就要做一次的噴霧曬黑。有一次，莫拉甚至曾經病態地猜想雀兒喜死後會發生什麼事，她再也無法趁著洗澡的時候沖掉那一層層的染劑。她的身體可能要花好幾週的時間才能重回原本的顏色。

然而此刻，莫拉坐在台階上看著雀兒喜吸著最後的幾口菸，她真心對雀兒喜在曬黑行程的安排上如此投入感到佩服。擁有一條短線繩又怎樣？她依然想要過她的生活，她依然想要她的皮膚看起來黝黑。

雀兒喜把她的菸屁股丟到地上，用她的坡跟涼鞋將僅剩的一點火花踩熄，然後緩緩地站起身。「走吧？」

當她們走進教室時，其他人都已經在那裡了。

「他應該一開始就告訴我們實情。」賽莉絲特嘆息地說。

這是漢克葬禮後的第一次聚會，所有人都還穿著黑色的衣服來到二〇四室。

「辛哈博士的悼詞很棒，」泰瑞爾說：「我懷疑我的前任們會那麼寬容和體貼。」

「他們有發現更多關於那名槍手的事嗎？」肖恩問。

「他們好像很確定她的目標是羅林斯。」班說。

「你們有聽說他們在同一座城市上大學嗎？羅林斯和那個槍手，而且也是在同一段時期，」莉亞說：「也許他們曾經打過交道……」

「這讓人對於幾個月前傳出的謠言感到好奇，」莫拉說：「傳聞羅林斯在大學裡使用粗野的性別歧視語言，並且還是那個輕率的兄弟會成員。」

「有一件事是可以確定的，」泰瑞爾說：「那名槍手是個短線繩者。」

雀兒喜發出呻吟。「首先，她殺了我們的朋友，現在，她又讓我們所有人都背負了不好的評價。我希望她能被她的罪惡感吞噬。」

在聚會結束之際，莫拉在準備離開時明白地發現，就連這個互助團體也不能減少她的迷茫，緩和她的不安和焦慮。

就在此時，賽莉絲特從她身邊走過，莫拉突然瞥見她腳踝上紋著一朵小蓮花，一股突如其來的迫切感向她襲來。

她想要刺青。

這不是莫拉第一次有這種感覺。當她滿十六歲的時候，她曾經徵詢過她父母的同意，不過立刻就遭到了反對，之後，在她二十多歲的時候，刺青的念頭再度萌生，但是，她卻一直無法決定要選擇哪個圖案或者哪一句至理名言，讓它們一輩子留在她的皮膚上。

她甚至曾經和妮娜討論過刺青的想法，可想而知地，妮娜對此感到疑慮。

「我只是覺得，人們都忘記了他們的身體會老化，」妮娜曾經這麼說：「當然，在你年輕的時候，刺青看起來很酷，但是，當你的皮膚鬆垮時，你真的還想要那個刺青留在那裡嗎？」

因此，莫拉幾乎忘記了她昔日的渴望，直到今晚。

她永遠也不會老去。

那表示她年輕的肌膚不會變得鬆垮。

那麼，她為什麼不去刺青呢？

也許，這就是雀兒喜對噴霧曬黑的感覺，莫拉心想。那是她的身體。她可以對她的身體為所欲為。

莫拉轉向正在她旁邊穿外套的班。

「你現在要去什麼特定的地方嗎？」她問。

班的思緒瞬間飛到他背包裡那封來自「A」的新回信，那是他刻意提早到二〇四室拿取的。不過，他可以看出莫拉正在想著什麼有趣的事。

「還好。」他說。

「你要不要去一趟東村？」

在前往市中心的地鐵上，莫拉和班研究著附近的紋身店在網路上的評價，最後，他們選擇了一間座落在聖馬克坊、擁有眾多好評的店。

很幸運地，那間店的生意在週日晚上很清淡，因此，莫拉只需要等她前面那名男子結束就好。她很快地填完健康免責書，然後和班一起安靜地坐在等候區，看著那名刺青師的各種草稿，從蝴蝶、樹木到中文字都有。

「你女朋友不想陪你一起來嗎？」班問。

「技術上來說，她並不知道。我是今晚臨時決定的。」

「喔。」班試著隱藏他的驚訝。「你確定要這麼做嗎？」

「確定，」莫拉說：「我只是需要做……做點什麼。」

「我知道那種感覺，」他說：「漢克的死確實對我們所有人都造成了打擊。」

「我只是一直想到他的家人和朋友。每一個去參加葬禮的人，」莫拉說：「那麼多人出席了。我一定在葬禮上和他多年前的病患說過話，大概八個左右吧，事隔多年，他們依然想要來參加他的葬禮。」

「他感動了很多人，」班說：「很多人都會記得他的。」

莫拉嘆了一口氣，往後靠在她的椅子上。

「你知道你要紋什麼嗎？」班問。

「我知道。」莫拉點點頭。

「你覺得會痛嗎？」班問。

「也許會。」莫拉笑了。

「我想，街角有一家藥房，你要我去幫你買止痛藥嗎？」

「沒關係的，」莫拉笑笑。「我想，痛也是經驗的一部分。它提醒了你自己……你還活著。」

當那名刺青師出來自我介紹時，莫拉站起身，和她握了握手，只見刺青師的那隻手上布滿了糾纏在一起的細藤蔓，藤蔓一路延伸到她的前臂，綻放成了盛開的玫瑰。

「你選好要紋在哪裡了嗎？」她問。

莫拉指著左手臂的內側。

「太好了，」刺青師說：「圖案也決定好了？」

莫拉很快地從手機裡找出一張圖片給刺青師看。

「很漂亮，」她笑著說：「我們開始吧。」

當莫拉在那張黑色的皮椅上坐好時，刺青的機器開始嗡嗡作響，她可以感覺到自己的胃因為期待而痙攣。她轉過頭看著班，後者正尷尬地站在角落裡，企圖要保持一個安全的距離，他才不用看到任何實際的過程。他對莫拉豎起拇指，並且在刺青師戴上乳膠手套時，給了莫拉一個讓她安心的微笑。

「嗯，你這裡最普遍的刺青圖案是什麼？」莫拉問刺青師。

「那種典型的心、星星和月亮向來都是最普遍的。任何和自然有關的主題都很受歡迎。或者情人的名字。」刺青師說著對班眨眨眼，她錯誤的聯想讓班羞紅了臉。「最近，那句寧靜禱文顯然也很夯。」

「我不知道那是什麼，」莫拉說：「我沒有太強的宗教信仰。」

「上帝賜予我寧靜，讓我接受我無法改變的事情，」刺青師引述道：「禱文不只這樣，不過，每個人都挑了這一句。」

「是啊，我可以想像。」莫拉把頭往後靠在椅子上。

「好，我數到三就開始了。你準備好了嗎？」

當針頭在她的皮膚上刺過時，莫拉強迫自己不要專注在當下那股灼熱的疼痛感上。她的記憶從漢克最近的葬禮不知怎麼地轉到了她祖母的告別式上面，那已經是將近十年前的事了，她發現自己想起了一張別人寫給她母親的致哀卡，那是莫拉在告別式結束之後的那個傍晚，在她母親的皮包裡發現的。

莫拉的祖母在生命最後的幾週裡都躺在床上，她孱弱的身體連接著一個結腸造口袋和一條呼吸管，即便最基本的生理功能，她都無法自己做到。記得她曾經是什麼樣的人，那張卡片上這麼寫著，而非她後來變成的模樣。

雖然那句話是莫拉在多年以前看到的，不過，現在它又回到了她的腦海。

也許，莫拉的線繩讓她免於受到老化的危害，讓她不會悲慘地「變成什麼模樣」。也許，莫拉的家人和朋友永遠也不需要把她年輕有活力的形象和年老體衰之後的模樣拿來相比。也許，她會永遠停留在「她曾經是什麼樣的人」，一個正值盛年的女子。

但是，妮娜就不是這樣了。她的肌膚會出現摺皺，她的頭髮會變白，她的脊椎會緩緩地彎曲，直到她在走路的時候會哈腰前傾。在莫拉的想像裡，妮娜會安靜優雅地接受這樣的變化，而不會因為虛榮心而在每次經過鏡子前面時都要絮絮叨叨一番，那是莫拉才會有的反應。

最後，妮娜會變老。一如莫拉的父母、堂兄弟姊妹、朋友和同事。而莫拉不會在那裡見證這一切。她不知道一旦她離開之後，他們會多常聊起她。莫拉甚至可以想像年邁的妮娜陷在一張椅子裡，鼻樑上架著一副眼鏡，伺僂地閱讀著一本書。她旁邊的桌上是否還會擺著莫拉的相片？妮娜會記得拍下那張照片的那一天嗎？

莫拉咬著嘴唇，無法驅走內心那股不安的恐懼，她害怕她身邊的每個人在繼續活下去的同時，他們對她的記憶，無論有多麼鮮明和年輕，都終將隨著時間而消逝。

「你看起來好像很痛的樣子，」那名刺青師露出抱歉的表情。「別擔心，親愛的，就快好了。」

在刺青師把皮膚裹上繃帶之前，她叫班過來看上一眼。

「看起來怎麼樣？」莫拉焦慮地問他。

班很驚訝地見到五片藍色的花瓣從一個陽光般金黃色的花心裡伸展開來：一朵迷你的勿忘我就綻放在莫拉的手臂上。

他原本以為那會是什麼更駭人、更前衛的圖案，例如老虎或者一條龍。不過，也許這朵小花反而更強而有力。

「很完美。」他的話讓莫拉露出了笑容。

傑克

傑克原本應該要出席曼哈頓的那場集會。凱瑟琳曾經要求他參加，但是，傑克謊稱自己生病不克前往。

感謝老天，他沒有在現場目睹那一幕。沒有親眼看到一個無辜的人在他姑丈的活動上被殺，沒有看到那個人的身體被原本應該要射中安東尼的那顆子彈射穿。

當傑克閉上眼睛時，他可以清楚地想像到那個畫面，彷彿他真的就在那個舞台上，聽到了槍聲和群眾的尖叫聲。

傑克不了解事情怎麼會走到這一步，他家族的行徑怎麼會造成死亡。怎麼會？在八月盛夏的一個日子裡，當冷氣在他的公寓裡不停地轉動時，傑克發現自己正在盯著那名男子的照片，那名在他姑丈和姑姑幾呎之外死去的男子。

照片裡的那名醫生留著一頭黑色的短髮，笑容裡透露出深深的皺紋，他的臉頰上殘留著很淺的鬍渣，脖子上隨意地掛著一條聽診器。那也許是他在醫院目錄上的官方大頭照，而現在卻變成了電視和報紙用來緬懷他的肖像。

大部分的報導都宣稱他「救」了國會議員羅林斯的性命，然而，傑克卻在網路上看到一篇文章說，那名醫生的友人表示，漢克醫生當日其實是去參加反羅林斯的示威活動。

傑克問他的父親，凱瑟琳和安東尼的情況如何。

「你姑姑顯然因為他們被這個瘋子列為目標而有點受到驚嚇，」他父親說：「不過，整體而言，我想，他們現在非常好。很顯然地，你姑丈的民調甚至比槍擊前更高了。」

他們現在非常好？又重新開始關注民調了？

他們難道沒有看見一個人就在他們眼前中槍嗎？

傑克不願相信，他自己的家人，他自己的親戚，竟然會造成一個人的死亡。沒錯，他大部分的祖先都在戰爭中戰鬥過，但是，這不一樣。這是在曼哈頓的一座公園裡，而非戰場。而且，直到那個八月之前，傑克真的都相信，他家族最大的過錯是對自己人犯下的，對那些無法符合祖先期待的自己人，就像傑克這樣的人。

然而，安東尼的競選釋放出了某種新的東西，某種更黑暗的東西。

為了想要替他的家族開脫責任，即便只是在他自己的心裡，傑克發現自己正在搜尋漢克為什麼死亡的其他原因。也許，他可以歸罪於那個槍手的暴力和不穩定。也許，漢克自己的英雄情結驅使他在發現危機時就一頭栽入。漢克對傑克姑丈的憎恨，真的是造成他死亡的原因嗎？還是他對短線繩者的激情造成的？

傑克想要找出根本的原因，他想要查清讓漢克明顯感受到值得縱身擋住槍口的動機。儘管他盡了一切的努力——一如在軍校的時候，他也曾經一次又一次地嘗試過——傑克依然無法想像，有什麼事情能讓他自己產生如此強烈的情感，強烈到他甘冒失去生命的危險去奮力一搏。

不過，也許漢克的死並沒有什麼原因，沒有誰或者什麼事需要因此受到責怪，傑克最終這麼想。也許，那只是因為線繩的緣故。

傑克已經告訴他父親，關於他和哈維非法交換線繩的事，不過，除了他父親以外，只有必要的軍方官員知道傑克收到的是一條「短線繩」。

他知道他很快就得把這件事告訴家族裡的其他人，然後是他的朋友、同學和同事。但是，他希望能拖多久就拖多久，特別是在他姑姑和姑丈的消息已經變成常態夜間新聞的現在。

每當他被迫和他的家族一起站在舞台上支持他姑丈的競選時，傑克都會感到一股迫切的渴望，而現在，他就感到了同樣的那股渴望。那是一股想要擁有正常生活的渴望，在那樣的生活裡，他可以單純地看電視，而不會看到他那造成社會對立的姑姑和姑丈出現在螢幕上，或者可以邀約一個女孩去吃晚餐，而不用懷疑她是否只是被他的名字和他所能繼承的財產所吸引。在那個生活裡，人們不會因為不同意他家人的行徑而遭到殺害。

傑克重重地嘆了一口氣，往後靠在沙發的靠墊上。那也許是他想要的，卻不是一個選項。他沒有另一種生活，當然也沒有另一個家族。杭特家族——現在，還要加上羅林斯家族——是傑克所僅有的，特別是在他母親離開之後。他沒有其他人可以依附，也沒有其他的地方可以讓他稱之為家。

傑克知道他的家族有缺陷，但是，到頭來，每個家族不都是如此嗎？

電話響第三聲的時候，凱瑟琳接了起來，傑克深深地吸了一口氣。他向自己承諾過，他得在今天做這件事。

「我知道，你和安東尼姑丈這陣子很忙，不過，我，呃，必須要告訴你一件事，」傑克說：「我得要查看我的線繩，然後向軍方報告，所以，我也想要親口告訴你，它……是條短線繩。」

「多短？」凱瑟琳低聲地問。

「它大概還剩五年左右。」他說。

傑克一直都把那條線繩稱之為「它」。他沒辦法讓自己說出「我還剩下五年」。

電話那頭沉默了很久，讓傑克幾乎以為電話斷了，直到他可以聽到他姑姑隱約的啜泣聲。

「喔，傑克，我不知道該說什麼。我真的很遺憾。」

「沒關係的。千萬不要為我哭泣，」傑克懇求地說，她的反應讓他突然之間感到不自在。然而，他還能期待會有什麼反應？他姑姑從來都不是那種喜歡依偎的類型，但他小的時候，她是第一個送他G.I. Joe和美國隊長玩偶的人，也是在得知他母親消失之後，不斷地帶著一盤又一盤冷凍食品往他家跑的人。她聽到這個消息當然會哭。

他只是不值得她落淚。

「真的，凱瑟琳姑姑，我沒事。」傑克向她保證。

然而，他不禁要想，他的困境是她自己的丈夫所造成的。是他那個愚蠢的專案小組造成的。

「你很勇敢，」凱瑟琳說：「我們整個家族都會以你為傲的。」

這句話可能比淚水還要糟糕。

傑克只能擠出「謝謝」兩個字。

「如果你需要什麼的話，隨時都可以告訴我。」凱瑟琳的聲音在微微顫抖。「我愛你，親愛的。」

傑克掛斷電話之後，重重地躺在他的床上，他覺得筋疲力盡，罪惡感讓他感到反胃。他想要站在蓮蓬頭底下沖冷水，直到他覺得好一點為止。

說謊本身已經夠難了，她非得要稱讚他堅忍的勇氣嗎？他那典型的杭特勇氣？讓他的家族引以為傲？

他從來都沒有贏得過她的讚美，而他現在當然也不值得她同情。

一想到她為了他、為了她以為屬於他的那條短線繩而哭泣，傑克就感到很憤慨，因為沒有人為哈維流淚。他才是那個真正勇敢的人，而非傑克。

當傑克在床上重新坐起來時，他的視線剛好正對著他的櫥子，打開的櫥櫃門暴露出隨便堆疊的衣服，以及垂頭喪氣地吊在歪斜衣架上的外套。軍隊絕對無法容許這樣的髒亂。他們也絕對無法容許他剛剛對他姑姑所撒的謊——只因為他要自保。

當傑克瞄到吊在櫥子最裡面那件剛剛熨燙過，依然還套著乾洗店塑膠袋的制服時，他內心的某種感覺被引燃了。

他衝向櫥子，開始扯下那些衣服，衣架上的運動衫、架子上的T恤、一件折疊好的運動褲，任何有軍隊標誌的東西，任何他曾經想要融入的證明。然後，他抱著那堆令人不快的物品，轉身走回他的房間，將那堆東西全都塞在他的床底下。

安東尼

事情一如安東尼所預期的。他的民調在刺殺未遂後的一週暴漲。他的演說持續地引起共鳴。民眾感到恐懼。他們期待他可以幫助人民。線繩依然是一個相對新的現象，所以，因為線繩的出現而產生的任何暴力，都是一種新的暴力。那個在集會中出現的槍手是名女性的事實，為他的競選帶來了幫助。在線繩出現之前，美國很少見到女性的攻擊者，但是現在，每個短線繩者都可能被視為潛在的威脅。傳統的那套法律與秩序再也無法滿足現狀。而安東尼是唯一一名把自己定位為鬥士的候選人，一名有能力面對眼前這場戰役的鬥士。

就在安東尼以為情況不可能更好的時候，警方在搜索那名刺客嫌犯的公寓時，發現了一只盒子，裡面裝了一條極短的線繩。這無疑是短線繩者為什麼不能被信任的另一個理由！以及安東尼為什麼一直以來都是對的。

推特和臉書都在熱烈地討論這個新聞。

又一個變態的短線繩者！一點都不令人驚訝！

醫院、商場、炸彈，現在是這個。我們不能讓這些人繼續恐嚇我們的國家！

我孩子的四年級老師是短線繩者。我應該擔心她在學校的安全嗎？

那些持續在為那個槍手辯護，並且責怪羅林斯議員的人，你們真是丟臉。一條短線繩不應該成為謀殺的藉口。

是哪個笨蛋讓那個短線繩的女權納粹拿到槍的？？

安東尼不在乎那些網路上的小老百姓在爭論的問題，只要那對他的競選有幫助就好，不過，他的競選經理倒是特別高興。全國上下的討論似乎對他們越來越有利。

在警方的這個發現被公布之後，不到幾天，坊間開始要求禁止短線繩者購買槍枝，而安東尼也自告奮勇地開始起草這項法案。

當安東尼從辦公室回到家的時候，他並沒有立刻注意到他的妻子。

「我今天過得很棒，親愛的，」安東尼笑著脫掉他的西裝外套。「這項禁止短線繩者購買槍枝的法案，可能是國會這幾年來第一個真正通過的槍枝管制法案。真是難以置信。」

「我不確定我們是否應該繼續追著他們跑。」凱瑟琳的聲音傳入大廳。

「追著誰跑？」

「短線繩者。」

安東尼大吃一驚。他走進起居室去看他的妻子，只見她悲傷地坐在那張古董沙發上。「你怎麼會有這種想法？」他問。

「那讓你最近差點遭到槍殺，而且，我覺得我們並沒有想清楚所有的後果。」

安東尼知道那場槍擊事件讓她感到害怕，儘管那顆子彈根本沒有接近過他們。不過，也許他並不了解她有多麼擔心。

「我們兩個的線繩都很長。」他試著讓自己聽起來令人很安心。「我們會沒事的。那些線繩就是證明。」

「那並不像你以為的那麼讓人安心，」凱瑟琳說：「那只代表我們不會被殺而已。會發生在一個人身上的壞事還很多。」

「我們兩個都選擇了政治之路，」他說：「我們知道自己會捲入什麼樣的狀況。」

「也許，這條特定的路……利用線繩……再也不合適了。」

「你忘了，一開始要利用韋斯．強生的線繩做為議題是你的主意嗎？我只是跟著做而已。還有，你為什麼質疑截至目前為止對我們都行之有效的作法？」

「傑克今天打電話給我，」凱瑟琳終於表示道：「他收到了一條短線繩。」

安東尼嘆了一口氣，在他妻子旁邊坐下來，溫柔地拾起她的手。「真可怕。他是個好孩子。」

「我知道他是，那就是為什麼我無法理解這種事怎麼會發生在他身上！或者發生在我哥哥身上。我們家族一直以來都只會幫助這個國家，而這就是我們得到的回報？我哥哥得要失去他唯一的孩子？在那個婊子拋棄他，讓他獨自扶養傑克之後！在努力了那麼多年之後，在繼承我父親的遺志之後，傑克只能被調到軍中某個可悲的角落，直到他在三十歲之前死去？這樣公平嗎？」

安東尼讓他的妻子哭了一會兒，同時思考著要說什麼。

他不能讓這件事阻撓他們，特別是現在，當他的聲譽正在奔向頂峰之際。他需要凱瑟琳在他身邊。自從他們在大學相識以來，那時，他還是個以法律學校為目標、狂妄自負的大四生，而她則只是個羞怯的大二生，當時，他就知道她是他理想的對象。她和他共享他的夢想與野心，而她的背景也真的無與倫比。她的家族血統竟然可以回溯到美國革命時期。所以，他才會容忍她一開始的過分拘謹，以及她偶爾自以為是的霸道。她擁有通向成功所需要的一切家世和社交風範，並且具有為了成功而不惜一切的勇氣。她在大學辯論比賽開始的兩分鐘前，「不小心」把她的咖啡灑在他的對手身上，在那之後，他就對她說了他愛她。

凱瑟琳相信他。她相信他們。她向來都是一項資產。安東尼不會讓她在現在變成一個累贅。

「你的家族很堅強，」他說：「你們會撐過去的。」

凱瑟琳拿了一張面紙擦了擦鼻子。「可是，萬一那是個徵兆，要我們應該……重新評估一切呢？」她轉向她的丈夫，一臉的淚水和不確定。

「你只是現在有些沮喪而已。這是可以理解的，」安東尼繼續冷靜地說：「然而，這不會改變任何事。我們距離白宮那麼近了，我可以感覺得到。這是我們值得獲得的。我們兩個。」

「你認為發生在傑克身上的事，也是因為他值得嗎？」凱瑟琳問，他丈夫看似不為所動的態度讓她感到不安。

「不，當然不是，」安東尼搖搖頭。「但是，我真心相信我們的成功是我們努力得來的。我們保護了這個國家的未來。給了人民他們想要的。」

「我知道。」凱瑟琳平靜地說。

「你記得我們在哲學系大樓那間咖啡館裡的第一次約會嗎？當時我告訴你，我的夢想是當上總統，而你只是說，『好，算我一份。』然後就繼續喝你的拿鐵，彷彿我說的話沒什麼了不起一樣。我無法分辨你是瘋了，還是在開玩笑，或者什麼的。但是，你不是。你是認真的。」安東尼笑著說。

「我記得。」

「你對我們是那麼地有信心，即便當時的我們還只是兩個愚蠢的孩子而已。」安東尼觸摸著他妻子的臉頰，她的肌膚在他的拇指底下感覺柔軟又濕潤。他直視著她的眼睛。「你現在對我們有信心嗎？」

「你知道我有。」她說。

「你相信上帝希望我們成功嗎？」

「我相信。」

「好，我也是。我們注定要這麼做。」他說。安東尼用手臂摟住他妻子的肩膀，凱瑟琳也把頭靠在他的胸口，在他強壯而熟悉的臂彎裡放鬆下來。

「我們現在所走的道路，我知道這是一條艱困的路，有時候，我們可能會感到嚴酷和不公平，」安東尼揉著他妻子的頭髮。「但是，那是我們贏得勝選唯一的方式。」

直到凱瑟琳睡著之後，安東尼才真正想起他的外甥傑克。

安東尼和他妻子從來都不想要有自己的孩子。孩子絕對無法融入他們各自的日程安排，而且，凱瑟琳似乎很滿意在傑克生日和畢業時，扮演著溺愛的姑姑這樣的角色，也很樂意在她哥哥負擔過重時伸出援手，然後再回到她和安東尼共同建立的生活。

他們只有一次真正地談到有孩子的可能性，那是在凱瑟琳三十七歲生日的前一晚，當時，她突然提到她的生育能力一定正在減退中。她的語氣裡並沒有悲傷或懊悔。她只是把這件事當成一種好奇的觀察，隨口說出而已。接著，安東尼和凱瑟琳確定了他們本能上一直都知道的一件事——他們是最佳二人組——雖然，當凱瑟琳說如果她有孩子的話，她相信那一定是個兒子，杭特．凱文．羅林斯，這番話讓安東尼聞言不免感到驚訝。她居然幫他們一致決定永遠不會出生的那個男孩取名，這讓安東尼覺得有點不安。

當然，安東尼為他那持有短線繩的外甥感到遺憾。他一直都覺得，傑克在杭特家族裡似乎有點格格不入。在安東尼的印象中，他在家族聚會上一直都是個害羞、骨瘦如柴的孩子，在兩人三腳的比賽裡，他總是最後一個被選為搭檔的人。安東尼認為，他從來都沒有和其他家族成員一樣的戰鬥精神。也許是從他那古怪的母親身上得到太多的遺傳，她就像某種社會主義者一樣，逃到了歐洲。安東尼只希望傑克的短線繩不會讓他做出任何莽撞的舉動，任何可能損害他和凱瑟琳美譽的事情。

突然之間，他想到了一件事。也許，傑克甚至可以幫上他們？那些示威和槍擊已經很明顯地警示出安東尼在短線繩者之間並不受歡迎。也許，傑克剛剛給了他一個解決之道。

艾咪

那名國會議員在市中心舉辦的集會活動上發生了槍擊，一週後，艾咪收到了學校校長發來的一封電子郵件，除了哀悼發生在紐約和全國各地的暴力事件之外，他也向師生社團中任何因為線繩的出現而受到負面影響的人表示慰問。

「我明白很多老師一定覺得有一股衝動，想要在我們生命中這個艱鉅的時代，為他們的學生提供答案，」威瑟斯校長這麼寫道。「然而，由於我們現在還缺乏絕對的答案，加上這個話題本質的爭議性也在日益提高，我在此建議所有的老師們，在即將來臨的秋季班課程裡，避免深入討論任何有關線繩的問題。」

家長教師聯誼會顯然達成了一個結論，那就是如此敏感的話題應該留給家長自己來處理。看完校長的信件之後，艾咪的腦子裡思緒奔騰，讓她完全無法靜下來，因此，她套上一雙平底鞋，起身去散步。

在她公寓外的走廊上，她看到她的鄰居，一個母親和她年幼的兒子，他們帶著最近才養的小狗剛剛繞行完街區回來了。

艾咪彎身拍拍那隻小可卡犬的頭，然後對著牠下垂的臉笑著說：「很高興見到你，小兄弟。」在男孩跑進他們的公寓裡之後，他母親擠出一個疲憊的笑容。「他一直吵著要一隻狗。」她對艾咪說。

「你真是個好媽媽，你讓他如願以償了。」

那名母親嘆了一口氣。「我依然認為他還沒準備好要負起這種責任。不過……說句實話，我很感謝這件事能讓他分心。至少，他現在不會再纏著我問有關線繩的事了。」

艾咪點點頭。「我可以想像得到。」

當然，艾咪了解那些正在面對壓力的家庭。育兒網站每週都刊登一些文章，分享如何和自家小孩談論線繩的策略。早在三月的時候，艾咪就很清楚地察覺到流傳在學生之間那些令人困惑的謠言，「盒子」和「線繩」這兩個名詞在學校餐廳裡偷偷地被提起，就像「性」曾經是學生們私下熱議的話題一樣。所有的老師都很害怕，那些曾經首當其衝告訴他們的朋友，世界上沒有聖誕老人的熊孩子，很快就會開始用線繩真正的意義，來讓他們的同學感到驚恐不安。只不過，線繩的問題可不是神話或童話故事。這是攸關生死、費解又強大的知識，那將會是孩子們所聽過最重要的對話之一。

然而，艾咪依然不確定校長要老師們完全不要介入的作法是否正確。如果她的學生正在閱讀關於死亡和失去的書籍，那麼，現在談及線繩的話題豈不是很自然嗎？

艾咪自己甚至也受到那個夏天和她通信的那名陌生人的啟發，因而發起了一個筆友的活動，讓她班上的孩子與一群本地老人之家的居民通信。她希望，曾經在一個千變萬化的世界裡活了幾十年的人，也許可以為那些正在成長的孩子提供一個有用的觀點，然而，完全不提及線繩，是否會讓這樣的通信經驗感覺很不自然？

艾咪在工作上已經和孩子們相處了七年，她知道小孩美妙的地方——也是令人憂慮的地方——在於，他們永遠都有更多的問題，而當問題和線繩有關時，他們可以得到的回答卻寥寥無幾。不過，這也是起初她之所以成為一名英文老師的原因之一，她想要幫助學生，讓他們藉由故事來更加了解他們的內在自我和外在世界，即便在這個世界最不完美的時候。艾咪的老師曾經推薦給她的那些書籍，開啟了艾咪對人類各種情感的認知，並且讓她了解到自己並不是唯一一個想像力過於豐富的人。

此外，打從她們很小的時候開始，當她們還只是坐在書店地毯上看書的小毛頭時，文字就是把艾咪和她姊姊連結在一起的東西。隨著她們日漸成長，她們的生活也開始改變——妮娜出櫃為同志，她們也各自前往不同的大學就讀——這讓艾咪擔心她們之間越來越多的差異，可能會讓她們長期以來的情誼受到威脅，而艾咪也真心相信，交換她們彼此正在閱讀的書籍，是她們在分開的這些年裡依舊可以保持親近的原因。

艾咪一直都認為，如果她可以幫助學生，即便只是少數幾個，讓他們發現書籍帶給她的那種快樂和連結感，那麼她這個老師就算成功了。不過現在，她覺得如果自己在課堂上連提都沒有提到線繩的問題，如果她不能對他們無可避免的問題做出某些回應的話，她一定會讓學生感到失望，無論那些回應有多麼的不完整。

威瑟斯校長在他的郵件最後鼓勵所有有問題的人可以聯繫他。因此，艾咪決定打電話到他的辦公室。

「威瑟斯校長？嗨。我是艾咪・威爾森。」

「艾咪，嗨。有什麼事嗎？」

「呃，我剛收到你的信，我著實了解你的處境充滿了挑戰，不過，我也想要和你討論一下我的感受，我覺得這也許是一個機會，可以增加我們學校對學生的真正價值，我們可以在課程裡融入某些關於線繩的認知。」

她把校長的沉默當作要她繼續往下說的暗示。

「我只是認為，如果學生一直都從新聞裡聽到對於短線繩者的歧視，那麼，也許現在就是我們閱讀關於偏見、平等和同理心之類的書籍最好的時機。而我也真的想到一個筆友的活動計畫——」

「你有孩子嗎？威爾森女士。」

「呃，沒有，我沒有。」艾咪說。

「那麼，儘管你的理想主義和熱誠很讓我欣賞，但是，只怕你很難體會大部分家長的感受，」他說：「每年，我都會接到數十通電話和我討論我們的性教育課程，有些人說我們太早教那些課程了，有些人則說太晚了，還有一些人對課程的內容本身有意見。所以，沒有什麼事情是可以讓每個人都滿意的。不過，家長是付學費的人。他們需要決定他們要何時、何地以及如何跟他們自己的孩子討論線繩的事。」

威瑟斯校長暫停了一會兒。「當你成為母親的時候，我相信你將會了解到為什麼他們會這麼做，威爾森女士。現在，很抱歉，我還有另一通電話要接。」

在掛斷電話之後，艾咪不停地走路，好讓自己冷靜下來，一路上，校長的話一直在她的腦海裡迴盪。當你成為母親的時候，我相信你將會了解的。

她不由自主地想像著更加年長的自己，她的一頭長髮剪成了中年主婦的模樣，和她年幼的兒子玩著躲貓貓的遊戲，而她孩子的年齡就和那個帶著可卡犬的鄰居小孩一樣大。

在她的想像中，她在一幢房子裡不停地打開不同的門窺視，那幢房子看起來就像她童年時候的家，她躡手躡腳地走過樓上的走廊。當她終於打開臥室櫥櫃的門時，只見一個小男孩冷靜地坐在米色的地毯上，他細小的手指抓著一只木盒。他一定是在衣櫃最裡面找到那個盒子的，而艾咪自己的盒子現在就放在同樣的地方。

當男孩抓著那個盒子朝著她伸出肥胖的小手臂時，他的臉上充滿了天真的困惑，艾咪不得不甩開這個白日夢。

她曾經看過那個男孩。這不是她第一次想像她未來的家人，她未來的家。

艾咪從來都不知道自己為什麼這麼常浮現這樣的畫面。這絕對不是遺傳；妮娜就對由事實和規則所構成的現實世界感到很自在。然而，艾咪卻總是對「如果這樣會如何」的假設樂此不疲，她總是陷入虛擬的幻想裡。

妮娜

黛博拉．凱恩坐在會議室的桌子前端，她的編輯則圍坐在她的四周。「我想，我們應該要談談毒品的問題，」她發表了開場白。「情況看起來似乎逐漸在失控。在柏林的一間夜店出現一種新的搖頭丸之後，已經有十個人被送到醫院治療了。」

「那是繼上個月在洛杉磯發生的迷幻藥事件之後的新案例。」一名記者說。

「有趣的是，那聽起來像是派對毒品，幻覺劑的使用頻率越來越高，」黛博拉說：「而且絕大部分都流傳在長線繩者之間，這也許和大部分人想的正好相反。不過，我需要一些實際的數字。我們來找一些醫生聊聊；也許有些跑趴者會留下紀錄。讓我們看看是否可以找到長線繩者更膽大妄為的其他行為趨勢。」

「我表弟在打開他的盒子之後買了一輛摩托車。」一名編輯說。

「我知道有些人這輩子第一次去跳傘。」另一名編輯也說。

「太好了。給我更多這樣的例子，」黛博拉說：「另外，擁有長線繩有什麼潛在的影響，我想要拿到精神科醫生的看法。當一個人覺得自己所向無敵、堅不可摧的時候，他會發生什麼事？」

每個圍坐在會議桌的人都在筆記簿上振筆疾書。

「我想，截至目前為止，我們都太聚焦在短線繩者了，」黛博拉說：「這不是唯一的觀點。」

妮娜回到自己的座位之後，忍不住一直在想那些從飛機上跳下來，以及服用迷幻藥的長線繩者。她想起春天的時候，自己曾經花了好幾個小時在研究的那些部落格和Reddit的貼文。實驗和挑戰極限的衝動，似乎讓許多長線繩者無法抗拒。

那些行為並不特別吸引妮娜，不過，她了解那種衝動。擁有一條長線繩給人一種很獨特的振奮感，那是一種安慰、一種興奮和一種被賦予權力的感覺。她可以想見和她一樣擁有長線繩的人為什麼想要去做一些大膽又驚人的事情，那是他們過去從來不可能會做的事。

不過，她也懷疑，這種作法是否也含有一點點自私的成分在內。當然，每個人都可以過他們想要過的生活，那是他們的自由，然而，選擇在派對裡差點吸毒過量的方式，來慶祝自己拿到一條長線繩？那彷彿是在那些比較不幸的人面前炫耀自己的好運一樣。浪費老天賜予你的禮物。

這就是妮娜為什麼對她收件匣裡的下一封信件感到那麼驚訝和感動的原因，那是一名自由工作者發來給編輯的下一期稿子。

那名作者用了好幾週的時間，與那些也許是冒了最大風險的長線繩者進行訪談。

「當我拿到我的線繩，看到它的測量結果一路延伸到九十四的時候，」一名二十八歲的受訪者山姆說：「我覺得我有義務將漫長的人生用在更有意義的事情上。所以，隔天我就加入海軍了。」

一名陸軍醫務人員艾莉諾，同時也是一名三個孩子的母親說，看到她的長線繩給了她一種安心感，她從來都沒有想過自己可能擁有這樣的安心感，讓她有信心可以在追求自己的職業生涯之下，同時還能照顧好她的孩子。

這篇故事裡有一些人都反對那個夏天通過的STAR法案，該法案在毫無預警之下，把數千名持有短線繩的軍人都撤離了他們現役的崗位。不過，所有接受訪問的人都明白根本原因是什麼。

「對於像我們這樣不打算打開盒子的人來說，STAR法案肯定是一大震撼，而且，令人難過的是，有些男性和女性在工作崗位上是那麼努力才達到了目標，但是，他們現在卻遭到……重新定位，」二十二歲的少尉哈維，也是那年軍校最優秀的畢業生之一這麼說。「然而，我個人對於能夠用我的線繩來報效國家感到驕傲，我也會藉由這麼做，來向所有無法像我這麼做的短線繩士兵們致敬。」

下班之後，妮娜換上緊身褲，前往瑜伽教室和莫拉會合，一起參加她們每週一次的瑜伽課，這是少數幾項被她們從過往的生活裡保留下來的活動之一。

妮娜跪在墊子上，緩緩地抬起她的手肘和膝蓋，將自己伸展到下犬式。然後，她往前踏出一步，挺起身體，舉高手臂，轉換成戰士一式。

莫拉在她身邊轉換著同樣的體式，不過，莫拉的動作有一種流暢感，那是妮娜無法做到的，因為她總是想得太多。妮娜在做出每一個動作之前，通常都需要先在腦子裡提醒自己每一個步驟，這讓她整堂瑜伽課都處在一種不連貫的節奏之下，反觀莫拉似乎只是本能地在移動，每一個姿勢都無縫接軌地轉換到下一個姿勢。不管妮娜多麼努力想要把注意力集中在吸氣和吐氣上，都無法讓自己的思緒平靜下來。

她彎曲膝蓋，手臂隨著戰士二式而伸展，妮娜不由自主地想起那些真正的戰士，也就是她剛剛編輯的那篇文章裡所提到的那些軍人。當她躺在墊子上，拱起身體轉換成橋式時，妮娜想起了那些將自己的生活連根拔起，變成另一個人的長線繩者們——無論是變得更好還是更壞。

妮娜想要做不同的事，不同於日常生活的事。某些有意義的事。

妮娜將身體轉到三角伸展式，她將身體傾斜，手臂朝著天花板伸展。她緊繃的大腿後側立刻就對她發出了抗議。

妮娜把臉轉向莫拉。「你有一直想做的事嗎？」她問：「或者想去的地方？」

「什麼意思？」

「例如你願望清單上的某個地方，」妮娜說：「你一直想要去的某個地方？」

莫拉懷疑地望向妮娜，試著不要失去平衡。

「怎麼？你的女朋友不能問一個簡單的問題嗎？」

「噓！」附近的一名女子斥責著她們。

莫拉只是翻了翻白眼。「這才不簡單呢！」她小聲地對妮娜說。

「我不是說我們應該在今晚就去哪裡，」妮娜平靜地說，同時把腳抬離地面，往後方延伸。

「不過，我只是覺得我們應該做點什麼……刺激的事。由你來選擇。」

「好吧，」莫拉讓步地說。「可是，你不需要為了我這麼做。」

「也許那不光是為了你。」妮娜說。她可以感覺到全身都因為努力要保持挺直而在顫抖。「是為了我們。」

「噓！」那名女子再次制止她們。

妮娜尷尬地用嘴形朝著那名女子的方向無聲地說了一句「對不起」，然後轉回她的姿勢，擔心她和莫拉會被踢出教室。

之後，她們不再說話，直到課程結束，當她們開始捲起墊子的時候才再度開口。

「威尼斯。」莫拉突然說：「我一直都想要去看看。還有，我在大學的時候曾經修過一年的義大利文，不過我從來都沒有用過。」

「太棒了，」妮娜笑著說：「那就去威尼斯吧。」

她得要克制自己想要立刻開始計畫的衝動。航班、飯店、行程、所有的細節，她喜歡做這些安排。然而，一想到這趟旅行所要付出的費用，那股衝動很快就被恐慌所取代了。

這麼做是值得的，妮娜提醒自己。她正在擁抱率性，走出她平凡的生活。

而且，她終於可以為她所愛的女人做點什麼，這個女人比任何人都值得這趟旅行。

秋天

哈維

哈維無法相信自己剛剛看到的。

傑克去探望他父親了，因此，哈維獨自留在他們的公寓裡，在他的筆電上收看九月的總統競選辯論直播。這場辯論被宣傳為傑克的姑丈安東尼・羅林斯和感性的演說者韋斯・強生之間的複賽。安東尼・羅林斯因為對短線繩者的激烈作風而備具爭議，卻也因此而一夜成名；至於韋斯・強生在六月份的那場辯論中雖然感動了許多人，卻無法遏止羅林斯的行動。

「我想用我的開場白來回應自六月以來一直圍繞在我競選活動中的謠言，」韋斯・強生一開始就說：「我並不怕說出自己收到了一條短線繩，我並不覺得難以啟齒。」

強生在群眾的竊竊私語和哈維的驚訝中繼續往下說。

「有些人會用這個事實來質疑我是否適任總統一職，」這位參議員表示道：「我想要提醒這些人，我們歷任的總統當中，有八位都死於任內，包括我們國家和這個世界有史以來最出色的幾位領袖。為了向他們致敬，我要繼續我的競選之路。」

他停頓了一下，深深吸了一口氣。「我也要直接對今晚正在聆聽這場演說的短線繩者說，我的兄弟姊妹們，偉大的美國作家羅夫・瓦道・艾默生曾經寫過，『生命的重點不在於它的長短，而在於它的深度。』你不需要用一輩子的時間才能對這個世界帶來影響。你所需要的只是想要影響這個世界的意志。」

觀眾熱情的歡呼在哈維的內心裡迴響。這是自從他同意和傑克交換線繩以來，第一次相信自己做對了決定。他會對這個世界造成影響。他有這樣的意志，一如強生所言，而和傑克交換線繩剛好給了他一個這麼做的途徑。

主持人轉向羅林斯議員，請他發表演說，一看到傑克的姑丈那頭僵硬的頭髮在舞台的燈光底下閃閃發亮，那張鬍子刮得乾乾淨淨的臉上刻鑿著一抹虛偽的笑容，笑意一路橫跨到了酒窩上，哈維不禁翻了個白眼。有一個人在安東尼的一場造勢活動中被殺了，而他似乎完全沒有受到此事影響。哈維可以看出自從八月的那個下午以來，傑克的雙眼就因為一直睡不好而泛著黑眼圈，然而，他那精神煥發的姑丈卻連一天也沒有停歇過他的競選活動。

「首先，我要對參議員強生在今晚所展現的勇氣給予掌聲，」安東尼說：「我知道，我對我們國家近來所蒙受到的暴力事件所做出的反應，受到了一些人的批評，他們相信我對短線繩者並不公平。然而，這不是公平與否的問題；這是國安的問題。身為一個攻擊事件的目標，雖然該事件並未成功，我會盡一切所能來保護美國的安全。而對於那些聲稱我對短線繩者沒有同情心的人，你們大錯特錯了。我的外甥是一名美軍少尉，我以身為他的姑丈為傲。他也是一名短線繩者。等我成為總統時，我會帶著保衛國家的能力以及憐憫之心來領導這個國家，因為我在自己的家人當中，深深地感受到了線繩的影響。」

在觀眾為羅林斯鼓掌的同時，哈維只是愕然地坐在自己的床上，韋斯．強生的演說帶給他的振奮立刻就煙消雲散了。

傑克的姑丈一如既往地諂媚和自私，他為了自己的政治利益，而將傑克的短線繩——那根短線繩其實是哈維的——當成了一種炫耀。

哈維覺得想吐。他個人的不幸已經被訛用為某種工具，也許真的能為這個恐怖的男子帶來權力。哈維原本絕對不可能打開自己的盒子，也絕對不會陷入這團違法欺騙的混亂裡，如果不是因為安東尼以及那些和他一樣的人決定頒布這些法令，而毫不在乎他們會傷害到誰的話。

傑克知道安東尼今晚的計畫嗎？

最近幾週，傑克幾乎都沒有提起他的姑姑和姑丈，不過，哈維知道他終於開始告訴他的家人關於他那條「短線繩」的事，那也是哈維猜測傑克之所以越來越常鬱鬱寡歡地坐在沙發上、喝著啤酒、萎靡不振地嚼著烤肉味薯片的原因。很顯然地，他已經在今晚之前告訴了安東尼。不過，傑克知道他的姑丈會*這麼*做嗎？在全國的電視上把他當作一顆該死的棋子利用嗎？

哈維憤怒到無法再繼續觀看這場辯論，於是，他關掉電腦，穿上球鞋，開始跑步，遠離他的公寓，穿越過他的社區。他不停地跑，直到抵達喬治城大學，才在達格倫聖心教堂外的台階上氣喘吁吁地倒下來。

哈維環顧著這座紅磚校園，他身邊的長椅和草坪上傳來學生們交談、唸書和嬉鬧的聲音，他大口呼吸著只有在校園裡才有的那股初秋的氣息。這些學生很幸運，他心想。他們大部分都還不滿二十二歲。

哈維站起身，他的雙腿依舊因為在石板路上奔跑而顫抖，他轉過身，看著身後的那座小教堂。

哈維慚愧地想起那一整個夏天，他都沒有去參加過彌撒。當他小的時候，父母每個星期天都會帶他去教堂，為了避免他在長椅上過分地動來動去，母親還會塞羅望子糖果給他。讀軍校的時候，他依然會參加大部分的假日彌撒，不過，隨著日子過去，他也逐漸忘了要繼續保持這個習慣。

對於許多像他這樣中斷信仰的人來說，那些線繩無疑又讓他們的信仰復甦了。哈維記得看到好幾則新聞報導指出，在那些盒子出現的幾個星期、幾個月之後，各種宗教信仰的活動都增加了，報導中還附上了教堂和猶太會堂擠滿信眾的照片。他自己的父母也說，他們的教區比過去任何時候都更擁擠，這是教友人數銳減多年之後，重新出現的一個令人樂見的反轉現象。

哈維拉開教堂的木門，他驚訝地發現大門竟然沒有上鎖，當最後一抹夕陽穿過聖壇上方寶藍色和亮紅色的彩繪玻璃時，哈維踏進了教堂。教堂的美向來都讓哈維感到震撼。

教堂裡排滿了一排排的長椅，就在哈維走近最後一排椅子時，他的肌肉記憶無聲地提醒他在就座之前要先屈膝跪拜。

哈維往後靠在硬邦邦的木頭椅背上，抬頭仰望從窗戶上方祥和地俯視著教堂的耶穌和聖母瑪利亞的肖像。

哈維讀過無數次的《聖經》，或者應該說，他曾經無數次地聆聽別人唸誦《聖經》。因此，他明白為什麼上教堂的人現在變多了，為什麼人們會到這裡來尋求安慰和答案。經常受到眾人引用的那個詩篇是什麼？即便走在籠罩著死亡陰影的山谷裡，我也不害怕邪惡，因為你與我同在。

也許，如果這全都是上帝計畫的一部分，那麼，線繩所造成的混亂就不會讓人感到如此紊亂。而你也無需獨自面對，如果祂總是與你同在的話。還有，也許最重要的是，如果死亡是永生的開始，那麼它也無需是終點。

哈維依然相信這些，依然相信在這個世界之外還存在著其他的力量。不過，坐在這座教堂裡，他意識到自己已經有一段時間不再禱告了，自從那些盒子出現之後就不再了。他最後一次禱告的時候，曾經向上帝要求能收到一條長線繩。

「上帝從來不會給予我們超出我們所能面對的東西。」哈維的母親經常這麼說。

如果哈維把他的線繩真相告訴父母的話，他不知道母親是否還會這麼說。他不知道她是否會說哈維的堅強足以讓他承受這一切？是否會說他們可以承受這一切？

哈維不知道他父母今晚是否在收看這場辯論。當安東尼把他們獨子的線繩扭曲成一場精心設計的政治計謀時，他們是否聽到了安東尼的演說，是否對這樣的扭曲毫無察覺。

安東尼．羅林斯自稱為一名基督徒。他對於他的信仰總是誇誇而談，他和他的妻子也被拍到每週都上教堂。然而，坐在這裡，在彩繪玻璃的聖人注視之下，哈維很清楚此人絕對不可信。

等到哈維開始走回家的時候，天色已經黑了。在校園的邊緣，他經過一間位於一樓的公共休息室，透過打開的窗戶，他可以看到學生們聚集在沙發和地毯上觀看著今晚的辯論。當韋斯．強生的臉孔出現在螢幕上發表他的結辯演說時，哈維在窗外停下了腳步。

「如果我可以回到三月，也許，我會告訴自己不要去看線繩的長短，」強生說：「也許，我會告訴所有的人不要看。但是，我們無法回到過去。我們必須接受現在這個樣子的世界。然而，我們無需接受不公平。我聽到有人失去了他們的工作、失去了醫療保險、失去貸款，全都因為他們的線繩。羅林斯議員和我們目前的政府正在做的一切，在某些行業的人選擇不看線繩時強迫他們要看、質疑人們服務國家的能力、根據命運的意外而對人們採取差別待遇，這些全都和這個國家幾個世紀以來所追求的自由和平等的價值恰恰相反。

「我們一直都在爭取這些價值。幾代以來，民權運動人士、女權運動人士以及同志權利運動人士，都在爭取這些價值。我們之中擁有短線繩的人也許為數不如這些團體這麼多，然而，我們絕對不因此而變得不重要。看到羅林斯議員活動中的那些抗議群眾，我不禁燃起了希望，這個國家的人民不會再次容忍不公平的待遇。我們已經奮鬥太久了。」

莫拉

晚上九點，莫拉一個人在家。候選人剛剛各自發表完他們的結辯，並且揮手走下了舞台，妮娜還在辦公室加班，幫忙處理網路上的辯論報導，因此，莫拉沒有對象可以說話。

就在她伸手去拿擺在面前那張桌子上的手機時，她瞥見了手臂上那朵因為刺青發炎而被一圈淡淡的紅暈包裹住的玫瑰花。

「要去喝一杯嗎？」她發了簡訊給班。

九點半的時候，他們已經坐在附近一間安靜的木造小酒吧裡，在昏暗的燈光下啜飲著啤酒了。

「你真的認為羅林斯的外甥拿到了短線繩嗎？」莫拉問。「就算他是捏造的，我也不覺得奇怪。」

「也許，在實施事實查核政策之前還有可能捏造，」班笑著說。「現在不太可能了。」

「至少，美國公民自由聯盟已經對他那個胡說八道的STAR法案正式提出了訴訟，那也許是一個亮點，」莫拉聳聳肩。「此外，強生也還在競爭之列。我實在不敢相信他居然被謠言糾纏到得要親自出面來發表聲明。」莫拉停頓了一下。「你一直都認為他是個短線繩者嗎？」

「我想，我心裡有一部分希望他是，」班說：「我的意思是，我當然並不希望他拿到短線繩，但是，一想到候選人當中也許有人就是我們的一分子，這讓我感到滿安慰的。」

莫拉把雙手插進她那件老舊的CBGB運動衫口袋裡，好奇地歪著頭。「你有對象嗎？」正在啜飲啤酒的班被這個問題驚嚇到咳了出來。「這個話題轉換的好突然。還有，我以為你是同志。」他笑著說。

「如果我不是的話，顯然我會對你有興趣，」莫拉戲謔地說：「不過，這和你剛才所說的有關。你說，韋斯．強生是『我們的一分子』。這句話本身就值得討論，不是嗎？像我們這樣的人是否應該和不是這樣的人交往？」

「事實上，當線繩出現的時候，我確實有交往的對象。不過，我們已經分手了。」

「發生了什麼事？」

班注視著他的啤酒瓶，輕輕地用兩根手指旋轉著酒瓶。「她打開了我的盒子，」他緩緩地說：「在沒有事先問過我的情況下。然後，她就和我分手了，因為她無法面對我的短線繩。」

「喔，真差勁，」莫拉震驚地說：「我很遺憾。」

「謝謝。」班微笑地說。

「你怎麼沒有在互助團體中提起這件事？」莫拉問。

「我想，我只是想要繼續過日子吧，」班說：「而我也做到了，真的。我想，我已經原諒她和我分手了。我知道，某種類型的人在這種情況下還會堅持到底，但是，她不是那種人。不過我想，我現在擔心下一個女孩，以及下下一個女孩也不會是對的那型。也許，這就是為什麼我從三月以後甚至連試都不試著約會了。」

即便班的線繩比她的要長，莫拉此刻還是為他感到難過。他只是想要有人對他說妮娜對她說過的話而已：我愛你，我永遠也不會離開你。

「你覺得如果你的前女友沒有看到的話，又會發生什麼事？」莫拉問：「你覺得你自己會有打開盒子的一天嗎？」

「我絕對很想要打開，」班說：「我家裡幾乎每個人都很健康，或者活到很老，所以，我記得我當時還認為自己拿到長線繩的機率很大。不過，我父母決定不要看，而對於這種茲事體大的事情，我向來都傾向尋求他們的意見，因此，我可能也不會看。現在想起來還真有點瘋狂。」

莫拉看著班憔悴的面容，在她來得及想到後果之前，她就聽到自己吐出了這個問題。

「你去過威尼斯嗎？」

「去過一次，」班說：「我高中的時候，我父母帶我去過。很棒的地方。為什麼這麼問？」

「你想要再去一次嗎？」

「有朝一日，想啊！」

「下個月如何？」

班一臉疑惑。

「妮娜和我十月份要去，我想，你應該和我們同行。」

「聽起來我會壞了你們的浪漫假期。」

「不，一點也不會。這不是蜜月。這只是一個機會，讓我去做一件我從來沒有做過的事而已。離開這個憂鬱的城市，來一趟小小的冒險。」莫拉笑著說：「那是我們現在都需要做的事。」

班搖搖頭。「我覺得我不應該去。」

「你當然應該去，」莫拉堅持地說：「你現在是個建築師，我相信，你對威尼斯一定會有全新的看法。」

莫拉看著班的眼裡閃過一絲興趣，不過，她依然可以察覺得到他的猶豫。

「聽著，就像韋斯．強生今晚所說的那樣。我們不能回到過去，」她說：「但是，我們可以前往任何地方。」

親愛的A，

我有一個大學同學在當投資銀行家，他很擔心自己最後會討厭這份工作，卻不得不因為錢而繼續這份工作，所以，他在自己的手機上設置了一個提醒，讓手機在每年他生日的時候發送一則簡訊給自己：「坐下來問你自己：你快樂嗎？」

我們已經有幾年沒有聯絡了，不過，昨天是他的三十歲生日，我很好奇他是否還在問自己同樣的問題。我快樂嗎？

我想，在我們的成長過程中，我們都被教育要相信快樂是我們接獲的承諾。我們都值得擁有快樂。這就是發生在我們某些人身上這件糟透了的事情，令人如此難以接受的原因。因為我們應該要快樂的。然而，這個盒子出現在我們的門口，很實際地告訴了我們完全相反的事。而現在，政府和許多其他的人也隨之起舞，一致認為我們擁有的應該比其他人來得少。我大部分的長線繩朋友甚至有好幾週都沒有和我聯繫了。

我想，也許長線繩者覺得有必要和我們保持距離，把我們歸類在不同於他們的類別裡，因為他們所受到的教育也讓他們相信他們值得擁有快樂。現在，他們想要在一個安全的距離之下享受那份快樂，這樣，他們在看著我們的時候就無需懷抱著罪惡感。

除此之外，他們還被告知要怕我們。那些瘋狂的、精神錯亂的短線繩者。

很抱歉用這麼負面的想法來轟炸你，可是，我的一個短線繩朋友最近死了，有時候，我覺得一切好像都在快速地走下坡，儘管我加入了一個鼓勵我把這些想法都說出來的團體，但是，不知怎麼地，把這樣的感覺寫出來似乎更容易一些。

——B

艾咪

艾咪收到的最新回信還停留在上週。她把信讀了一遍又一遍，至今為止，她已經看過了十幾遍，但是，她還是不知道該如何回覆。

因此，當艾咪和妮娜相約在市中心一起吃晚餐時，那封信依然放在她的皮包裡，摺疊成兩半，等著她的回覆。

在她們吃完最後一片比薩之後，兩姊妹散步到華盛頓廣場公園，在九月溫暖的傍晚裡，公園裡擠滿了溜滑板的人、遛狗的人、許多的家庭和情侶，還有至少兩名躲在不同角落裡的毒販，想要企圖從有意慶祝的長線繩者以及想要尋求解脫的短線繩者身上獲得利益。

艾咪和妮娜走過公園邊緣那座巨大的大理石拱門底下，其中一根白色柱子上被人噴上了油漆：如果**你**拿到的是短線繩呢？

艾咪撇開臉，轉而把注意力放在眼前生氣勃勃的畫面。不過，她無法甩開那股不祥的感覺。

「我不知道你是怎麼面對這一切的。」艾咪安靜地說。

妮娜想了一會兒才說：「我想，我只是試著提醒自己，這對我來說雖然很困難，但是對莫拉而言卻更艱辛。」

「我想，我不像你們兩個這麼堅強。」艾咪嘆息地說。

「你是指因為你還沒看？」

「不，不只如此……」

起初，艾咪選擇把那些信件往返的事當作一個秘密，讓自己有時間可以弄清楚那代表了什麼。不過現在，一想起她皮包裡的那封信，她發現自己需要妮娜的建議。

「我是一個短線繩者的筆友，」艾咪解釋道：「當我知道對方正在經歷這麼可怕的事情時，回信對我來說就變得越來越困難了。」

妮娜一臉疑惑。「對方是誰？」

「事實上，」艾咪遲疑地說：「我不知道。我們從來沒有交換過姓名。」

「這是怎麼開始的？什麼時候的事？」

「嗯，這是透過學校開始的，」艾咪覺得要從頭解釋有點奇怪。「從五月到現在。」

「你知道對方還有多少年可活嗎？」

「大約十四年吧，我想。」

「那對方現在多大年紀？」

「呃，這個我也不知道。不過，我想大約和我們差不多。對方提到有一個朋友剛滿三十歲。」

「呼。」妮娜依然試著要弄清狀況。「你們在信裡都寫了些什麼？」

「很多。當然，大部分都和線繩有關。不過，也有一些隨意的話題。」

妮娜只是點點頭。

「我知道，技術上來說，我不是一個長線繩者，」艾咪說：「不過，我還是覺得有罪惡感。並且為對方感到難過。而且，我從來都不確定自己說的話是否正確，或者但願我沒有說錯什麼。」

當她們繼續漫步時，妮娜留意到一對老夫妻依偎在附近的一張長凳椅上，握著彼此的手，她發現自己想起了另一個晚上，當她和莫拉彼此依靠地躺在沙發上的時候。

莫拉的手指沿著妮娜的手臂輕輕地挪動，從妮娜的肩膀一路往下來到她的手腕和手掌。即便現在，妮娜都還可以感覺到莫拉的指甲滑過她的皮膚所帶來的那股撫慰感，就像滑冰選手沿著八字型的動線在表演一樣。一開始，那似乎只是溫柔而不經意的動作。直到莫拉開始將指尖滑過妮娜的手掌，妮娜才發現她的手指並不只是無意識地在轉圈。她是沿著妮娜的生命線在滑動。

妮娜看著艾咪焦慮的臉孔。這麼多年來，她們總會對彼此暢談自己的感情問題，每當她們任何一方開始新的戀情時，姊妹倆對於這個潛在對象的看法總是比任何人的意見來得重要。不過，妮娜突然發現，自己和莫拉每天都要面對的那個問題，她竟然從來都沒有問過艾咪。

「你會和短線繩者交往嗎？」妮娜問。

「嗯，會，我相信我會。」艾咪說。

不過，在線繩的事情發生之前，艾咪從來都沒有和任何人交往過，至少沒有認真交往過。她有一種很糟糕的傾向，會在第二次或者第三次約會時，就開始想像婚禮，而她的想像力總是會把一切都誇大，即便是一個男人最微不足道的缺點。在她的白日夢裡，那個習慣在無意中打斷她談話的男人，勢必會在聖壇上打斷她的誓言，而那個在公共場所裡，對於周圍有母親正在公開哺乳而感到不自在的男人，則會拒絕幫忙艾咪照顧他們未來的孩子。

有時候，即便她很努力地想要嘗試，她就是無法看到自己和某個特定的男人擁有共同的未來。那個畫面就是無法在她的腦海中成形，或者只是一片模糊陰暗，讓那個男人的臉在畫面中難以辨識。比起醜陋的畫面，模糊和朦朧甚至更不具有希望。

截至目前為止，只有兩個男人勉強通過了考驗，那是艾咪二十多歲時交往過的兩個前男友：一個是對任何事情都還沒準備好要認真以對的律師，一個則是比艾咪還會幻想的服務生兼詩人。

「也許，你會和一個短線繩者交往，不過，你會和他結婚嗎？」妮娜問她。

這不是艾咪第一次想到這個問題。

「說真的，我不知道。」她緩緩地回答。「如果我已經愛上了那個人，我相信一切就會不一樣，就像你和莫拉那樣，然而，如果我們只是剛開始呢？我是說，我知道你們不想要孩子，可是我絕對想要，所以那就不只是我個人的問題了。我會在知情的情況下，讓我的孩子承受如此悲慘的損失，因為我選擇要給他們一個沒有父親的未來。」

「我了解。」妮娜說：「真的。」

「生活已經夠辛苦了，那只會為生活帶來更多悲傷，」艾咪說。她轉過來直接面對她的姊姊。「你覺得這種想法讓我變成了一個很糟糕的人嗎？」

「我想，那只是意味著你不知道自己能做到什麼。」妮娜說。

艾咪點點頭，靜靜地思忖著這番話。

「不過現在，我不認為你應該放棄你的筆友，」妮娜說：「即便要保持這段關係很艱難。」

早晨來臨的時候，艾咪發了簡訊給她的姊姊：「昨晚謝謝你。我現在正在回信。代我問候莫拉。」

就在莫拉告訴妮娜，班會加入她們去威尼斯的行列之後，妮娜就收到了她妹妹的簡訊。妮娜很震驚，甚至有點生氣，這是莫拉近來沒有事先和她商量就擅自做出的第二個重大的決定（第一個是某天晚上她從互助團體的聚會回來時，手臂上多了一個綁著繃帶的刺青）。

不過，妮娜不想吵架，她知道莫拉和班在過去的幾個月裡已經變得很親近。而那不就是妮娜一開始鼓勵莫拉加入互助團團的原因嗎？去尋找其他可以用妮娜無法做到的方式，來支持莫拉的人？

不過，妮娜發現自己在想，如果莫拉可以邀請她的刺青哥兒們加入她們的威尼斯之旅，那麼，也許她也可以帶一個朋友同行。

妮娜發了一封簡訊回覆她的妹妹：「你要不要和我們一起去威尼斯？」

哈維

在九月的辯論結束之後，哈維希望傑克會自動提起這件事：他的姑丈在全國性的舞台上，大肆吹捧他那軍人外甥拿到短線繩的悲慘故事。彷彿那是什麼應該要被慶祝的事，而非悲傷，彷彿他說的是他自己的故事一樣。

然而，傑克在辯論隔天回到了他們的公寓，卻從來都沒有提及此事。哈維想要相信，傑克只是還在準備應該要如何提起，也許在對哈維提出解決辦法之前，他甚至還和他家裡的其他成員討論過安東尼這種應該受到譴責的行為。不過，在避開這個話題幾天之後，哈維已經受夠了保持沉默。

當他和傑克一起到公寓附近的拳擊館練拳時，他決定要問問傑克。雖然傑克在向軍方透露他的「短線繩」之後，就已經停止了大部分的戰鬥訓練，但是，他依然每週都有一個早晨會穿戴好配備，陪哈維一起練拳。

哈維正在對傑克手裡的防護墊出拳。「嘿，我們要不要談談你姑丈在上週那場辯論中所做的事？」哈維問。

「啊，那真的很差勁。」傑克說：「即便做出那種行為的人是他。」

哈維等著傑克往下說，但是，除了哈維的拳擊手套擊落在防護墊上的聲音之外，體育館裡一片靜悄悄的。

「事後，你有和他談過嗎？」哈維問。

「他現在很難空出時間來。」

「那你姑姑呢？或者你父親？」

「我想，我只是不願意把事情鬧大。」傑克在防護墊後面聳聳肩。

「可是，那確實是件大事啊！」哈維在喊叫聲中，用力擊中了防護墊的正中央，讓傑克差點往後跌了出去。

「喂！這是在幹嘛？」

「抱歉，」哈維說：「我只是希望你在對待這件事情上能認真一點。」

「你可能可以在雜誌上高談闊論你那條假線繩的事，」傑克說：「但是，我寧可不要讓我的線繩招來更多的關注。理由很明顯。」

提到那篇雜誌的訪談，感覺就像是在侮辱他一樣。當那名記者打電話給哈維的時候，起初，他並不樂意公開發表任何意見。不過，後來他發現那可能是他表達真實感受的唯一機會，即便只限於表面上的感受。然而，讓他感到受傷的是傑克無法支持他。無論是當時還是現在。

「我只是不希望你姑丈利用我的線繩來讓他自己當選，」哈維用戴著手套的拳頭撞了撞自己的胸口。「那是我的生命。他無權利用它。」

傑克嘆了一口氣，點點頭。「我明白，哈維。你是對的。他不應該那麼做。我很抱歉，我還沒有機會和我的家人談論此事，」他說：「光是一堆電話和簡訊就已經讓我應付不過來了，大家都在問我，他口中的那個短線繩者是不是我。現在，每個人都想要和我談這件事，可是，我真的不想和他們任何人說話。」

哈維不敢相信傑克聽起來竟然如此自私自利。

「哇，我很遺憾，老兄。我不知道你得面對這麼多亂七八糟的事。」哈維挖苦地說：「當個短線繩者一定很不是滋味。」

傑克悲傷地搖搖頭。「你知道我不是那個意思。我討厭和這些人說話的唯一理由是，那讓我覺得自己是個該死的騙子！」傑克把手中的防護墊扔向牆壁，讓哈維和房間裡其他幾個練拳者都嚇了一跳。

哈維知道他的朋友對於交換線繩的事一直都很掙扎。那天早上，傑克穿了一件正面印有他高中吉祥物的T恤，哈維發現，傑克最後一次穿著帶有軍隊標誌的衣服，距今已經有好一陣子了。而且，他經常在回家時發現傑克坐在沙發上，沉浸在一股奇怪的罪惡感或羞愧的恍神中。哈維很高興傑克至少還有一些感覺，很高興他們的行動也讓傑克感到了壓力。然而，哈維依然想要用力搖晃傑克的肩膀，讓他擺脫掉他的恐懼和怯懦，讓他了解他現在還有很多可以去做的事。

「我只是不明白，你為什麼不讓你姑丈為這件事負責，」哈維懇求地說：「為一切負責。為他所有那些反短線繩的謬論而負責。」

哈維努力想要抑制自己的憤怒，直到他記起最近在網路上看到的消息，有幾則推文似乎確認了安東尼．羅林斯在STAR法案誕生時就在那間會議室裡。

但是，很巧妙地，傑克忘了告訴他這件事。

「一開始，我們之所以得要對此說謊，那根本就是你姑丈的錯！」哈維一邊大聲地吼叫，一邊用戴著手套的手壓住傑克的肩膀。

「你以為我不知道嗎？」傑克推開哈維的手臂，大聲地回嘴。「當我發現他是幕後黑手時，我的感覺糟透了！但是，我無能為力，哈維。除非他有求於我，否則他根本不會和我說話。就算我們真的交談了，他也不會聽我的話。」

「但是，你依然是他的家人！一定有什麼你能做的。」

「他是我的家人，」傑克說：「那就是當我家族裡的每個人都積極在幫他競選時，我無法直接告訴他不要再競選總統的原因。」

「至少，你可以告訴他不要對這些生活已經過得很辛苦的人雪上加霜。」哈維要求地說。

「聽著，我知道他給人的感覺似乎是元兇，然而，很顯然地，他並不是唯一一個有這種想法的人，」傑克平靜地說：「我不是在為他找理由，但是……也許他只是要做什麼更偉大的事。」

「那麼，他就應該利用他這個機會去改變人們的想法！而不是火上加油，」哈維說。他無法了解傑克為什麼沒有對他姑丈感到同樣的憤怒。「除非你其實是認同他的作為？」

「天吶，我當然不認同他！」傑克防禦性地舉起雙手。「雖然，你無法否認最近不少暴力事件都來自於短線繩者。」

「你現在是認真的嗎？」哈維震驚地問。

「我只是看不出起身反抗我姑丈的重點在哪裡，」傑克嘆了一口氣。「無論你我說什麼，他都會做他想要做的一切。」

傑克可悲地接受了他姑丈的所做所為，他窩囊地順從了一切，這都讓哈維更加憤怒。

「可是，難道你不在乎真實的人命正在遭到威脅嗎？人們因為他而死！那個在紐約的集會上被槍殺的醫生？他之所以死完全是因為你姑丈！」

哈維可以從傑克的臉上看出他的這番話觸及了傑克的痛處。

「發生在那個醫生身上的事確實很可怕，」傑克說：「然而，如果我現在開始批判我姑丈，我可能會被整個家族斷絕關係。你認為他們會站在哪一邊？那個勉強從軍校畢業的孩子，還是那個可能會成為總統的人？而且，我也看不出糾正他為什麼是我的責任。我並沒有要求他當我的姑丈，他只是某個我姑姑決定要嫁的自大狂而已。他那亂七八糟的行為不應該是我的問題。」

「當他站在舞台上，把你的事、我們的事，告訴全國民眾時，那就變成你的問題了。」哈維厲聲地說。

體育館的經理正在向他們走來，鑰匙在他的褲袋裡發出了叮噹的碰撞聲。「這裡沒事吧？年輕人，我們接到投訴了。」

「是啊，別擔心，」傑克說：「反正我要走了。」他把嘴裡的護具吐在手上，然後大步走向更衣室的門。哈維看著那扇門在傑克身後關上，為他們的這場爭執畫下了句點，這是他們認識四年多來第一場真正的爭吵。

儘管傑克家境富裕又有人脈，哈維總是為他感到些許難過，因為他知道傑克的童年並不像哈維自己的童年那般快樂，特別是在他母親離開之後。哈維知道傑克的家族要求很高、令人生畏，他的姓氏對他而言就像一個重擔，他總是要努力符合家族的期待。因此，哈維不明白，為什麼在如此關鍵的時刻，傑克會站在他們那一邊，而不是站在他最好的朋友這一邊？

他害怕被他們責備嗎？他那麼想要得到他們的認同嗎？

或者，他只是非常擅長於在心理上劃分，他可以把他所愛的人和這些人引發的痛苦區分開來？

就在哈維要離開之際，他瞄到一個獨自高掛在角落的拳擊沙袋，他憤怒地握拳揮向沙袋，讓那個袋子飛向它後面的那面牆，然後又彈回到哈維的面前。

艾咪

四名旅者坐在鋪著鵝卵石的碼頭上，從他們所在的咖啡桌眺望著在他們身旁閃爍的那條深藍色的運河。

「你確定你沒有感覺到嗎？」莫拉問。

「我確定。」妮娜說。

「你知道嗎？」艾咪插嘴說。「我想，我現在可能開始感覺到了。」

「那你們兩個都瘋了，」妮娜說著轉向班尋求支持。「對嗎？」

「也許那是時差造成的什麼奇怪的副作用吧。」他說。

然而，莫拉很堅持。「我告訴你們，地面在搖晃。」

「地面是建造在水面上的，所以我不覺得這有什麼奇怪。」艾咪同意地說。

「我只是在想，如果威尼斯的人行道很明顯地隨著水波在搖晃的話，應該會有更多人抱怨吧。」妮娜說。

「這個晃動很輕微，」莫拉說：「也許你只是不像我們對環境這麼敏感而已。」

「我想，我們應該讓她們堅持己見。」就在班對妮娜說話的同時，四盤堆得高高的義大利麵被送到了他們的桌上。

「喔，感謝老天。」莫拉說：「我快餓死了。」

艾咪舉起她的杯子。「敬威尼斯！」

妮娜朝著莫拉和她妹妹笑了笑，兩人都在下午的陽光底下發亮。「但願威尼斯永遠都能如此輕盈地搖晃。」

夏日的人潮在十月份大多已經散去，不過，這座城市依然充滿了遊客。大型的露天廣場裡擠滿了頂著太陽熱氣的家庭和大批旅客，因此，班決定離開主要的廣場，轉進更窄的小巷，然後毫無目的地漫遊在這座城市的迷宮裡，其中有些窄巷的寬度只容得下兩個人擦肩而過。

在搖搖欲墜的石牆包圍之下，這些小巷出人意料地自絕於周遭的噪音之外，也因為沒有受到太陽照射而出奇地涼爽。事實上，不到五分鐘的步行路程，就足以把他們帶離吵雜的靠岸郵輪、大聲說話的義大利人，以及到處問路的美國人，讓他們從一片混亂之中移轉到一條既沒有人群，也沒有商店，幾乎安靜無聲的住宅區小路。

班在無意中帶領他的三名同伴來到一個風景特別優美的地方，一條空曠的小巷通到了一座木造小碼頭，以及一座跨越了一條細小運河的小橋，遠離了那些更大、更繁忙的水道，也避開了那些高價載運乘客往返的貢多拉。

莫拉走到碼頭上，想要把腳趾伸進水裡，不過妮娜卻表示反對，並且引用了一篇關於運河受到污染以及清理次數不夠頻繁的報導。因此，最後她們只是坐在安靜的水邊，莫拉也把頭靠在妮娜的肩膀上。

班憑靠在橋邊，低頭看著不透明的綠色河水從他的腳下緩緩流過。河水看起來比他預期的還要混濁，彷彿有一名畫家剛剛在運河裡清洗了畫筆一樣。

「我不敢相信你發現了這個地方。」艾咪走到班的旁邊說道。

「比較像是不小心發現的。」他笑著回應。

「這裡好安詳。」

「我想，這是我們聽不到遠處施工聲的第一個地方。」班說。他們之前走過的每一個地方都聽得到氣動鑽的回音和微弱的噹啷聲，在在都提醒著人們這座城市的脆弱，以及它無可避免的衰退。威尼斯似乎永遠都在自我修復，努力想要避開它的命運。

「我們很幸運能在它還維持現在這個樣子時看到它。」艾咪點點頭。

「我還是無法相信他們建造了這座城市。」班一邊說，一邊環顧他的四周。

「你知道很多關於這座城市是如何被造成的事嗎？」

「事實上，這是一件很不可思議的事，」班開始轉為興奮。「他們在運河底下的淤泥和黏土中打入木樁，然後在木樁上搭建了木頭平台，接著又在木頭平台上搭建石頭平台，最後才是建築物本身。」

「可是，那些木頭沒有腐朽？」艾咪問。

「他們使用的木頭是防水的，此外，由於它們是在水下，而非暴露於空氣之中，所以，它從來都沒有腐爛。幾個世紀以來，它一直都屹立不搖。」

莫拉從橋上對著班和艾咪大聲說道：「我只聽到了幾個字，不過，看來班好像變成了狂熱的建築怪咖了！」

「是我的錯。」艾咪笑著說：「是我問他關於威尼斯工程的問題。」

「你知道嗎？曾經有一段時間，建築師是一個很危險的職業。」班說：「就像詹姆士・龐德那樣。」

「喔，是嗎？」莫拉說：「因為會被紙割傷嗎？」

「事實上，傳言伊凡四世[20]委任一名建築師在莫斯科建造了聖巴索大教堂，並且在事後把那名建築師弄瞎了，這樣，他就再也無法建造出比聖巴索大教堂更美的建築。」

莫拉往後靠，仰起臉迎向陽光。「那麼，所有建造威尼斯的建築師一定也都被弄瞎了。」

✦

雖然街道偶爾瀰漫著漁港味，艾咪還是被這座城市嚇呆了。這裡和她去過的任何地方都截然不同。色彩繽紛又柔和的建築物，哥德式的拱門似乎就要融化在建築物底下的水裡，成排的貢多拉在水中輕輕搖擺，等待著旅客上船，這些畫面看起來就和明信片以及白日夢裡的畫面一模一樣。

她深受吸引，特別是她在每個角落裡看到的那些令人好奇的臉孔。屋頂上的雕塑、天花板上的人物壁畫、裝飾著半身塑像的建築物正面，就連門把也都雕刻成頭的形狀。在這座城市裡，聖人、殉道者和藝術家的眼神無所不在，它們全都在回視著你。

「好像一直都有人在看著你一樣。」班說。

艾咪和班甚至發明了一種小遊戲，在一整個白天裡尋找隱藏起來的臉孔。夜晚來臨之前看到最多臉孔的人就可以贏得短暫的榮耀，外加一杯由第二名的人買單的酒。

一天晚上，艾咪和班堅持要讓妮娜和莫拉單獨享受一頓浪漫的晚餐，因而結伴在街上遊蕩。

「我想，我可能剛剛贏得了比賽。」班突然說道，艾咪立刻轉身看向他指的方向。一看到十多張灰泥的臉孔正透過空洞嚇人的眼睛注視著她，艾咪差點就嚇得跳了起來。

「想得美，可惜我認為面具不能算數。」艾咪笑著說。

班跟著她走進那間小店，店裡的每一吋牆壁和天花板上都覆蓋著傳統的威尼斯面具，數以百張陶瓷的臉孔，每一張都各有自己的特色。其中有一個戴著小丑帽和鈴鐺的弄臣，還有一個有著鳥嘴、帶著不祥氣息的瘟疫醫生。各種顏色的面具都有。有些綁著緞帶，有些有羽毛，有些則有錯綜複雜的金葉。還有一些面具的表情痛苦或者帶著不懷好意的笑容。班往前走近，欣賞著一張

⑳伊凡四世（Ivan IV, 1530-1584），全名伊凡四世·瓦西里耶維奇，外號伊凡雷帝，是俄羅斯沙皇國的開創者，並自詡為沙皇。個性殘暴多疑，在他的統治下，過去領土四分五裂的封建領主制莫斯科大公國，回到了羅馬帝國般絕對的集權統治，沙皇成為全國至高無上的權威。

畫著精緻音符的白色面具。

一名年邁的女子很快地從小店後面的房間走出來，朝著班和艾咪點點頭。她那頭覆蓋著幾縷白髮的深色頭髮，鬆散地捲成了一個髮髻，一副紅框眼鏡吊在胸前，彷彿項鍊一樣。

「你好，」她說：「兩位是從哪裡來旅遊的？」

「紐約。」艾咪回答她。

「啊，那個大蘋果。」那名女子笑著說。她的英語聽起來熟練，不過口音依然很濃厚。「你們知道我們的面具歷史嗎？」

艾咪和班雙雙搖頭。

「啊，每個人都知道我們在著名的嘉年華上會戴面具，可是，過去曾經有段時期，威尼斯人也會在日常生活裡戴面具，每一天。不只是為了慶典。」

那名女子朝著小店窗戶外的世界比劃了一下。「如果你要出去上街，可以戴上面具，然後，突然之間就沒有人知道你是誰了。」

「聽起來很……自由。」班說。

「自由，是啊。」那名女子嚴肅地點點頭。「在威尼斯，社會階級——上流貴族、下層階級——是非常嚴格的。不過，一旦戴上面具，你就可以是……任何人。男人、女人、富人、窮人。有點像是你們的紐約，啊？你到那裡去就可以當你想要當的人。」

「那他們為什麼不再那麼做了呢？」艾咪問。

「那個詞怎麼說……匿名？對。匿名是要付出代價的。你喝酒、欺騙、賭錢……」那名女子仰頭朝著上方點點頭，天花板上數不盡的臉孔也回視著他們。「至少，我們還保有嘉年華。」她笑著說。

艾咪已經買了二十幾個貢多拉的鑰匙圈要送給她的學生，不過，她決定也要挑一個面具掛在她的教室裡。

「這個想法很不錯。」班說：「聽起來像是我父母會做的事。帶紀念品回去給他們班上的學生。」

「喔，謝啦。」艾咪笑道。「女生都很喜歡男生把她們和他自己的父母相提並論。」

班紅著臉挪開了眼神，艾咪突然懷疑自己是否越線了。她認為在這整趟旅行中，她和班一直都謹守在友誼和打情罵俏的界線之間，不過，也許她剛剛越過這條界線了。

「你要幫我挑一個最好的嗎？」她希望藉此掃除尷尬的氣氛。

班在她面前戴上一個又一個不同的面具，每一個都比前面一個還要浮誇豔麗，令人驚訝的是，每一個面具都讓他變得無法辨識。艾咪發現自己正在思考店主說的話，關於面具提供給戴面具者的自由。沒錯，也許面具鼓勵了那些驕奢淫逸的不當行為，然而，它們一定也讓原本不受認同，甚至遭到禁止的互動與關係，變得可能和茁壯。

艾咪突然想起她的筆友在最近寫給她的一封信裡提到，那些長線繩者必定覺得有必要和他們身邊的短線繩者保持距離。艾咪想像著信件背後的那個人，不管那個人是誰，也許都會很高興能有戴上面具的機會，然後在那一天裡變成一個嶄新的人，變成一個擁有不同線繩的人。同時，她也很好奇，他們秘密的書信往返是否也變成了他們兩人之間的一個面具，讓他們無需提高現實生活裡的風險，就可以變得更加親近。

當艾咪看著店主輕巧地摘下班臉上的面具時，她忍不住好奇地問：「當那些盒子出現的時候，義大利是什麼樣的情況？大部分的人都打開看了嗎？」

店主人點點頭，彷彿她早已預料到了這個問題。

「有些人打開了，不過，我想大部分的人都沒有。我姊姊是一個非常傳統的天主教徒。她就沒有打開看，因為她說，不管上帝何時召喚她，她都會接受。我也沒有看……因為我很滿意我的生活。」那名女子聳聳肩。「我聽一些美國人說，那些線繩讓他們重新思考他們的生活。你們是怎麼說的，它們的……」

「優先順序？」艾咪試著說。

「對，對。它們的優先順序。不過，在義大利，我想我們早就知道了。我們已經把藝術放在第一位，把熱情放在第一位，」她一邊解釋，一邊朝著小店裡的空間揮動著手臂。「而且，我們已經把家庭放在第一位。我們不需要那些線繩來告訴我們，什麼是最重要的。」

當店老闆用一層層白色的紙巾把艾咪選好的面具包裹起來時，艾咪發現自己剛才做了什麼。

她打破了莫拉的規定。

在她們前往機場和班會合的途中，就在這趟旅行開始之前，莫拉曾經在計程車裡對妮娜和艾咪丟出這個想法。

「我認為，在我們出國期間，我們應該禁止討論線繩的事，」莫拉當時這麼說過。「我已經告訴過班了，他也贊成。我想，我們大家都可以善用一個真正的假期。」

兩姊妹當下都同意了，而且，在過去將近一週的時間裡，他們四個人誰也沒有提過線繩的事。對艾咪而言，無需對剛認識的人辯護自己的決定讓她鬆了一口氣。因為，她刻意忽略線繩的作法，總是讓人們感到驚訝和困惑，或者，人們只是同情地看著她，妄自猜想她是個膽小鬼，不敢像其他人一樣打開自己的盒子。

不過，一想到她那疊放在家裡的信件，艾咪一時之間忘記了他們共同的約定，在莫拉背後背叛了莫拉對她的信任，讓她感到很難過。

站在櫃檯邊上的班似乎讀到了她的思緒。他輕輕地拍了拍艾咪的肩膀，笑著對她說：「妮娜和莫拉不需要知道這件事。」

妮娜

起初，妮娜一直很擔心和班以及艾咪一起出國旅行的事，因為他們兩人並不認識彼此。妮娜自己也幾乎不認識班，不過，在這趟旅行中，大部分的時候都沒有出現什麼問題，而她和莫拉都注意到了班和艾咪很快就產生了連結。

妮娜甚至發現自己懷疑她妹妹是否有點動心了，這通常都會讓妮娜感到興奮。不過，這次的情況卻不一樣。

妮娜知道莫拉是在她的短線繩者互助團體裡認識班的，因此，妮娜知道班的線繩應該顯示他大約還有五到十五年的時間。妮娜甚至從她和莫拉的對話中得知，班的前女友在發現他的線繩長短之後，突然棄他而去。

可是，艾咪對這些事情全然不知。

當他們四個人在紐約機場第一次集合時，艾咪曾經問過莫拉和班是如何認識的，當時，莫拉急著要享受她自己發起的禁談線繩這個新規定所帶來的成果，只是耍帥地笑著把手放在班的肩膀上。

「我們的心理治療師是同一個人。」她笑著回答。

在出發去搭船前往附近的穆拉諾島之前，一行四人先在飯店大廳集合。

「每次實地考察之前，」艾咪說：「我都會先確認每個人是否都去過了洗手間，是否都帶了他們當天需要的所有物品？」

「喔，糟了，」班說：「我把相機留在樓上了。」

「這就是我們要再次確認的原因。」艾咪笑著說。

「我可以幫你拿，」妮娜說：「我也忘了帶水壺了。」

「謝謝。相機在我的袋子裡。」

當妮娜踏進班的房間時，她看到了三個袋子，一個皮革的肩背包和一只行李箱放在地上，還有一個雙肩背包則放在桌上，她從雙肩背包開始檢查。

背包裡只有一個筆電充電器和兩條穀物棒，因此，她彎下腰查看靠在桌腳的那只皮革背包。背包裡有一張黃色的便箋吸引了她的目光，只見上面凌亂地寫滿了「死亡」和「死掉」的字樣。

她知道其他人都在樓下等著她，而且她怎麼都不應該閱讀班的私人信件，然而，多年的編輯生涯將妮娜訓練成了一個速讀者，在她發現自己正在做什麼之前，她已經讀完了第一段文字了。

親愛的B，

我想，關於長線繩者，你說的沒錯。也許他們有些人並不了解自己正在做什麼。他們只是想要讓自己和悲傷、罪惡感，或者任何提醒他們自己關於死亡的東西保持距離。不管他們還剩下多少時間，沒有人想要去思考關於結束的問題。

說來奇怪，因為社會曾經對於死亡感到很自在。我告訴我的學生們，在維多利亞時代，當時的人們被死亡所圍繞。他們把逝去親人的頭髮放在項鍊的吊墜盒子裡，他們在葬禮期間，會把棺材放在他們的起居室裡，他們甚至拍下死者的照片做為紀念。而現在，我們則盡可能地避開不去想到死亡。我們不喜歡談及生病，把瀕臨死亡的親友丟在醫院和臨終安養院，把墓園搬遷到沿著高速公路的偏遠地帶。在我們避談死亡的種種作法中，短線繩者是最新的受害者，而他們所受到的磨難也許比過去還要嚴重。

我一直都很幸運，截至目前為止，我還沒有經歷過太多的死亡。不過，每當我知道有人去世時，我從來都沒有依賴過常規的安慰作法。我不會告訴自己，他們去了一個更好的地方，或者他們現在變成了一顆星星，在夜空裡照耀著我們。我只是告訴自己，他們並沒有死去。他們只是在那個時刻無法和我們見面。我願意相信，如果我想，我依然可以拿起電話打給他們，而他們也會接起電話，然後，我就會再度聽到他們的聲音。只要我沒有真的打給他們，就永遠無需面對他們不會接聽電話的事實。所以，我想，我也和其他人一樣有罪，都想要逃避死亡的問題。

不過，這不是你在問的問題。你想要知道，每個人是否都值得擁有快樂。我認為是的。而且，我不認為拿到一條短線繩就應該意味著快樂因此變成了不可能的事。也許，那只是表示快樂並不等同於長壽。

我在思考你寫的事：這個盒子出現在你的門口，並且決定了你再也無法擁有快樂。昨晚，我看著我的盒子，那是幾個月以來，我第一次看著它。我依然沒有打開，但是，我重新讀了一次上面的文字。

「你的生命長度就在裡面。」

沒錯，它指的是裡面的那條線繩，然而，那也許並不是我們衡量生命的唯一方式。也許，我們還有其他數以千種的方法可以衡量我們的生命——我們生命真正的品質——而那些方法就在我們心裡，而非在某個盒子裡。

透過你自己衡量的方式，你依然可以擁有快樂。

——A

妮娜有一種直覺。

這是艾咪寫的信。

作者顯然是一名老師，一個還沒有打開盒子的人，一個名字是A開頭的人，那個筆跡看起來甚至就和艾咪一樣。

而且，妮娜認得文中的那股感傷。在她們的祖父去世幾週後，當時，她們都還在讀大學，艾咪曾經對妮娜表達過同樣的想法。她說，只要她不打電話給祖父，就無需接受祖父真的已經走了的事實。

然而，艾咪為什麼會寫這封信給班，他們才剛認識而已？而且，為什麼要使用匿名的第一個字母？

「這到底是怎麼回事？」妮娜環顧著空蕩的房間大聲地問，彷彿可以從灰泥的白牆上得到什麼線索一樣。

在困惑了一分鐘之後，妮娜的腦子裡出現了答案：艾咪的短線繩筆友。一個全然的陌生人。他們從來都沒有交換過姓名，艾咪曾經說過。根據這封信，他們只是互稱彼此為「A」和「B」。

班和莫拉在艾咪的學校參加週日的互助團體，妮娜心想。不知怎麼地，那所學校把他們連結在一起。匿名地。

妮娜從地板上起身，依然滿腦子疑問，雙腿也因為震驚而發軟。就在她開門要離開之際，她終於想起班的相機，那台相機從頭到尾都在班的行李箱裡。

✦

這天接下來的時間裡，妮娜都無法集中精神。

艾咪和班的每一個互動，不管有多麼簡單，在妮娜眼裡都不再一樣了。她覺得自己彷彿在看著電影裡的兩個角色，但是，不知道故事情節將要如何揭曉，讓她感到沮喪。她一直在等著他們其中一人說出什麼足以引發對方發現彼此身分的言語。

當艾咪描述她的學生時，班似乎感到特別有興趣，這讓妮娜不禁屏住了呼吸。然而，那樣的時刻卻在毫無進一步覺悟之下就過去了，妮娜很快地發現她希望他們可以自己察覺到真相，這樣，她就可以卸下心裡的重擔，無需決定接下來要怎麼。

當然，妮娜也擔心自己會干涉到班和艾咪的關係，不論是真人關係，還是書信上的關係。不過，她依然覺得要對妹妹保持忠誠，要對她誠實，而她不知道在告訴艾咪她所發現的事實之前，她還能隱瞞多久。

妮娜和艾咪之間向來都沒有秘密，至少沒有這麼大的秘密。妮娜唯一一次把類似這麼重大的事情放在心裡而沒有立刻和艾咪分享，是在她十六歲那年企圖要明白她反覆夢到在雨中親吻綺拉・奈特莉[21]，到底是真的隱含了其他寓意，或者只是因為不斷重複觀看《傲慢與偏見》所帶來的奇怪副作用。

回到飯店房間之後，在她們準備就寢時，妮娜委婉地試著要得知莫拉的看法。

「艾咪不知道你和班是在互助團體裡認識的，你覺得這樣會不會很奇怪？」妮娜問。

「我以為我們已經決定不要提及和線繩有關的事。」莫拉疲憊地說：「那也包括互助團體。」

[21] 綺拉・奈特莉（Keira Knightley, 1985—）是童星出身的英國女演員。在二〇〇三年電影《我愛貝克漢》和《神鬼奇航：鬼盜船魔咒》中擔任主角後，成為世界知名的影星，其後陸續在多齣好萊塢電影中演出。二〇〇五年演出改編自珍・奧斯汀小說的同名電影《傲慢與偏見》，並以此劇提名入圍奧斯卡最佳女主角獎。

「我知道，我知道，」妮娜焦慮地把晚霜塗滿手指。「我只是不希望情況在之後變得很奇怪，如果艾咪發現我沒有告訴她的話。」

莫拉靠在浴室的門上。「你不覺得那應該由班自己來說嗎？」

「當然，」妮娜說：「不過，艾咪終究是我妹妹。」

莫拉直接盯著妮娜。「那依然是班的生活。在所有人當中，我以為你最了解這一點。」

妮娜閉上眼睛嘆了一聲。「你是對的。」

莫拉笑著轉身走進浴室。「向來都是。」

那天晚上，當妮娜試著要睡覺時，她覺得自己的良心彷彿在拉扯。她痛恨對艾咪說謊，即便那是無心的謊言。然而，莫拉的話卻深深擊中了她。妮娜很清楚地知道莫拉的意思。

高三那年，妮娜花了半個小時和學校的輔導老師商談，那是一位受到全校女孩信任、年約三十多歲的女校友。當妮娜針對自己是否要在學校出櫃的問題諮詢這位輔導老師的建議時，一名特別刻薄的同學一直在辦公室門口偷聽，等到妮娜隔天回到學校的時候，她再也不需要擔心應該在何時何地把真相告訴她的朋友了。因為這件事已經眾所周知了。

妮娜最好的朋友在更衣室裡匆忙跑向她，一把抓住她的手臂。「大家都知道了。」她的眼睛裡充滿了恐慌和同情。

直到那個時候，妮娜才開始注意到那些好奇的目光，那些若有似無的點頭，以及那些令人尷尬的耳語。在現實生活裡，情況不像電視劇演得那麼激烈，然而，對十七歲的妮娜而言，那已經是一場災難了。她覺得每個人都在注視她，都在討論她，都在評斷她。

身為學校報紙的主編，妮娜拒絕讓任何一句未經她簽字許可的話被刊登在校報上，對於這樣的一名主編而言，這件事無疑是一個新的地獄。妮娜嚴謹的計畫、她花了好幾週的自我辯論，全都在一瞬間報廢了。她的自我掌控力和主導權，比她自己的身體和自我認知還要重要，卻已經被偷走了，甚至在她有機會阻止之前。妮娜原本只打算告訴少數幾個朋友，而現在這個消息卻已經傳遍了好幾個年級。到了第三堂課的時候，有人已經在她的置物櫃貼上了「同性戀財產」的標籤。她想要跑去找護士，然後以病假為由回家，但是她的朋友不讓她向霸凌屈服。

因此，妮娜留在學校，試著要忽視一切。兩天以後，半個足球隊因為在球場後面的灌木叢裡吸食大麻而遭到暫令停學，結果，沒有人還記得在此之前的任何八卦。

除了妮娜。

她永遠都會記得。

即便現在，躺在莫拉身邊，聽著窗外的河水輕輕拍打著碼頭的聲音，妮娜依然記得那些羞辱和憤怒，依然記得她誓言要保護自己，不再讓自己心痛，不再失去控制。

妮娜轉身看著她熟睡中的女朋友，想起莫拉在那年春天發現她沉迷於研究線繩話題時，對她說過的話。*試著放手吧*，她懇求妮娜。*即便只是一點點。*

但是，妮娜無法放手。她向來都需要堅持住。如果她不堅持住的話，那麼，不管她要保護的是什麼——她十幾歲時的自我、她和莫拉的未來——都只能在毫無武裝和脆弱之下交給運氣來決定。

現在，艾咪需要被保護。如果她妹妹愛上班的話呢？或者愛上那個她每週都交換信件的「陌生人」呢？

艾咪需要知道真相。

妮娜翻身趴在床上，把臉埋入枕頭裡，那顆枕頭就像許多飯店的枕頭一樣廉價又扁平。那天放學之後，她埋首在枕頭裡哭泣，當她母親搓揉著她的背，向她保證上大學後一切都會好轉時，她的身體幾乎哭到就要抽筋了。

妮娜很害怕保守這個秘密會傷及她和艾咪的關係。但是，她無法否認有另一件事也受到了威脅。如果妮娜告訴艾咪關於那封信的事，那麼，她透露的就不只是艾咪筆友的姓名而已。

這是班個人的、痛苦的真相，要在何時以及如何公布這個真相，那是他的選擇。妮娜應該要給他那份她自己當年受到剝奪的尊重。

她再次翻身仰躺在床上，終於準備要向睡意屈服。她相信一切終究會真相大白，而揭露的方式也許會比由她口中說出來還要糟糕。

不過，在那之前，她決定了。妮娜．威爾森得要放手。

傑克

哈維的最後一件行李被拖到前廳，準備好被裝到他父親的廂型車上，載往車程十四小時之外的阿拉巴馬軍事哨站，哈維將在那裡展開他的飛行官訓練。

哈維的父母還有半個小時才會抵達，因此，他只是坐在他的行李箱上面等待。

他原本不打算這麼快就離開，不過，在他們吵完架的那個早上，哈維發了簡訊給傑克，表示自己決定提早前往阿拉巴馬，以便在訓練開始之前能有多一點的時間和家人相處。

哈維當然想要多花一點時間和家人在一起，傑克心想。他是真的喜歡他的家人。就傑克所知，哈維對他父母所說過的唯一謊言，就是他的線繩。而他之所以沒有告訴他們真相是出於愛，而非惡意或者恐懼。

傑克對他自己的家人就從來沒有這麼誠實過，至少在最重要的時候沒有過。傑克的父親因為意外而無法從事軍職，再加上妻子的離棄，於是，他開始把所有的心思都放在工作上，他幫國防部監督軍方衛星工程的合約，也幫中情局監管新的監視技術合約。傑克可以感覺到他父親需要成功，也需要傑克成功，以維持他們在家族中的地位。而傑克向來都感到自己也被迫要給他們留下好印象。

他的祖父卡爾也許是唯一有可能了解傑克的人，他不會嘲笑，也不會斥責傑克說出心裡的話。不過，傑克絕對不可能走進祖父那間鑲著橡木、牆壁上掛著祖先從十九世紀留下來的三把火槍和一顆鑲框銅星動章的起居室，然後坦承他無法做到其他杭特家的人所做的事，以及他們向來都能做到的事。傑克的第二個表姊早已成為晉升為中士的最年輕女兵之一了。

傑克無法承認，也許，只是也許，他還有另一條路可以走，一條不會讓他在半夜感到毛骨悚然，或者當他想到未來時，讓他感到緊張頭痛的一條路。也許，他能用不同的方法來效忠國家。身為一名軍人和一個兒子，傑克早已覺得自己像是個失敗者。

他不希望自己也變成一個失敗的朋友。

當傑克走出他的房間時，哈維依然坐在他的行李箱上面沉思。

「我知道，我也許是你現在最不想看到的人，不過，我不能不和你道別就讓你離開。」傑克說：「還有，我很抱歉。」

哈維只是安靜地點點頭。

「我知道，自從交換線繩以後，我一直是個糟透了的朋友，而你不應該因為我的問題而受到懲罰，」傑克說：「我希望你知道，我真的以你為傲，哈維。你比我強太多了。」

哈維抬起頭，看著他的朋友，被他的讚美所感動。

雖然雙眼腫脹、滿臉鬍渣，傑克看起來依然和他們成為室友的第一天一樣，當時，他曾經注意到哈維的父母似乎很緊張，他們在和兒子道別時是多麼地遲疑，因此，他向他們保證他會照顧哈維。他們會一起面對一切。

「謝謝你這麼說，傑克。」

傑克笑著指了指那台桌上足球。「你離開之前，要不要來場最後的比賽？」

「我想，我只是需要獨處，如果可以的話，」哈維說：「好讓我的頭腦保持清醒。」

「好，沒問題，」傑克說。他顯然誤以為一個小小的道歉就夠了。「我，呃，我只是想先把這個給你。」

傑克遞給哈維一個白色的薄信封。信封上面寫著「給我最好的朋友」。哈維用手指劃開封口，一張被緊握了幾十年，以至於邊緣都已經磨損的老舊祈禱卡，瞬間從信封裡掉入他的掌心。

「我不能收下。」哈維說。

「你當然可以。你肯定比我更值得擁有它。」

哈維搖搖頭，把那張卡片放到他旁邊的書架上。「那是你的家族遺產。不是我的。」

他這麼說讓傑克覺得受到了傷害。哈維比他自己真正的親人還要像他的兄弟。哈維是唯一了解傑克真實感受的人。

「你就是我的家人。」

哈維沉默了一會兒，公寓裡只剩下外面傳來的車流聲。「我很感激，傑克。不過，恕我直言，我並不想和杭特—羅林斯家族的這齣劇碼有任何牽扯。」

傑克嘆了一口氣。他無法真的怪哈維。

「你知道嗎？我家族裡唯一真正擁有過這張卡片的人是我祖父，」傑克解釋說：「這張卡片是一個朋友給他的，為了讓他平安無虞。我也只是想要這麼做而已。」

「這確實是一份好意，傑克。但是，我想你應該自己留著。」

「好吧，那麼，我想我還是不要妨礙你好了，」傑克尷尬地朝著前門走去。「不過，我會把卡片留在那裡，以防你改變心意。」

哈維把臉別開，當傑克來到門口時，他仔細看著他的朋友，最後，他的目光落在了哈維球鞋上打結的鞋帶，那是綁在一起的兩條繩子，就像他和哈維的線繩永遠都會綁在一起一樣。

傑克真的很慶幸把自己的線繩給了哈維，這讓他的朋友得以變成他一直都想要成為的英雄。不過，他們彼此都知道，哈維的夢想只是傑克提議交換線繩的一部分理由，而且是很小的一部分。

傑克把自己的線繩給了哈維是為了救他自己。而哈維從來都沒有戳破他這個謊言，從來都沒有讓他覺得自己像個懦夫或者騙子。這些罪惡感全都是傑克自己給自己的。

哈維並不想要一張老舊、褪色，而且從來都不屬於他的祈禱卡。在他們玩桌上足球時，他已經清楚地告訴過傑克，他想要的是什麼，然而，傑克無法把他想要的給他。他不能對抗他姑丈，一如他永遠都不能對抗他家族裡的任何人一樣。現在，安東尼是金童，是正在崛起的國會議員，是可能的總統人選，而傑克依然是他一直以來的模樣：每年杭特家族野餐時最後一個被選中的隊友。

傑克到底在幹嘛？讓從來都不曾真正了解他的家人，損害他和哈維之間的情誼？也許，當卡爾祖父還在世的時候，這個家族依然會為了勇氣和國家挺身而出，但是現在，在安東尼和凱瑟琳的領導下，這個家族只剩下純然的自我利益和不計代價地勝選。哈維才是那個真正承傳了杭特家族原始精神的人，他願意犧牲自己來保衛他人，願意用他的生命來效忠國家，儘管他的生命短暫到有失公平。

傑克含淚看著他的朋友哈維，儘管他並不想要哭泣。

「我保證，我會找出一種方式來彌補你，哈維，並且贏得你的原諒，還有你的尊重。因為，我非常地敬重你，」他說：「我知道，你會讓軍方以你為榮。」

班

在義大利的最後幾天，某日，班和他的三名同伴搭乘火車，前往距離威尼斯一小時車程的維洛納。

這個一日行是莫拉的提議，顯然是因為她對莎士比亞的強烈喜好。「她有一個理論，認為莎士比亞筆下大部分的角色私底下都是同志。」妮娜小聲地告訴班和艾咪。

「還有，我很欣賞他的文學才華，」莫拉打岔地說：「不過，我對他的其他看法也都是正確的。」

比起威尼斯，維洛納少了一份擁擠，除了主要廣場的一個角落之外，因為那個角落是情侶、莎士比亞迷和旅客們都會前往朝聖的茱麗葉之家。

當一行四人朝著茱麗葉的後院前進時，他們經過入口的一座拱門底下。拱門內側的牆壁蓋滿了層層疊疊的名字，一個覆蓋著另一個，經年累月地不斷堆疊。從遠處看，那就彷彿一張由塗鴉編織成的網，粗黑的馬克筆和各色的鋼筆塗下了難以辨認的記號。不過，在靠近細看之下，班開始認出個別的名字和簽名：茱莉&西蒙。安吉拉＋山姆。馬克和艾敏。李強＋李敏。馬努埃和葛蕾絲。尼克&朗恩。M+L。泰迪到此一遊。

莫拉瞄向妮娜，她知道妮娜的皮包裡永遠都帶著一支筆，然後，她們在牆壁上找了一個小空位，簽下了各自的名字縮寫。四個人隨即離開走道，來到一個封閉的小陽台，十多名旅客群聚在那裡，看著頭頂上知名的石砌陽台，並且和端莊地站在陽台正中央的朱麗葉銅像合影留念。

當他們聽到另一個廣為流傳的旅客習俗時，幾乎立刻就感到了沮喪——撫摸這個年輕女孩的胸部，就像為了尋求好運而觸摸其他雕像的腳趾或鞋子一樣。

「不好意思，」莫拉拍了拍她旁邊那名女子的肩膀，用義大利文問她。「為什麼要摸她？」她模仿著其他遊客的動作，將雙手放在自己的胸部上。

沒想到那名女子竟然也是美國人。「你是在問我，他們為什麼抓她的胸部嗎？我想，那是為了要給你的愛情生活帶來好運。」

「因為住在那棟公寓裡的朱麗葉很幸運。」妮娜壓低聲音懷疑地說。

「這真令人沮喪。」艾咪皺皺眉，看著兩名似乎特別渴望愛情的青少年說著。

於是，他們避開排隊等候撫摸雕像的隊伍，走向朱麗葉身後的那面牆，只見牆壁上貼了數百張便利貼，或者從書刊上撕下來的空白邊角，每一張上面都填滿了各種留言，每一名首次造訪的遊客都加入了這個歷史悠久的傳統，為這名悲劇的女主角留下了一封信。

「這封信的內容很可愛，」莫拉說：「你的名字叫泰勒，但你是我的茱麗葉。我們在維洛納，讓我們永不忘卻。」

「你知道這封信的意思嗎？」妮娜指著另一張貼紙問。

莫拉看著妮娜手指下那張黃色的紙條。Se il per sempre non esiste lo inventeremo noi.

莫拉想了一會兒，然後點點頭。「如果永遠並不存在，那就讓我們自己來創造永遠。」

✦

那個下午稍晚的時候，班和艾咪都渴望著喝杯咖啡，於是，他們一起在一家露天咖啡館坐了下來。

艾咪看似迷失在自己的思緒裡，只是看著前方廣場的一座分層噴泉，班的目光沿著她的側面輪廓游移。對於一個追求對襯的建築師而言，艾咪右邊臉頰上有一小片雀斑，但左邊卻沒有的事實，竟然讓班感到很開心。

「抱歉，我只是在發呆，」她突然開口說：「那座噴泉讓我想起我家附近那棟令人讚歎的公寓。」

艾咪的話讓班萌生了一絲似曾相識的感覺，不過，在他來得及釐清這股感覺之前，服務生已經把兩杯正在冒著蒸氣的卡布奇諾放在他們的桌上。

艾咪把那只溫暖的杯子捧在雙手裡，滿足地嘆了一口氣。「你曾經想過要搬到某個歐洲的小村莊嗎？」她問。「我是說，離開瘋狂的紐約，然後搬到某個村莊，在那裡，你可以騎腳踏車到鎮上，每個人都彼此認識，在你接下來的一輩子裡，你都可以吃得到新鮮的麵包、果醬和起司？」

「說真的，我不太常這麼想。」班笑著說：「不過，當你描述的時候，聽起來確實滿不錯的。」

「我相信幻想總是比現實好，」艾咪聳聳肩。「說來奇怪，人們總是經常提起他們夢想的『簡單生活』，或者要專注在『簡單的事物』上。可是，我想，住在鄉村、遠離所有膚淺的事物，並不表示你就能讓生活變得比較不複雜。」

班了解地點點頭。「至少，在你面對複雜的狀況時，你還有新鮮的麵包和起司可以吃。」

「別忘了還有果醬。」艾咪笑著說。

就在她輕啜著卡布奇諾時，班想起他們這趟旅程大部分的時候感覺都像是某種美麗的幻想。不過，現實總是比較辛苦。在現實裡，班很難讀懂艾咪，很難理解她的笑容和眼神。他認為，前幾天晚上在那間面具店裡，艾咪可能是在和他打情罵俏，不過，他很難確定。而且，班覺得在克萊兒和他分手之後，他再也無法相信自己的直覺了。他曾經相信過她，結果呢？

「你知道嗎？有一個寫信給茱麗葉的傳統，」艾咪說：「每一年，數以千計的人會寄信給她，要求她協助他們的愛情生活。而維洛納就有一群人，他們自稱是茱麗葉的秘書，這些人真的會一一回信，而且是手寫。」

「哇，」班說：「這聽起來像是重責大任。」

「我知道。我甚至不敢確定我在面對感情問題時會聽從我自己的忠告，」艾咪說：「不過，我很喜歡還有那麼多人依然用筆在寫信的這個事實，而且竟然是寫給一個虛擬的人物！」

艾咪對手寫書信的這番言詞必定刺激到了他的記憶，因為班突然明白，為什麼她對那座噴泉的評論聽起來如此熟悉。他曾經在一封信裡看到過。

這個單純的認知喚醒了其他所有的認知，彷彿艾咪和那個神秘的「A」之間的相似之處全都緩緩地被堆疊了起來，至少已經堆積到足以理解的程度了。她們都是曼哈頓的英文老師，都住在上西城，顯然都喜歡書信。

班的心跳開始加快。不可能。

可能嗎？

「我剛發現，」班說：「我從來沒有問過你在哪所學校教書？」

「喔，那所學校叫做康納利學院，在上東城，」艾咪回答他。「我知道，我知道。那所學校比我高級多了。」

班試著要擠出一絲笑容，但是，他覺得自己的喉嚨被堵住了。

他張開嘴想說點什麼，什麼都好，但是卻一個字也說不出來，因此，他很快地拿起咖啡遮住臉，好讓自己有點時間可以集中精神。然而，他差點就被那口咖啡嗆到。謝天謝地，他瞄到了妮娜和莫拉正在朝著他們的桌子走過來，他向她們揮揮手，試著不讓艾咪注意到他不安的震驚。

艾咪就在班每週日晚上參加互助團體的那所學校裡教書，他每週都在那裡留下了他的信函。

一定是她。班本能地這麼相信，如果可能的話。

他知道，他腦子裡那個理性的部分知道，也許還有其他的答案，不過，他覺得根本沒有其他的答案。一定是她。

妮娜

在班和艾咪前去尋找卡布奇諾的時候，妮娜和莫拉沿著阿迪傑河的邊緣漫步，朝著維洛納主要的橋樑佩雅托橋走去。這座羅馬時代的橋樑是紅磚和石灰岩的混合物，在妮娜眼中，這兩種不同的材質、不同的顏色混和在一起，竟然呈現出混亂與美麗兼具的感覺。

強風從水面上吹過，讓寥寥無幾的行人抓緊了他們的帽子和圍巾。河水出奇地湍急，讓橋下掀起了白色的浪花。

「這是茱麗葉的靈魂，」莫拉提出她的理論。「來報復那些摸過她雕像的人。」

他們看到一小群人聚集在橋的盡頭，圍繞著一座由鮮花、蠟燭和幾隻絨毛玩具熊堆成的臨時神壇。

「那裡看似是一個紀念場所。」妮娜說。

當她們走近時，妮娜認出其中一張裱框照片裡的男女。那年春天跳河的那對新婚夫妻。

「我們繼續走吧。」妮娜希望莫拉不要因為這幅景象而感到沮喪。不過，只要妮娜回頭看著那條河，她就無法不想起那對一起跳河的夫妻，以及那個溺斃在橋下河水裡的短線繩新娘。至少，那名女子在她死前認識了一個很棒的愛人。艾咪寫給班的那封信裡是怎麼說的？也許快樂並不等同於長壽。也許，我們可以自己創造永遠。

「你在想什麼？」莫拉問妮娜。「你一直很安靜。」

「你用義大利文讀的那張紙條，」妮娜回答她。「上面怎麼寫的？Si sempre no existe……？」

莫拉笑道：「差不多。」

妮娜喜歡莫拉笑的模樣。在卡拉ＯＫ的那天晚上，莫拉嘲笑妮娜竟然想在一間廉價酒吧和別人握手，打從那個時候起，妮娜就愛上了莫拉的笑容。

又一陣勁風吹過，妮娜感到一股奇怪的腎上腺素讓她振奮了起來。她停下腳步，轉身面對莫拉，表情突然轉為嚴肅。

「現實是，永遠並不存在，」妮娜說：「對任何人來說都是如此。不過，我想要和你一起創造永遠。」

莫拉這輩子鮮少被震驚到說不出話來，然而，在這一刻，她不知道該說什麼。

「我在向你求婚。」妮娜不安地把話說清楚。

「我知道，」莫拉說：「問題是……如果這個求婚不是這麼老套的話，我會答應的。」

妮娜在欣喜和鬆了一口氣之下笑了出來。「那麼，你會給我第二次的機會嗎？」

莫拉笑著對她說：「會的。」

這對情侶決定把她們突然訂婚的事情當作兩人的秘密，至少在她們返回紐約之前。她們希望只有彼此知道，在她們和世界分享這個消息之前，在這件事不再只是她們自己的事之前，她們希望先讓這個決定在自己心裡沉澱下來。

當妮娜和莫拉終於在附近的一間咖啡館找到班和艾咪的時候，妮娜用盡了所有的意志力，才能不衝到那張桌子旁邊，向她妹妹全盤托出這個消息。妮娜看著艾咪臉上泛著微笑，她和班在一起看起來是如此自在，妮娜暗自祈禱他們兩人其中一個可以盡快把事情串連起來，這樣，妮娜就不需要對她妹妹同時隱藏兩個秘密了。

班

等到班從義大利返家時，紐約的天氣已經轉涼了，地上的落葉已經比殘留在樹梢上的還要多。

班知道自己欠艾咪一場重要的對話——雖然，她自己並不知道——不過，他依然還沒有決定要怎麼做，要如何靠近這個雷區。

因此，當他父母打電話來要他幫忙清理他們在上城區的儲藏室時，他很高興有事情可以讓自己分心。

自從他父母賣掉他們家位於紐澤西的住宅，搬到現在的公寓時，就一直保留著這個位於曼哈頓的儲藏室，不過，他母親最近在退休之後閱讀了太多關於縮小居家規模和清理不必要物品的書籍文章，因此，她相信那間儲藏室至少有一半的空間都堆滿了沒有必要的東西。

當班走向那間儲藏室，去和他父母碰面時，他很驚訝地見到十幾名成年男子陪伴著二十幾個小男孩走在路上，他們全都穿戴著貨真價實的魔鬼剋星裝扮。在十月的這個時候出來做萬聖節的活動，似乎有點嫌早了，不過，看到這群正在這座城市裡展開超自然冒險的父子隊伍，班還是忍不住對他們露出了微笑。

當班抵達的時候，他父母已經在努力清理儲藏室了，只見密封起來的棕色箱子堆積如山，他們穿梭在箱子之間，將大部分的物品都扔進他們帶來的那些大型黑色垃圾袋裡。

「把你不想留下來的任何東西扔掉或者捐出去。」他母親說。

「任何無法讓你怦然心動的東西嗎？」班戲謔地問她。

他母親搖搖頭，頑皮地把用手指將她兒子的頭髮弄亂，當他還小的時候，她就經常這麼做。當時，他還對此感到惱怒和幼稚，不過現在，班已經不那麼介意了。

「我想你需要剪頭髮，」她說：「除非你在義大利的時光讓你變成了法比奧[22]？」

班的父親聞言輕笑，班也對他們兩人笑了笑。「讓我們專心整理這些箱子，好嗎？」

於是，班在一只尚未拆封的大箱子上坐下來，開始檢查一箱箱的舊衣服，並且把打算送到慈善機構的東西，以及老舊到只能送給舊貨中心的物品分門別類。這份有條不紊的任務讓他的思緒得以漫遊，很快地，他就想起了艾咪。他的互助團體會在明天晚上聚會，班不禁在想，明天是否將會成為自從五月以來，他第一次沒有在聚會之後留下信件。

不過，這件事並不容易回答。班喜歡艾咪。他喜歡她燦爛的笑容、她柔軟的棕髮、她不對稱的雀斑，以及她在他們二十小時的來回飛行途中，都在閱讀她學生的讀書報告，並且在機上其他乘客都在睡覺或看電影的時候，仔細研讀著教學計畫。

而所有這些令班喜歡的小地方，這些簡單且僅止於表面程度的事情——你在前幾次的約會中就可以察覺到的細節——都只是佐料而已。班真正喜歡艾咪的部分，也是他從她的信裡得知的部

[22] 法比奧（Fabio Lanzoni, 1959－）是義大利裔美國演員、模特兒，於一九八〇年代及一九九〇年代作為愛情小說封面模特兒而聞名。

分，是她所分享的那些潛藏在表象之下的想法、恐懼和夢想。

在那趟旅行之後，班覺得艾咪可能也喜歡他。但是，如果她喜歡的只是她在義大利看到的那個班，而不是那個悲傷、憤怒、自憐自艾的短線繩者呢？只不過這個短線繩者確實也隸屬於班的一部分。

有時候，班覺得每個人到頭來都會離開。那些夏令營的男孩終究不再回信給他。達蒙和他的朋友也不再問候他。克萊兒不想繼續愛他。班覺得在閱讀了幾個月的信件之後，他對艾咪已經有了深深的了解，但是，他為什麼應該期待她得和他過去認識與信任的那些人有所不同？

「喔，天哪，看看這個！」他母親從標示著「萬聖節」的那個箱子裡拿出一件超小號的南瓜裝。

班靠過去，看到箱子裡還有幾件他小時候的服裝：胡迪的牛仔帽[23]、一把可伸縮的光劍，甚至還有已經黯淡無光的人造鬍子，那是他在一趟西班牙的家庭之旅以後，迷戀了安東尼．高第一整年的產物。

「這些東西會讓一些小朋友很開心。」他母親笑著將每一件物品都放進捐贈箱裡。

就在他父親打算把一只空箱扔掉時，班瞥見了卡在箱底的一張小卡片，那是在他更小的時候，每逢假日時，他父母都會送給他的Hallmark風格卡片。

那張卡片的正面是一隻喊著「哇！」的鬼魂圖案，卡片裡則是他父母的留言，「不要怕！我們會永遠保護你。」

「我想，我們曾經有點煽情。」班的父親說。

「曾經？」班開玩笑地說。

不過，他母親用手肘推了推她的丈夫。「嘿，那是一張不錯的卡片。」她說：「我們說那句話是認真的。」

當他父母回到各自在整理的箱子前面時，班低頭看著自己腿上那張依然打開的卡片，看著他母親用過大的草寫字體所寫的那個笑話，他覺得自己的眼睛感到一股刺痛，彷彿他可能就要開始哭了。

他母親是對的。班不記得他曾經有過和父母在一起，卻依然感到害怕的時候。他只有被保護的感覺。

即便他在充滿熱血的青少年時期從腳踏車上摔下來，痛苦地躺在醫院病床上，焦慮地等待著自己的X光檢驗報告時，一看到他父母衝進急診室找他，他就立刻冷靜了下來。他不在乎他們是否會在接下來的半個小時裡訓斥他不夠小心。當他看到他們進來時，只感到了安心。

也許，他們就是有些人永遠都不會離開、永遠都不會停止關心的證明。

當班把那張卡片再度闔上時，他看到正面的那個鬼魂，他想起了稍早看到的那群魔鬼剋星隊伍。他一直都希望自己能成為那種為了逗孩子發笑，而甘願綁上魔鬼剋星塑膠質子包的父親。然而現在，班不知道自己能否成為什麼樣的父親。

㉓ 胡迪（Woody）是電影《玩具總動員》裡的牛仔警長，與巴斯光年和傑西同為主角之一。

他和克萊兒在一起的最後幾個月，也就是他三十歲生日左右，班第一次以真實的角度，而非什麼難以捉摸的假設，認真地考慮了結婚和孩子的問題。在克萊兒離開他之後，在他知道自己收到了一條短線繩之後，突然之間，所有他原本以為理所當然的未來計畫——結婚、成立家庭、和妻子一起老去的同時看著孩子成長——全都不再是必然會發生的事。

一想到如果那些線繩永遠都沒有來到，如果克萊兒從來都不曾打開他的盒子，那麼，有朝一日，毫無疑問，也無需多加思索地，他一定會結婚，擁有一個家庭。一想到這些，班不免感到痛苦。然而現在，他必須仔細考量。

班抬頭看著他已經六十幾歲的父母坐在成堆的箱子之間，清理著他們共同擁有的生活紀錄。班如何能要求任何一名女子選擇他，在他無法給予對方這些共同的記憶之下？

班的母親打斷了他慘淡的思緒。

「我想，你應該保留這個，」她把一只黑緞領結遞給她的兒子。「這是你父親在我們結婚的時候戴的。」

班將他父親的領結和那張萬聖節的卡片，都安全地收藏在他外套的口袋裡，然後離開了儲藏室，在步行回家的途中，他留意到一小群人聚集在附近一棟建築物旁邊，甚至還有幾個人拿著手機在拍照。

就在他走得更靠近的時候，他發現那些人正在拍攝的是牆壁上的某些塗鴉。

當那群人緩緩移開之際，班看見了他們正在注視的畫面：神話人物潘朵拉的巨幅黑白壁畫，畫中的潘朵拉就蹲伏在她打開的盒子旁邊。那個小盒子的內容物——陰暗的螺旋和邪惡的臉孔——已經被揭開了，並且正在沿著牆壁邊緣往上攀爬。這幅畫面讓班看得不寒而慄。

接著，他往前靠得更近。當他彎身看著潘朵拉焦慮不安的臉孔和她手中的空盒時，他注意到壁畫頂端畫了某個東西，那是他剛才從遠處看不到的，而且顯然不是原藝術家所繪，而是有人事後用鮮藍色的油漆和一根比較細的刷子添加上去的。在第一位壁畫師的筆下，那只盒子的內部只有一小部分被畫了出來，然而，在那個盒子的一個陰暗角落裡，第二位藝術家題上了兩個字「希望」。

班並沒有傻到將此視為一個徵兆，以為這是一個來自宇宙的訊息，是宇宙在告訴他不要放棄。這只是一副藝術作品。這幅壁畫的對象不只是他。不過，它的確提醒了班，幾天前，他在義大利看著妮娜和莫拉時所感覺到的那個令人安慰的希望。她們無時無刻都勾著彼此手臂的模樣，她們無懼於得罪對方而相互調侃的模樣。

班擔心沒有人會在明知道他將帶來什麼負擔的情況下，還能心甘情願地選擇他。然而，妮娜依然選擇了莫拉，儘管莫拉的線繩比班的還要短。一定還有其他人也和她一樣足夠堅強。

也許，艾咪就是其中之一。

除非他把真相告訴她，並且給她這個機會，否則，班永遠都不會知道。

傑克

在哈維動身前往南方接受訓練的幾週之後，傑克受邀參加安東尼和凱瑟琳在曼哈頓的一場募款活動。

傑克知道他們之所以歡迎他出席這些募款活動，唯一的原因是安東尼可以在低聲警告那些金主，短線繩者所帶來的威脅之際，卻又同時指著他的外甥，讓他變成自己同情短線繩者活生生的證明。被他姑丈在這場競選大戲裡當作傀儡，讓傑克感到噁心又慚愧，此外，自從哈維離開之後，每當傑克想起安東尼或凱瑟琳，他的眼前總是會浮現哈維痛苦、受傷和遭到背叛的表情。然而，傑克還是同意參加這場募款活動，只因為他喜歡紐約。紐約是這個世界上唯一一個永遠都充滿人群的地方，無論你走到哪裡，無論是什麼時候。紐約也是他可以隱姓埋名，過著幾乎正常生活的地方。

在這場短暫的造訪中，傑克避免和他的姑丈討論政治話題，只是偶爾對摩天大樓的高度或者牛排的味道提出評論。傑克盡可能地遠離他的家族，獨自一個人漫步在這座城市裡，融入在那些單純過著日常生活的人群裡。每當他不得不穿上他最好的黑色西裝（他告訴凱瑟琳姑姑說，他「忘記」帶軍服到紐約），站在一場豪華募款活動的角落時，傑克只是默默地閉上嘴巴。如果你沒有什麼好話要說，那就保持沉默吧，他在心裡這麼想。

週日早上，當他們這趟募款之旅來到尾聲之際，杭特家族和羅林斯家族參加了聖巴特教堂的禮拜，安東尼知道媒體鏡頭會在那裡等待著他們。

禮拜結束之後，當他們沿著公園大道步行時，凱瑟琳伸出手臂摟住她的外甥。早在傑克更小的時候，她就已經不再這麼做了，而現在這個動作讓他出乎意料地感到不自在。傑克希望自己可以把她的手臂甩開。

「這整趟行程裡，你幾乎都沒怎麼說話。」凱瑟琳對著他皺眉頭。「我很擔心你。」

「很抱歉。」傑克看著人行道說。

「你知道嗎？我在教堂外面看到一張很有趣的傳單。也許對你有幫助。」凱瑟琳說：「今晚七點半，你要不要到飯店大廳和我見面？」

那晚稍後，當傑克見到他姑姑時，她拒絕把自己的計畫告訴他。「這是個驚喜。」她淘氣地說。因此，他們兩人坐進計程車後座，透過被指紋的污痕和陌生人的鼻息弄髒的車窗玻璃，傑克看到車子駛入了上城區，只見兩邊的街道上越來越空曠，他們已經進入住宅區了。

當他們下車時，傑克抬頭看著眼前那棟灰色石砌建築，以及雕刻在建築物角落那些長有翅膀的生物。有一些成人已經走進那幾扇撐開的大門，傑克看著一名健壯的女子穿著一件長裙，優雅地從他身邊走過，微風掠過她的肌膚，將一股鼠尾草的味道送往各個方向。

「這是什麼地方？」他問他姑姑。

「這裡面有一個團體，我想你應該加入他們。」她解釋地說：「它是為了……像你這樣的人設立的。」

互助團體，傑克心想。給短線繩者的互助團體。

糟了。

「我會陪你走進去。」凱瑟琳說。

「不，不用了，沒關係，」傑克有點驚慌。「我自己可以進去。」

但是，凱瑟琳很堅持。

當她帶著他上樓時，傑克盤算著自己要如何逃走。他不可能參加這個聚會。對他所有無法產生共鳴的長線繩朋友以及家人謊稱他拿到一條短線繩是一回事，而且他也有充分的理由說謊，但是，在一間坐滿短線繩者的房間裡，開始編造一名短線繩者的日常生活卻是另一回事。

「到了。二〇四室。給那些還有……」凱瑟琳很難說出那幾個字。「五到十五年的人。」

傑克站在門外，他的腳彷彿焊接在地上。

「去吧。」凱瑟琳笑著輕輕將他往前推。除非他走進去，否則她顯然不會離開。

太糟糕了。

「一小時以後，我會派車子來接你回去。」凱瑟琳說。她看似對自己的作為感到很驕傲，宛如一個因為善行而贏得一顆金色星星的小孩。

傑克只能選擇眼前唯一的一條路：他把雙手插進口袋，低著頭，踏進了那間教室，同時暗自發誓絕對不會開口說一個字。

當傑克在其中一張椅子上坐下來時，他試著和所有人避開眼神的接觸。他可以感覺到他們在看他，也許對他看起來有點熟悉感到好奇，因而努力在他們的記憶裡尋找他的臉孔。

「看來，今晚有新成員加入我們的行列。」那個團體領袖說：「我是肖恩，很高興你來到這裡。」

「我是傑克。」他的聲音只比喃喃自語要大一點。

「嗨，傑克。」一群人異口同聲地和他打招呼。傑克覺得自己可能就要吐了。

很幸運地，團體的成員開始談論他們本週各自的生活，傑克也在他的椅子裡越坐越低。每一次換人說話時，他們都會先自我介紹，這應該是為了傑克的緣故。其中兩人剛從義大利回來，正在把他們旅行的照片傳遞給其他人看，至於其他成員則互相分享著自己人生願望清單中想要去的地方：金字塔、大堡礁、他們曾祖父母出生的愛爾蘭鄉村等等。

傑克覺得哈維永遠不可能參加這樣的團體，真的很可惜，至少不能公開地參加。他永遠也無法被一群能夠分享他的想法、負擔，能夠完全理解他的人所圍繞。

「我父親剛聽說他辦公室裡有個女人正試著在提出訴訟，要求擁有他們孩子全部的監護權，理由是她的前夫是個短線繩者。」雀兒喜說。

「那和他是不是一個好父母有什麼關係？」班問。

「是沒關係。」泰瑞爾說：「不過，我想，她可以宣稱他的情緒不穩定，有財務上的負擔之類的，又或者說要保護他們的孩子免於受到不必要的創傷。」

「他仍然是他們的父親，」莉亞說：「失去他永遠都會是個創傷，無論他們是否住在一起。」

「我希望他能爭取那些孩子，」班說：「即便他們終將會失去他，至少，他們會知道他並不想離開他們。」

傑克不禁想起自己的母親，她顯然並不介意離開他。

他母親離開的時候他還太小，他只記得當他父親將注意力全都移轉到工作上時，他的祖母和姑姑會輪流為他煮晚餐（他父親最終雇用了輪班制的保姆，直到傑克滿十二歲為止，因為他認為傑克已經大到可以照顧自己了），此外，他所記得的事情並不多。

傑克的父親一直都說，他母親是逃離婚姻，而不是逃離母親的角色，傑克猜測她的不快樂應該和他父親的家族有某些關係，因為當傑克告訴她，自己已經申請到軍校時，她並沒有隱藏她的失望。不過，除了在他生日和聖誕節打電話來之外，她似乎也沒有太大的興趣當傑克的母親。他甚至懶得告訴她有關他那條假線繩的事。反正，他很確定她應該從來都沒有看過安東尼的演講。

不過現在，傑克發現自己正在對班的看法點頭表示認同。孩子們需要知道他們的家人愛他們。否則，他們極有可能在追求這份愛的同時迷失自己。

那不就是傑克花了過去二十二年的時間在做的事嗎？報名軍校、接受訓練、過著他從來不想要的人生，這全都是為了要討好他那難以滿足的家族，為了要讓他自己感覺到終於融入了這個家族。

無論他父親怎麼說，他母親都拋棄了他。而為了不再被任何人拒絕，傑克幾乎什麼都願意做。傑克甚至在哈維面前為他的家人辯護，即便他知道他們是錯的，哈維才是對的，即便他知道在這麼做的過程中傷害了最要好的朋友。

而那讓傑克感到羞恥，遠比他在線繩的事情上撒謊，還要令他感到羞恥。

等到傑克的注意力回到現場時，互助團體的成員依然還在辯論那場監護權之戰。

「我想，這就是漢克當時說的，」莉亞說：「他說，情況只會越來越糟。」

漢克這個名字在傑克的耳中引發了一股不安的迴響，雖然傑克不認識任何叫做漢克的人。

「誰是漢克？」他問。

「他曾經是這個團體的一員，」雀兒喜說：「直到今年夏天，他在羅林斯的抗議活動中被槍殺為止。也許你聽過這件事。」

傑克嚴肅地點點頭。那名被殺的醫生。那張他曾經凝視過的照片。

「事實上，你現在就坐在他的老位子上。」她補充說道。

傑克臉紅地低頭看著他屁股底下那張紅色的塑膠椅。這是漢克的座位。

傑克的大腿開始出汗，他擔心汗水會開始浸透淺色的卡其褲，並且暴露出他其實是一個令人厭惡的冒充者。他試著微微抬起他的腿，好讓它們不會緊貼在椅子上。

傑克不相信鬼魂（雖然，他確實短暫地想過，如果漢克的鬼魂還留戀在人世間的某個地方，那個地方極有可能就是這個座位）。不過，坐在這張椅子上讓他不再感到自在。他渴望著站起來。之前坐在這裡的那個人是一個真正的男人，一個勇敢的人，就像哈維一樣。他花了二十年的時間在拯救生命，卻在起身反抗安東尼・羅林斯的時候失去了他自己的性命。那是傑克永遠也做不到的事。

傑克向來都認為自己在某種程度上與他的家族有所區隔，他的恐懼和懦弱可恥地造成了這樣的距離，而他一直都愚蠢地認為跟隨著杭特家族傳統的路線，將會讓他填補這道鴻溝。不過，也許，在他的內心深處，他終究和他們並沒有那麼不同。

事實上，也許，他就像他的凱瑟琳姑姑。她向來都對他很好，而她現在肯定也為他感到難過。今晚，她甚至還帶他來參加這個互助團體。然而，即便她相信自己的外甥也是短線繩者之一，但是，對於阻止她丈夫危險的行為，對於保護那些短線繩者免於受到攻擊，她卻什麼也沒有做。

儘管傑克也愛哈維，他卻同樣什麼也沒有做。他並沒有實現他的承諾。

和哈維吵架讓傑克充滿了罪惡感，他也渴望著想要獲得哈維的原諒，然而，傑克的心思只專注在他和哈維惡化的友誼，以及他和自己家族令人憂慮的關係之上，以至於他無法看清眼前那場更大的戰爭，那場哈維企圖要讓他看到的戰爭。那不只關乎哈維，或者漢克，或者這間教室裡的人。那場戰爭的規模比他們都要龐大。

在坐進這間教室、坐在漢克的老位子上之前，傑克從來沒有被這麼多短線繩者圍繞過。在傑克的日常生活裡，哈維是唯一一個不幸沒有收到長線繩的人。而現在，傑克和一群短線繩者坐在一起，聽著他們討論有人可能真的會奪走他們的孩子，只是因為他們的線繩長度。

對這間教室裡的人說謊，假裝自己是他們其中的一員，這讓傑克充滿了罪惡感。但是，他對於自己的長線繩感到更大的罪惡感，知道自己一定會比眼前這些人活得更久，也讓他感到無比的罪惡。他的壽命將會比他們長一倍，他也將會見證到這個世界上更多的事。

安東尼表現地彷彿短線繩者都是敵人，而許多人顯然也都相信他。然而，當傑克環顧著二〇四室的時候，他看到的只是普通的人。莉亞，每當她的頭髮垂落下來時，總是本能地把它們塞到耳後。卡爾，總是習慣把那雙皸裂的手放在他那鼓起的肚子上。班，他身上那件赤紅色的毛線背心，讓傑克想起了他最喜歡的高中科學老師。無論是坐在沙發上或站在舞台上的時候，傑克曾經無數次地希望自己的生活可以有所不同，然而，眼前這些人所面臨的狀況卻遠比他要糟得多。

「我相信，如果這個監護權的問題變成一個趨勢，一定會有更多人出來發聲的。」泰瑞爾說：「截至目前為止，所有的短線繩者示威活動都有很多人參加。」

「可是，短線繩者得要不停地示威抗議，這實在太不公平了！」莫拉大聲地說：「為什麼所有的事都要我們來做？感覺上，我們得要不停地證明自己，一次又一次地。證明我們並不危險，也不瘋狂。」莫拉的聲音在沮喪中破裂了。「為什麼大家看不到我們還是一直以來的我們，依然是那些線繩出現以前的我們？是他們自己開始把我們視為瘋子的。」

莫拉的目光持續地掃過教室，不過，傑克卻感覺她是在對他說話，懇求他給她一個答案。

「我們為什麼要負責去改變？」她問：「短線繩者要面對的問題難道還不夠多嗎？那些擁有權力的人，才是需要挺身而出的人。」

傑克彷彿聽到了哈維的話在莫拉的聲音裡迴盪。他們兩個說的沒錯，他心想。為什麼短線繩者必須要不停地示威抗議，而那些有控制權的人，那些像傑克自己家族的人，卻不停地在阻礙他們？

漢克甚至為了抗議而犧牲了自己的生命。而五年之後的某一天，當哈維無可避免地死在戰場上的時候——以他命中注定，卻差點就遭到阻礙的軍人身分——那也將是一個抗議之舉。

聚會結束之後，傑克站在入口外面的台階上，等著他姑姑承諾過會派來接他的車子。

他在空氣裡聞到一股淡淡的鼠尾草味道，一轉頭，他就看到了那個穿著長裙的女子正靠在學校的牆壁上，現在，他知道她叫做賽莉絲特了。她毛衣上發亮的胸針吸引了傑克的目光，當他定睛一看時，他注意到那是一只金色的別針，別針的設計是他從來不曾看過的：兩條彎曲的線交纏在一起，就像赫密斯魔杖[24]上糾纏在一起的蛇一樣，只不過這兩條線的長度並不相同。

當她注意到傑克正在盯著自己時，賽莉絲特微微地揚起了眉毛，傑克立刻就臉紅了，他希望賽莉絲特不要以為他是在盯著她的事業線。

「我只是在欣賞你的別針而已。」他害羞地說。

「啊，」她笑了笑。「那是兩條線。一條長的，一條短的。象徵著團結。」

「是你做的嗎？」他問。

「我朋友給我的，」她說：「我想，有人剛開始在Etsy這個網購平台上販售，不過，這些別針顯然很快就大受歡迎了，甚至連韋斯．強生上週也別了一只。」

當傑克聽到有人從黑暗中叫著他的名字時，他依然還在注視那只別針。

「不好意思，先生，你是傑克嗎？」

傑克轉身，看到一輛黑色加長型豪華禮車的司機正從車窗裡探出頭來。傑克朝著那名男子點點頭，然後開始走向車子，隨即又短暫地回頭看了賽莉絲特一眼，後者似乎對他奢華的護衛感到驚訝。

「晚安。」傑克說。

「希望下週還會看到你。」她笑著說。

傑克很快地爬進車子後座，他知道，她下週不會再見到他了。

㉔ 赫密斯（Hermes）是希臘神話中的眾神信使，主管商業、旅行和所有需要技巧的活動，其形象為頭戴插有羽翼的帽子，腳穿插有羽翼的鞋子，手持雙蛇纏繞的魔杖。

艾咪

週一早上，艾咪在她的教室裡發現了那封信。

她很詫異地看到上面寫著她的名字，而不是她名字的第一個字母縮寫。她試著要回憶自己是否曾經不小心在之前的信件裡透露了她的名字，但是，她覺得自己沒有，當她把信紙翻到另一面時，她看到寫信的人也簽上了他完整的名字。

親愛的艾咪，

我曾經讀過一篇關於加拉帕哥斯群島的介紹，這座遙遠的島嶼現在只有一百個居民，十八世紀的時候，一些捕鯨人在岸邊安置了一個空桶做為臨時的「郵局」。然後，他們開始了這項傳統，任何經過這座島嶼的船隻都會把桶子裡的信拿出來，再把信件帶到英格蘭或美國，或者任何一個他們來自的地方，基本上就等同於幫忙他們的同行水手們送信。直到今天，旅客依然可以把他們自己的明信片或者信函丟進桶子裡——無須貼郵票——然後帶走別人留在桶子裡的信件，並且承諾會把那封信送到真正的收件人手上做為交換。我還沒有看到任何的數據，不過，我想，這個系統運作地出人預期地好。

我不確定我為什麼告訴你這件事，也許是因為這件事讓我相信，即便在最奇怪的情況下，一封信也可以自己找到一條出路，去到對的人手中。

不知怎麼地，六個月前，我的信自己找到了你。聽起來很瘋狂，不過，上週，我們就在一片全然不同的大陸上找到了彼此。我知道你一定很好奇——我就是在那裡把一切都拼湊在一起的，聽到你談論你的學生和夢想，然後最終發現你工作的學校，就是我自從四月以來，每個星期天晚上都會去的地方，我參加的那個短線繩者互助團體就在那裡聚會。

這個團體也是我認識莫拉的地方。（所以，我想，技術上而言，我們的心理治療師確實是同一個人。）不過，我還沒有告訴她關於這些信件的事，或者關於你的事。

我一直在思考那個面具店的女人對我們說的話，她說，那些線繩迫使我們重新檢驗生活中的優先順序。在我二十多歲的時候，我花了大部分的時間在擔心老闆對我的設計有什麼反應，或者我賺的錢是否和我應該要賺的一樣多，又或者我是否終於過著某種生活，能讓我昔日的同學認為我比他們過去認識的那個男孩更強大。當然，那些事——成就一番事業、賺錢——依然很重要，但是最終，我不確定擁有一間位於二十七樓的華麗辦公室是否能帶給我最大的快樂。而現在，我想要把別的事情列為優先。

我並沒有對太多人說過這件事，不過，我哥哥在我出生之前就死了。我母親和父親經歷了所有父母最大的惡夢。但是，他們還是撐過來了。而且，他們也努力給了我一個讓我感到被愛和受到保護，而且從來不曾害怕的童年。我想，我也可以做到這一點。對我自己的孩子，將我父母給予我的這份最大的財富承傳下去。

我想過那些正式舞會、畢業典禮、婚禮和孫子。所有那些我沒有機會看到的事物。每當我想起這些時，就感到胸口緊繃，一股暗黑的苦楚油然而生，而且我可能永遠都會有這樣的感覺。不過，我發現唯一能讓我自己冷靜下來的方法，就是去想其他的事情——那些我依然看得到的事。

入學的第一天。舞蹈表演。籃球賽。萬聖節的裝扮。

我重複地告訴自己這些事，彷彿咒語一樣。

在後院玩雪橇。第一次到迪士尼樂園。我父母第一次抱孫子時臉上的表情。

即便在寫下這些的此刻，我都可以感到自己冷靜了下來。

我一直在想，明知道我只會更早而不會更晚離開他們，而我卻還想建立自己的家庭，這樣是否太自私了。不過，我想我會做得很好。我想，我可以給他們的人生一個好的開始。至少我現在知道我的時間有多麼珍貴。

三月的時候，我結束了一段很認真的關係，如果，我能在不知道自己的線繩長度之下再度單身的話，也許，接下來的幾年，我還會像二十幾歲時那樣愚蠢地虛度，完全不考慮結婚或成立家庭的事，同時以為我還有很多時間可以來做這些事。但是，我並沒有時間。所以，我不想再浪費任何時間了。

很抱歉，艾咪。我相信這封信會讓你感到震驚，對此，我很抱歉，你曾經要求我寫下一些小事，而這封信也許是最大的一件事，對此，我也很抱歉。不過，你也告訴過我，我依然應該追求我自己衡量的快樂，我保證我會試著這麼做。

謝謝你所做的一切，

班

P.S. 現在，你知道了所有的真相，所以，我會讓你決定你是否想要留在彼此的生活裡，不管以什麼樣的形式。我知道這不是一個小的要求。不過，不管你決定什麼狀況對你而言是最好的，我都很高興我的第一封信找到了你。

艾咪緩緩地放下那封信，信紙邊緣已經被她手中的汗沾濕了。她感到頭暈，還有點噁心，同時強忍著在她閱讀這封信時逐漸累積的淚水。她需要時間思考、釐清，並且消化她所知道的一切。她今天的最後一堂課已經結束了，因此，她提早離開了學校，搭上她看到的第一輛巴士，跑上樓梯回到她的公寓裡。

班是那個一直寫信給她的人。班是那個接受她安慰，也是她轉而尋求安慰的人。

班有一條短線繩。

在她知道那些信是班寫的之前，艾咪把每封信都保留了下來，當她回到公寓時，立刻把每一張信紙都從她衣櫃最底下的那個抽屜翻出來，一封一封地重新閱讀。她盤腿坐在臥室的地板上，注視著攤開在地毯上的那些紙張。每一頁都填滿了班那整齊、纖細、永遠都用深藍色墨水寫下的筆跡。

艾咪不知道該怎麼辦。她不知道自己究竟說或做了什麼，讓班發現她就是「A」。她不知道當他把一切串連起來時是什麼感覺。她也不知道班在寫最後這封信的時候在想什麼、又是什麼樣的感覺。

她有千百個問題想要問他。

但是，最重要的是，她很害怕。

艾咪知道自己被班所吸引。即便當他還只是那些信件背後一個沒有名字的影子時，她就已經有了這樣的感覺。

然而，班就要死了。

不是現在，甚至不會很快。但是，他只剩下十四年的時間。他曾經有一次寫下過那個數字，而艾咪從此沒有忘記。

她知道她需要和班談一談，但是，她還沒準備好。她的胃打結了，她的器官在互相交戰。她想要尖叫，她想要哭泣，她希望「B」依然還是一個她此刻可以寫信求助的匿名者。

看著那幾個月的信件散開在她眼前的地板上，艾咪看到了班最早寫給她的那封信。

不過，他不是真的寫給她，第一次並不是。他只是把一個訊息發送給了宇宙，而她選擇了回應。

幾個月以前，她為什麼要回應？班的文字有哪裡吸引了她？無論當時或者現在，她都無法解釋。就是有某種感覺把她拉了進來，然後持續地拉住她。

艾咪依然注視著第一封信，然後拿起她的手機，打到新奧爾良國家二次大戰博物館。

「嗨，我叫做艾咪．威爾森，我是紐約的一名老師，呃，我想要知道關於你們收藏的一封信的資料。」

「沒問題，是為了上課用嗎？」那名前台人員問。

艾咪對於要撒一個善意的謊言感到猶豫，不過，她突然覺得除非她知道格特魯德發生了什麼事，否則，她無法為自己的生活做出進一步的任何決定。

「是的。」艾咪說：「我正在做一個專題，是關於戰爭中的女人。」

當她的電話被接通給館長的時候，艾咪描述了那封信。「一名士兵在那封信裡要求他母親告訴格特魯德，『無論會發生什麼事，我的感覺都不會改變。』我只是想要知道他們發生了什麼事。」

「嗯，是啊，那是一封很美的信，」館長說：「讓我很快地查一下……喔，天哪，沒錯，正是我所想的那樣。很不幸地，那封信的作者一直都沒有回到家。一九四四年的時候，他在法國喪命了。格特魯德．貝絲琳是他當時的未婚妻，她住在賓州，直到八十六歲。她看似一直都沒有結婚。」

艾咪輕輕地吐出了一口氣。

「我還有其他十幾封背景也很相似的信，」館長說：「你要我寄一些給你，好讓你和你的學生分享嗎？」

艾咪禮貌性地說好，機械式把她的電子郵箱一個字母、一個字母地背誦出來，不過，她的思緒已經飛到別的地方了。

「謝謝你撥空接我的電話。」說著，她掛斷了電話。她聽到她的收件匣發出了收到郵件的提醒聲。

艾咪不確定她是否應該讓班知道關於格特魯德和那個士兵的事情。

不過，她決定不要告訴他。

傑克

傑克在一間商務飯店套房的角落裡撥弄著一盤法式生菜沙拉，在各種不同深淺的米色傢俱圍繞下，他試著要讓自己做好準備。

他身上的那套西裝有點鬆垮；自從他停止戰鬥訓練以來，幾個月裡，他已經流失了相當驚人的肌肉量。透過窗戶，他可以看到飯店外面聚集了一大群高舉著「支持短線繩者！」或「阻止羅林斯！」標語的示威人士。

幾分鐘之後，傑克就要站上舞台，站在紅藍汽球組合成的拱門下，聽著他姑丈發表關於國家未來的演講，看著他姑姑朝著崇拜他們的群眾揮手，那些群眾的數量在每一次的競選活動中似乎越來越龐大，他們的聲音也越來越響亮了。今晚的集會是至今以來最大的一次，甚至會在全國性的電視上播出。這是傑克採取行動最好的機會。

傑克的父親坐在旁邊的一張扶手椅上看報紙，他朝著他父親軟弱地笑了笑。

「你最好在上鏡頭之前先讓你的笑容充滿自信和活力。」他父親一邊說，一邊蹺起二郎腿，將手中的報紙翻到下一頁。

有時候，傑克很好奇他父親是否會對安東尼的成功感到嫉妒，不過，他絕對無法容忍政治生涯所帶來的那種令人窒息的監視，那會不斷提醒他自己挫敗的軍人夢想以及失敗的婚姻。

「也許在我們需要上台之前，你應該先坐下來，放輕鬆。」傑克的父親補充說道：「不要再玩那些食物了。」

當傑克的父親聽到傑克和哈維交換線繩時，他覺得鬆了一口氣，同時也感到慶幸，因為他知道他兒子未來的生命還很長。不過，孩子們的行為也讓他感到很驚恐。他想起他們家族世代的承傳和強烈的愛國心，他認為自己無法允許傑克活在這樣的欺騙當中。

然而，他想起他父親卡爾在軍中的故事。軍中最重要的是同袍情誼，是穿著制服的同志們彼此之間的忠誠。傑克宣稱，交換線繩是哈維最大的願望，而那也是他之所以同意交換的原因。關於這一點，卡爾必然比任何人都了解。

不過，傑克的父親依然擔心兒子的謊言會曝光，那將是一個惡夢，將會危及到整個家族的名聲。

「全世界只有三個人知道這件事，」傑克再三向他保證。「只有我、你和哈維。就這樣。而我們誰也不會說出去。」

然而，照耀在他妹妹和妹夫身上的鎂光燈越來越耀眼，這讓傑克的父親無法不感到焦慮。而且，他很擔心五年之後的某一天，真相終將無可避免地暴露出來。

不過，他一直都教育傑克要自己照顧自己，而傑克也向他父親保證，當那一天來臨的時候，他會控制好一切的。

傑克今天需要做的就只是站在舞台角落，表現出支持的模樣。不過，他有另一個計畫。他知道會有攝影機在現場拍攝，也知道會有數以千計、也許數百萬的民眾會在家觀看轉播，但願，那些觀眾裡會有來自曼哈頓那個互助團體的面孔，以及一名士兵，特別是在阿拉巴馬某個要塞的那名士兵。

傑克的計畫和哈維的要求有所出入，不過，在和安東尼與凱瑟琳共度了更多的時間之後，傑克相信，任何想要勸說安東尼的企圖都只會被他置若罔聞。他的姑丈現在只在乎贏得競選。

但是，他的部分支持者也許真的會聽得進去。

一名戴著太陽眼鏡的高個子警衛把頭探進飯店房間。「杭特先生，他們準備好要請兩位上台了。」

傑克的父親花了一點力氣站起來，每當他要從一張陷得特別深的椅子裡起身時都需要如此，這是他高中時代受傷所留下的另一個後遺症。

「我的西裝看起來如何？」他問傑克，「有皺紋嗎？」

「沒有，長官。」傑克說。聽到他父親開口向他尋求幫助——不管是多麼微不足道的幫助——所帶給他的快樂，讓傑克幾乎質疑起自己的計畫，因為他知道，他父親必將承受部分的責備。但是，他已經無法打退堂鼓了。

「很好。」他父親說：「你的袖子上有點麵包屑。」

當他跟著那名警衛和他父親走進電梯時，傑克在不鏽鋼的電梯門上看到了自己模糊的倒影，夾在那名高大的警衛和他那肩膀寬闊的父親之間，讓他看起來相形見絀。

傑克知道，不管他現在做什麼，都無法消除他六月份提議交換線繩時的自私動機，無論他今晚在舞台上高喊什麼，也都無法抹去他幾個月來保持沉默的事實。

不過，也許，這麼做依然足以實現他對哈維的承諾，並且贏得他的原諒，也足以為二〇四室那群人伸張正義，雖然他們是在毫不知情的情況下要求他為他們發聲的。傑克希望，光是那天晚上坐在漢克的老位子上，也許就已經讓他得到了那個人的部分勇氣。

當傑克和他父親走出電梯，加入正在等待他們的舞台經理的行列時，他把手指探進他的口袋裡，偷偷拿出一只由兩條交纏的線繩所組成的金色小別針。

他一邊跟著舞台經理穿過走廊，一邊在汗濕的手掌裡不停地翻轉著那只別針，就在舞台燈光讓他什麼也看不清的那一刻，他終於把別針固定在翻領上。

艾咪

在艾咪發現班最後一封信的隔天，她知道無法單靠自己消化所有的事情。她需要她姊姊的幫助。

不過，她擔心莫拉會基於她和班的友誼而偷聽她們的談話。很幸運地，妮娜那天早上剛好打電話給艾咪，問她是否能在下班後到艾咪家來。

等到妮娜抵達她妹妹的公寓門口時，她幾乎都還沒進門，艾咪就迫不及待地說出了這個消息。

「你絕對不會相信的，妮娜。一直和我書信往返的那個人，記得我告訴過你的那個人嗎？」艾咪上氣不接下氣地說：「就是班。班就是那個人。那個短線繩者。」

妮娜在廚房的桌子旁邊坐下來，緩緩地點頭。她的額頭因為思考而緊蹙，不過，令人意外地，她似乎並不驚訝。

「你是怎麼發現的？」妮娜問。

「他自己告訴我的，」艾咪說：「在另一封信裡。」

「你和他談過了嗎？」

艾咪搖搖頭，往後靠在流理台上。「我不知道要說什麼。我都快瘋了。你認為我該怎麼辦？」

「我無法告訴你怎麼做。」妮娜嘆了一口氣。

「呃，別這樣，妮娜！如果我們現在還在讀高中的話，只要我向你尋求建議，你一定會把握機會告訴我該怎麼做。」

「那都是一些小事，」妮娜聳聳肩。「例如要避開哪一堂體育課之類的。但這是一件大事！」

「我知道這是大事！」艾咪的手臂朝著自己的臉在揮舞。每當她感到焦慮的時候，她的四肢總是會失去控制。「這就是我為什麼認為……認為我不應該再和他聯絡，」她安靜地說：「不管以任何的形式。」

妮娜瞪大雙眼。「你是認真的嗎？」

艾咪將視線轉向鋪著磁磚的地板，無法看著妮娜的臉孔。

「因為他在那封信裡寫了很沉重的話，關於想要結婚、有孩子，想要在……那個時間來臨之前做這些事。」艾咪緩緩地吐出一口氣。「我知道我喜歡他，」她說：「可是，我不知道自己是否能成為他現在需要的那個人。」

妮娜把額頭往前靠在自己的手上，用拇指搓揉著她的兩鬢。

「拜託你說點什麼。」艾咪懇求她。

「我只是沒有預料到會在這個時候聽到這件事，」妮娜說：「事實上，我來這裡是因為我有事情要告訴你。」

「喔，好吧，」艾咪說：「什麼事？」

「我並不想用這種方式來告訴你這件事……」妮娜的聲音越來越小。她臨時決定要結婚的消息原本應該是一個驚喜，然而，以艾咪現在的這種狀態，這個消息感覺應該會像個餘震。

「莫拉和我要結婚了，」妮娜最終還是說了。「就在週五晚上。」

艾咪嚇了一大跳。「你們要什麼？」

「這個時機現在感覺有點奇怪，不過，在維洛納的時候，我就向她求婚了，回來之後，我們覺得沒有必要再等了，所以我們打算這個星期到市政廳結婚。」妮娜解釋道：「一切都預訂好了。」

「哇，那真的很快。」艾咪開始在妮娜面前緊張地踱步。「你確定你已經想清楚了？」

「我知道感覺很突然，但是，這是我想要的，」妮娜說：「是我們想要的。」

艾咪看起來既蒼白又焦慮。「你不覺得你應該稍微緩一下嗎？」

「你在說什麼？」妮娜困惑地說：「我們已經在一起兩年了。你以為這段關係要走向何處？」

「你從來都沒有說過你打算求婚！我不認為莫拉也有這個打算。」艾咪遲疑地說：「特別是發生了線繩的事情之後。」

艾咪的話有點傷人，但是妮娜不想反應過度。她試著提醒自己，當她來到這裡時，艾咪已經很苦惱了，班的問題給她帶來了壓力，而她現在的反應就是受到了這個壓力的影響。

「這不是計畫中的事，」妮娜冷靜地說：「它自然而然就發生了。」

「我知道兩年可能感覺已經很久了，」艾咪說：「但是，很多情侶在一起四年之後都還沒有訂婚。」

「那些其他的情侶和我的感情生活無關，」妮娜說。她妹妹驚慌失措地踱步開始惹惱她了。

「我只是不明白，你為什麼不替我感到高興？」

「你知道我愛莫拉，不過，這件事實在發生得太快了，」艾咪說：「我只是想確保你在和某個人結婚之前有花時間仔細思考過一切。」

「這又不是我在拉斯維加斯遇到的什麼陌生人，艾咪。這是我愛的女人。」

「我不是在叫你要離開她！」艾咪終於停下了腳步。「只不過，婚姻是件大事，妮娜。而且，和一個快死的人結婚是一件更他媽的大事！」

話才出口，艾咪就咬緊了自己的嘴唇。她很少說髒話，而且，她真的不知道自己是否刻意要說髒話，或者那幾個字就那樣自己跳了出來。然而，她的話感覺就像給她們姊妹倆都搧了一個耳光。

「我知道這是他媽的大事，」妮娜生氣地說：「而且，她也沒有快死了。我們還有八年的時間。」

艾咪知道她姊姊是個理性的人，相對於艾咪自己的感性來說。她也渴望能說服妮娜，幫助妮娜了解她的恐懼。

「我只是擔心你一直在想還有八年的時間，所以你現在會覺得這件事感覺並不真實，」艾咪解釋地說：「你沒有考量到當事情真正發生的時候會怎麼樣，到時候，你會成為一個三十八歲的寡婦！」

妮娜冷冷地看著她的妹妹。「自從我們打開我們的盒子之後，我每一天都在想這件事。」

「好吧，那孩子呢？」艾咪焦慮地問。

「你知道我們不想要孩子。」

「我知道你現在是這麼想的，但是你才三十歲，也許會改變你的想法。而且，等到你快四十歲又孤家寡人……」

「那就為時已晚了？而且，我的餘生都會很不快樂？」

「當然不是，」艾咪嘆了一聲。「但是，八年可以發生很多事，而且，如果你結婚的話，事情會變得更……複雜。」

艾咪知道她把事情弄得很糟，但是，她依然希望妮娜可以看到她的觀點，並且了解她試圖要幫忙，試著想要當一個好妹妹。

「我保證我不是要讓你感到沮喪，」艾咪懇求地說：「我只是企圖要保護你。」

「你不用那麼做。」妮娜嚴厲地說：「我從來沒有要求你那麼做。」

「別這樣，妮娜！不是只有你才會擔心別人，也不是只有你才會想要保護別人。你對我一直都是那樣，而且天知道你對莫拉也是如此，有時候，我們也會覺得想要保護你！」艾咪幾乎是一口氣說完的。

「這完全不一樣。」妮娜說。

艾咪嚴肅地看著她的姊姊。「你根本不知道自己將要簽下的是什麼約定。你記得我高中時候的朋友凱拉嗎？她母親生病的時候，她父親為了照顧她母親，是如何辭掉工作的嗎？」

妮娜沉默地點點頭，她的眼裡開始泛著淚光。「我確實記得他們，」她緩緩地說：「我記得看到她父親推著坐輪椅的妻子，每過一會兒就低頭對她微笑。我也記得我當時在想，他們的婚姻必然很辛苦，不過，他們的愛也必然很堅強。」妮娜吞下湧上喉頭的淚水。「那就是我即將簽下的約定。」

艾咪被她姊姊的話所感動，然而，她停不下來。她已經深深掉進了自己的恐懼和不確定裡，她相信她是在保護妮娜。

「我知道你愛莫拉，」艾咪說：「可是，我也了解你，我擔心你現在要和莫拉結婚，是因為如果你不這麼做的話，會有罪惡感。不過，我想，她絕對不會在結婚一事上對你施加壓力。我知道她會了解的。」

「你又是怎麼知道的？」妮娜問。

艾咪停頓了一下。「因為她告訴過我。」

「你在說什麼？」

「莫拉一開始的時候打過電話給我，」艾咪的聲音有些猶豫。「在你們剛打開盒子之初。她說，你甚至無法看著她而不掉淚，你很努力想要安慰她，而她不知道你們兩個是否可以就這樣一直走下去。她不想要變成負擔。她……她問我，我是否認為她應該離開你。強迫你分手。」

妮娜既困惑又不敢置信地搖著頭，依然在試著不要哭出來。「你是怎麼對她說的？」

「我告訴她，讓你自己做決定。」艾咪安靜地說。

「可是，你現在不相信我能自己做決定？」

「我只是不希望你倉促地做出你可能會後悔的事。」

妮娜透過淚水嚴厲地注視著她妹妹。「我並不認為這和我有關，」她說：「這關乎了班，而你一直都是個他媽的偽君子！你寫了那些秘密的情書給他，告訴他，他的線繩長度並不重要，而現在，你甚至不願意給他一個機會，就因為線繩的緣故！」

「這麼說不公平，」艾咪輕聲地說，這個指控讓她深感震驚。妮娜錯了，艾咪心想。這和班無關。不可能和他有關。

這是關於妮娜。這是為了保護她免於受到一輩子的痛苦。

「我只是不想看著你受苦。」艾咪說：「你是我姊姊！」

然而，妮娜已經不想討論了。她從椅子上起身，匆忙地拿起她的皮包和外套，木頭的椅腳磨擦在地板上，發出了吱吱的聲響。

「就因為你是個膽小鬼，寧可保護自己，也不願冒險去接受一個人，那不表示我也得做出同樣自私的選擇。」妮娜生氣地說：「我已經做出了我的決定。」

艾咪知道這場爭吵結束了。妮娜已經把自己封閉起來了。她的語氣粗魯、神情嚴峻、不苟言笑。

「如果我結婚的事讓你感到苦惱的話，」妮娜說：「那麼，你不需要到場。」

她離開的時候，用力地把門在身後關上。

艾咪僵在原地一會兒，看著那扇緊閉的門，不知道是否應該跑出去追她姊姊。不過，她跑不了。她連動都動不了。她的雙腿在身體底下發軟，她在妮娜剛空出來的那張椅子上重重地坐下來。然後，她終於開始哭泣。

傑克

當傑克在舞台上、在所有攝影機前面，突然從他那剛開始發表競選演說還不到幾分鐘的姑丈手中搶走麥克風的時候，沒有人預期到會有這一刻。

即便傑克自己似乎也被他真的採取了行動而感到震驚。

在麥克風落入他手中之後，一切立刻都凝結了，現場出現了兩秒鐘的急遽緊張和屏息以待的氛圍，所有的觀眾都在等待著接下來會發生什麼事。

安東尼似乎也在等待。他和凱瑟琳、傑克的父親以及整個觀眾席，全都困惑地僵在原地，不確定應該做何反應。就在他們的腦袋試著要弄清楚眼前的狀況時，傑克終於開始說話了。

「哈囉，我是安東尼的外甥，」他說：「就是他口中擁有短線繩的那個士兵。」

傑克的話很快地從口中滔滔不絕地湧出，他企圖要在有人無可避免地讓他閉嘴之前，盡可能地在有限的時間裡擠出最多的話。安東尼和凱瑟琳依然啞口無言地注視著他。也許，為了避免丟臉，他們想要讓他先說上一分鐘，假裝這不是一次即興的行動。

「然而真相是，我姑丈並不在乎我，或者任何短線繩者！現在是我們勇敢地站出來對抗他的時候了！沒有人因為他們的線繩而和別人有所不同。沒有人比其他人不重要。我們依然都是人，我們需要被當成人來對待！」傑克幾乎是在對著麥克風懇求。「可是，安東尼．羅林斯只在乎贏得選舉！不要讓他敗壞……」

傑克的身體突然被拖離麥克風支架，當一名警衛把他從舞台上拉下來時，他的手臂幾乎就要被扯脫了，一片令人窒息的沉默籠罩在震驚的觀眾之間，現場只剩下傑克的漆皮皮鞋拖過拋光地板的磨擦聲。

大約在二十分鐘之後，傑克坐在後台的一張椅子上，被安東尼保全團隊的兩名警衛看守著，彷彿一個被禁足的幼童一樣。

從他頭頂上的監視器，傑克可以看到安東尼在演說被打斷之後向觀眾表示了歉意，並且繼續完成了他的演說，然後才和他的妻子走下舞台，同時不忘向觀眾揮手、鼓掌，並且用口型無聲地說著「謝謝」。

傑克側靠在他的椅子上，在他的姑姑和姑丈還沒有看到他之前，他就先瞄到已經來到後台的他們了。傑克的父親尾隨在他們身後，緊張地擰著自己的雙手。

安東尼的競選經理帶著緊繃的笑容迎向前去。「你們兩位在舞台上看起來都很棒。演說聽起來也很成功。你簡直就像專家一樣。」

不過，等到安東尼遠離攝影機之後，他的臉立刻轉為暴怒。「他媽的，他在哪裡？」

「我們把他留在後台。」那名經理說。

安東尼猛然轉向凱瑟琳和他的大舅子。「你們有誰知道這個計畫嗎？」

「不知道，當然不知道！」凱瑟琳抗議地說。傑克的父親則用力地搖搖頭。

「他瘋了嗎？」安東尼大吼地說。

「我不、我不知道，」凱瑟琳結結巴巴地說：「也許他只是想藉此取得其他短線繩者的認同。」

安東尼瞇起眼睛，突然轉向傑克的方向，凱瑟琳、傑克的父親和那名競選經理匆忙跟在他身後。

看到他姑丈走近，傑克從椅子上站起身，他外套上那只金色的別針在後台的燈光底下閃閃發亮。

安東尼向他直奔過來，緊緊地揪住他的衣領，猛烈地搖晃著他。「你是哪裡有毛病？」他尖叫地噴了傑克一臉的口水。

凱瑟琳、傑克的父親和那名經理同時發出了驚恐的叫聲。

「安東尼！你是怎麼了？」

「放開他！」

「請冷靜，長官。」

只有傑克沒有吭聲，他注視著姑丈憤怒的雙眼，他的心跳聲在耳朵裡砰砰作響。他認為安東尼可能就要揍他了，就在他準備好接受那一拳的時候，傑克突然想起他在軍校的第一個月所發生的那場殘酷的鬥毆，當時，他在全班的新同學面前被打到屁滾尿流，哈維只能從廚房偷來一些冰塊幫他冰敷，好讓他的臉不至於腫起來。

不過這回，那一拳並未落下。

傑克的父親和姑姑把安東尼拉開了，他們試著要讓他冷靜下來。他父親挺直背脊，直到比安東尼高出了一吋，才低頭俯視著他。「他只是個孩子，安東尼。而且，他是我的兒子。」

「他那該死的言論可能會讓我賠上白宮！」安東尼怒斥道。

「我不需要提醒你，我們杭特家族在你前進白宮的這條路上所扮演的角色，」傑克的父親說：「所以，我要求你不要碰我們家族的任何人。」

安東尼瞪著傑克的父親，不甘願自己遭受到他的輕視。

「還有，也許我們都反應過度了，」傑克的父親又說：「大家都知道傑克收到了短線繩，而那樣的壓力可能會讓任何人都有點瘋狂。我相信他們會了解的。」

凱瑟琳謹慎地把一隻手放在她丈夫的胸口，然後帶著痛苦的表情看著她的外甥。「你為什麼說出那麼可怕的話，傑克？」

「哪裡可怕？」傑克問她。「關於短線繩者值得受到公平的對待嗎？一開始，讓我去參加那個團體的人不就是你嗎？」

「他在說什麼？」安東尼問他的妻子。

「沒什麼。」她冷靜地說。

在那一刻，傑克知道凱瑟琳已經選邊了。不過，傑克感到一股自信。他挑戰地看著他的姑丈。「怎麼了，安東尼？我以為你希望全世界都知道我是個短線繩者。」

在安東尼來得及回應之前，那名競選經理及時地介入。「長官，我們真的該走了。接下來還有三場訪問，我們快要遲到了。」

「知道了。」安東尼憤憤地說，隨即最後一次瞪了他外甥一眼。「不過，我要他滾出這裡。」

艾咪

艾咪從來不曾覺得如此孤單。

她和妮娜從來沒有如此激烈地爭吵過，她絕望地想要找人聊聊，想要解釋她的立場，任何人都可以，但是，她恥於對父母或朋友透露爭吵的細節。

很幸運地，妮娜似乎也沒有把這件事告訴任何人，因為沒有人打電話來詢問艾咪，為什麼突然沒有受邀參加婚禮。

當艾咪坐在學校的辦公桌後面時，她的腦海裡不停地迴盪著她姊姊的話。在艾咪不用上課的時候，她的教室感覺既沉悶又幽閉，彷彿牆壁正在向你壓迫而來的遊樂場魔幻屋一樣。

一整天裡，只要吃東西，她就覺得反胃。她覺得好像有什麼東西在體內啃噬著她，她希望這只是昨天那場爭吵所殘留的憤怒和焦慮，不過，她知道並不是。

那是罪惡感。

儘管她們對彼此說了那些辱罵的話，妮娜依然還是她唯一的姊姊、她的老朋友、她最棒的知己和顧問。而三天之後，她就要結婚了。但艾咪不會出現在那裡。

在知道自己錯過妮娜生命中最重要的日子，並且意識到她的那番話毀了這個日子之下，她要如何才能面對得了自己？

艾咪注視著教室裡成排的空桌，桌面上散落著學生們在匆忙中忘了帶走的物品：零星的幾支筆、一個可以重複使用的水瓶、一件掛在椅背上的運動衫。

艾咪的學生生活中最鮮明的回憶，發生在她高三那年，那天，妮娜哭著回到家，然後把自己和他們的母親鎖在她的臥室裡，艾咪只能坐在地毯上，背靠著牆壁，在那扇上了鎖的門外等待著她姊姊出來。

謠言在中午的時候就已經傳到了艾咪的那個年級，雖然沒有人膽敢直接對艾咪說些什麼。等到她坐在妮娜的房門外，聽著她嚎啕大哭時，艾咪甚至不在乎那些謠言是否是真的。她只在乎她姊姊被摧毀了，她緊緊地閉上雙眼，祈禱妮娜的痛苦會消散，希望那些傷害她的人會得到報應。

那天晚上，當妮娜終於冷靜到可以和艾咪說話時，艾咪告訴她，她什麼也不用說。

「重要的是你是我姊姊，我愛你，」艾咪說：「這件事並沒有對我們造成改變。它只是讓我為你必須獨自承受壓力而感到難過，而且，這件事也許會讓你的生活變得更艱難……我想，它已經讓你的生活變得艱難了。」

妮娜的皮膚依然紅腫，不過，她的臉孔看起來既平靜又堅定。「也許還會更艱難，」她說：「但是，至少這麼做會是正確的。」

當時，艾咪可以如此輕鬆就支持妮娜，毫不猶豫地站在她的那一邊。可是，為什麼現在要支持妮娜就不再容易了？

也許，妮娜的指控是對的，這並非真的關乎妮娜。也許艾咪感到的罪惡感其實和班有更大的關係。

妮娜罵她是什麼？一個自私的偽君子。一個膽小鬼。

艾咪試著要想起她在廚房裡對妮娜提出的所有問題：你確定嗎？你考慮過未來的挑戰嗎？你準備要承受痛苦了嗎？這麼做值得嗎？

也許，那些問題之所以會那麼迅速地從艾咪口中吐出來，是有原因的。全部的問題她都已經問過她自己了。

艾咪對她姊姊提出來的每一個恐懼和每一個懷疑，早在她閱讀班的信函、聽到他的告白時，就已經在她心中悄然而生了。

當那些線繩剛來到的時候，妮娜也曾經面對過此刻令艾咪困擾的那個問題。她選擇了留在莫拉身邊，那是艾咪因為過分恐懼而無法做出的選擇。

艾咪為妮娜感到害怕，因為她為自己感到害怕。

然而，艾咪不能讓她自己的恐懼摧毀她和妮娜的關係。不管艾咪決定怎麼處理班的問題，妮娜都將永遠存在她那經常處於混亂之中的生活裡，而現在，艾咪更需要當那個同樣的女孩，那個曾經在高中時代的某個晚上，坐在妮娜門外好幾個小時，直到她身體的每一塊肌肉都快要抽筋了的女孩。那個和妮娜一起坐在書店地毯上看書的女孩，那個在小說裡貼滿紙條，然後把小說寄到美國另一頭給妮娜的女孩。艾咪需要當那個妮娜值得擁有的妹妹。

妮娜

當她透過門上的貓眼看到艾咪站在門外的腳踏墊上時，妮娜感到一股由憤怒和安慰所引發的顫抖。不過，當她打開門，沉默地站到一邊好讓她妹妹進到起居室的時候，她依然板著一張臉孔。

「記得我們還小的時候，」艾咪的雙手不安地放在身前，首先開口打破了沉默。「我們會進行某種愚蠢的尖叫比賽，然後，我們其中一個會無可避免地跑去找媽媽，怪罪另一個人首先挑起爭端嗎？那時候，媽媽總是說，她不在乎是誰挑起爭端。她在乎的是誰停止了爭吵。」

「我猜，這表示你是來道歉的？」妮娜冷冷地問：「是來停止爭吵的？」

「並且承認也許是我挑起了爭端，」艾咪說：「如果你還在生我的氣，我也可以理解。」

「我當然還在生你的氣！」妮娜防禦性地把雙臂交叉在胸前。「你知道，在你說了那些話之後，我是多麼難為自己的婚禮感到興奮嗎？一想到我自己的妹妹並不支持我生命中最大的決定，我有多難過嗎？」

「我很抱歉，妮娜。我錯了。」艾咪的聲音充滿了懊悔。「我錯了，你是對的。我就是我自己批評的那種人。那種認為我們應該要因為別人的短線繩而採取不同的方式對待他們、並且拒絕他們的人。不管那是不是因為我認為自己是在保護你。」

艾咪開始淚水盈眶。「我應該要說的是，你很堅強。你是那麼地堅強。莫拉也是。你們兩個選擇了愛勝過一切，這讓我很欽佩。而我當然會支持你。我只希望你能原諒我，讓我回到你的生活，這樣我就可以參加你們的婚禮。因為我知道這將會很艱鉅。」她停頓了一下。「不過，我也知道這是正確的。」

妮娜交叉的雙臂開始放鬆，緊繃的肩膀也鬆垮了下來。

「我從來都不打算把你從我的生活裡切割掉，艾咪。你是我的妹妹。」妮娜說：「而且，我不得不承認，你這番道歉的說詞很厲害。」

艾咪笑著擦拭自己的臉頰，兩姊妹終於擁抱在一起，誰也不想先放手。

「我知道你會在婚禮前來找我，」妮娜說：「所以，我一直沒有告訴任何人我們吵架的事。」

「現在，既然我來了，我想要知道你計畫的所有細節。」

「當然，」妮娜笑著說：「我沒有很多時間，不過，我還是寫了一大堆的筆記。」她熱切地從皮包裡掏出一本小日誌。

「不過，有件事你得先知道，」妮娜說：「莫拉邀請她互助團體的所有成員前來，那就表示班也會在那裡。」

莫拉

莫拉無法相信自己今天就要結婚了。

她知道她父母也許比較想在教堂舉行婚禮，或者在某個風景如畫的郊外莊園，不過，在她二十九年的生命裡，她所做的很多事都不符合她父母的期待。換過一個又一個的工作、一個又一個的女朋友，至少，她終於安定了下來，讓自己好好地被拴住，而且是和一個她父母都真心喜歡的女人。（她父親在她介紹妮娜給他們認識的時候曾經說，「妮娜似乎很聰明」。）

幾個小時之後，莫拉就要變成某個人的妻子了。這聽起來好嚴肅。這也是她為什麼很高興能在市政廳舉行婚禮儀式的原因。因為這個地方沒有長長的紅毯要走，也不需要跪在神壇前面，感覺起來就沒有那麼沉重了。而且，她從來都不覺得自己是那種會舉行傳統婚禮的人。

公證結婚的儀式在Louis J. Lefkowitz州政府大廈舉行，那是位於曼哈頓市中心的一棟灰色宏偉建築，四周圍繞著許多其他的市政府大樓。

進入州政府大廈之後，莫拉覺得婚姻局本身感覺就像一間豪華版的汽車管理局，或者像是銀行，只見長沙發沿著一面牆擺放，而另一面牆則擺了一整排的電腦，還有大型的電子螢幕掛在頭頂上，情侶們可以從上面顯示的號碼，得知是否輪到自己進入後面隱密的房間裡結婚。入口附近貼著幾張海報，上面寫著：「收到結婚執照和舉行結婚儀式之間的二十四小時等待期，可以經由出示即將到期的線繩做為證明來取得豁免。」

莫拉環顧著面前形形色色的群眾：穿著燕尾服的男士和穿著及地白色長裙的女士、穿戴著牛仔褲和棒球帽的二十幾歲年輕人、幾個穿著皺摺薄紗的嬰兒失控地嚎啕大哭。有少數幾對情侶獨自前來，不過，大部分人都有隨行的見證者，他們的相機閃光燈時不時就在大廳裡亮起。

妮娜和莫拉的親友團人數比一般平均的要少，只有雙方的家長和妮娜的妹妹艾咪。妮娜身上的米色蕾絲看起來簡單又高雅，莫拉則選擇了一件稍微閃亮的淡金色洋裝。

「我想，你可能是這裡最美的新娘。」妮娜笑著對她說。

莫拉可以看出妮娜對入口附近那些花哨的小店感到有點沮喪，包括一個販賣紐約市各種旅遊紀念品的精品小攤，以及可以臨時購買到結婚基本配備的另一家店鋪，包括鮮花、白紗，甚至戒指之類的物品。不過，放眼所及，莫拉看到的全都是愛。

一名穿著粉紅色花朵洋裝、頭戴花環的女子，和一名身著淺灰色西裝、搭配同樣粉紅色系領帶的男子，手牽手走過莫拉身邊，他們勾在一起的小指將他們緊密地連結在一起。另一名男子正在幫他的未婚夫調整領結，當他鬆開那個領結時，他的手往下滑到他愛人的雙臂上，無限深情地揉了幾下，彷彿在幫一個剛剛結束雪中跋涉的人取暖一樣。

然後，是莫拉身邊的妮娜。

莫拉從來沒有預期到會這樣。當然，在線繩來到之前，她偶爾會懷疑妮娜可能就要求婚了。有兩次特別脆弱的時候，她甚至曾經偷偷看過妮娜衣櫃裡摺疊整齊的衣服。但是，一切在三月的時候都改變了。從那個時候起，即便在她們最親密的時刻，即便在浪漫的義大利，當她們徜徉在鋪著鵝卵石的巷弄和安靜的噴泉之間時，莫拉也完全沒有預料到妮娜會向她求婚。在那些盒子出現之後。

莫拉絕對不會是開口求婚的那個人，不會是讓妮娜為難的那個人。她不會為自己無需名義和戒指，只想單純和妮娜生活在一起的想法而感到丟臉。她不需要成為婚姻的另一半才能感到完整。不過，當妮娜提出這個問題時，當這個可能性突然變得真實，而妮娜——那個讓她感覺就像家的女人——就代表了這個可能性時，莫拉覺得也許結婚也不錯，能在她被顛覆的生活裡擁有某個感覺踏實與恆久的東西也不錯。也許，除了被她的線繩所偷走的那些東西之外，這是她依然可以擁有的。

「你知道你還可以改變心意的，對嗎？」結婚的前一天晚上，莫拉曾經低聲地對妮娜這麼說。

妮娜在床上翻過身，面對著她。「你為什麼要這麼問？」

在這種時刻，莫拉真希望自己這輩子並不是一直都那麼無拘無束和自信。這樣的話，她現在要展現自己的脆弱可能會比較容易。

「我只是……我只是想要把它說出來而已。」莫拉說。

「你應該知道我從來不會在沒有想清楚之下就做出決定，」妮娜說：「所以，這件事，我絕對不會改變心意。」

莫拉親吻了即將成為她妻子的妮娜。

「現在，拜託你趕快睡覺吧，」妮娜笑著說：「明天可是一個大日子。」

當她們的號碼終於出現在螢幕上時，莫拉和妮娜一起站在那名證婚人前面，那是一名留著一撮鬍子、戴著眼鏡的光頭老先生，他身上那件寬大的棕色西裝幾乎就要將他給吞沒了，他慈祥和藹地主持了每一場婚禮，彷彿他每天參與的婚禮就只有這一場、而非上百場。

在他正式宣布莫拉．希爾和妮娜．威爾森成為新婚夫妻之後，這對新人回到還有十幾對情侶正在等待的主要大廳。她們從走廊盡頭的一扇門離開，走進一條面對著另一個市政單位背面的安靜街道。

移民局、國稅局和地方檢察官辦公室，全都位於紐約婚姻局一個街區的半徑之內，不過，最靠近的是衛生局，這座城市裡的出生和死亡證明都要經由衛生局來核發。莫拉覺得這個地理位置出乎意料地合適。衛生局記錄了生命的開始和結束，而就在它的隔壁，情侶們則誓言會在有生之年裡彼此扶持。

妮娜緊握著莫拉的手，兩人一起走下台階來到人行道上。

「啊，我們應該帶點東西在你們走下台階時拋撒的。」艾咪遺憾地說。

莫拉看著她高跟鞋底下的地面，但見地上撒滿了前面的新人在歡慶後所留下的殘餘物。除了常見的菸蒂和破碎的棕色樹葉之外，還有幾百片金色和白色的碎紙，在向晚的微風裡夢幻地飛舞，此外，還有一把深紅色的玫瑰花瓣散落在地上。

現在，那些花瓣在經過無數次的踩踏下，似乎已經被永遠地刻在地上，莫拉心想，它們就那樣貼在人行道上，一如被壓在書本裡的鮮花，永遠地保存了下來。

妮娜

當她們的號碼還要一段時間才會輪到的時候，妮娜從一群人當中偷偷溜走，前往主要大廳外面的洗手間。一名女子在其中一間廁所裡，把她的白色新娘禮服掛在鐵門上，吵雜地脫下她的牛仔褲和球鞋。

妮娜在洗手時抬頭看著鏡中的自己，直到此時，一股認知似乎才終於沉潛了下來。她就要在今天結婚了。她即將成為人妻。

她當然感到興奮，同時也感到慶幸、快樂和驕傲。不過，她並沒有特別覺得自己像個新娘。也許是因為她並沒有穿戴婚紗。鏡中的她看起來和任何一個穿著米白色洋裝的女孩並沒有什麼不同。

妮娜身後那間廁所裡的女子踢掉她的鞋子，套上閃亮的銀色高跟鞋。當她穿著那件及地的蓬裙走到水槽邊時，一看到妮娜正在注視著鏡子，她的臉不禁露出了嚴肅的神情。

「你不是要臨陣退縮吧？」那名女子問。

「不，當然不是，」妮娜禮貌地說：「對了，你的衣服很漂亮。」

「喔，謝謝你，」那名女子說：「這是我第二次結婚，所以有些人叫我不要再這麼大費周章，不過……去他們的！」

那名女子笑了，然後拿出她的口紅稍做修飾，在此之際，妮娜一直努力想要避開的那個念頭，突然又跳進了她的腦海。

妮娜不知道自己有朝一日是否會再結婚。

當然，妮娜推論，在離婚率如此之高的現在，所有的夫妻必然都對此感到懷疑。不過，妮娜的婚姻不一樣。它注定要提早結束。

自從她求婚以來，妮娜一直都把這個念頭深深地藏在內心裡，不過，它依然曾經浮現過一、兩次。莫拉是妮娜這輩子愛過的第三個女人，雖然她對莫拉的愛不同於以往，比過去兩任都還要深，然而，如果她說她沒有從愛過、失去，又愛過、再失去，然後現在又再愛一次的事實中得到某些安慰的話，那她就一定是在說謊。失去從來都不是最終的結束。

不過，這些是另一天，甚至另一年要思考的。妮娜決定盡可能地壓抑住這些念頭，直到需要思考的那一天來臨為止。今天只關乎她在此刻所感覺到的愛。一份值得被慶祝的愛。

那名穿著蓬蓬裙的新娘用手撫平幾縷散落的髮絲，然後收起她的袋子。當她離開洗手間的時候，她嫣然一笑地回頭看著妮娜。

「恭喜。」她說。

「你也是。」

公證結婚的儀式結束之後，妮娜和莫拉在附近一間餐廳招待了十多名親友，那是莫拉大學時代的朋友開的一間餐廳。

在晚餐即將結束之際，妮娜把餐廳老闆拉到一旁，請她幫一個忙。餐桌排列的方式讓房間中央留出了一塊空地，妮娜想要用一支舞帶給莫拉驚喜。

妮娜走回餐桌，就在莫拉和其他兩名表兄妹聊天的同時，音響傳出了小提琴的樂音，納京高[25]的嗓音徐徐地唱起了〈Unforgettable〉。

妮娜將慌張的莫拉從椅子上拉起，擁入自己懷裡，同時在想，看到莫拉臉紅還真是稀奇。

「我不敢相信你竟然這麼做。」莫拉在妮娜的臉頰邊低語。

「這首歌就是我的感覺，」妮娜說：「只不過他唱的比我好而已。」

這對新人就這樣緊緊地擁著彼此，在臨時湊合的舞池中前後搖擺。

親愛的，這就是不可思議之處，

那個永生難忘的人認為我也同樣地令人無法忘懷。

[25] 納京高（Nat King Cole, 1919-1965）是非裔美國音樂家，以出色的爵士鋼琴演奏與柔和的男中音而聞名，並被廣泛認為是美國音樂史上的重要代表人物之一。

艾咪

當〈Unforgettable〉逐漸淡去，下一首〈Portrait of Jennie〉開始響起時，即便這是一首慢歌，艾咪身邊的每個人都還是起身走向了那個小舞池，獨留艾咪一個人坐在座位上。

就在她欣賞著她父母自信地在一群年齡只有他們一半的賓客之間迴旋時，她注意到了班，這是她今晚首度留意到他。他坐在房間對面的一角，和他與莫拉的互助團體其他成員同坐在一桌。

艾咪已經計畫好要對他說什麼，約莫就是想要和他繼續當朋友之類的客套話，不過，當她終於看到班正在和一名穿著粉紅色素面洋裝的黑髮女子，以及一名戴著長羽毛耳環的新時代女性說笑時，艾咪卻感到莫名其妙的生氣，班竟然在和她以外的其他女人說笑。

她感到自己的臉頰在漲紅，心跳也在加速。她甚至想要打斷莫拉和妮娜的擁舞，要求莫拉把那兩名女子趕出派對。即便她自己聽起來都覺得這太荒謬了。她是一個二十九歲的女人！不是什麼具有佔有慾和嫉妒心的青少年。

但是，她以前從來不曾有過這樣的感覺。

艾咪以為自己已經對班做出了決定，如果她不對自己的感情採取行動的話，他們兩人都會比較安全。

但是，她可能錯了。

那首歌還在繼續播放，而她也依然還有機會，於是，艾咪緩緩地吸了一口氣，走向班所在的那張桌子。

「不好意思打擾你們，」她害羞地說：「不過，我想問你是否想要跳舞。」

「當然。」班笑著回答。

當他們一起走向舞池時，班拉住她的手，他的手臂輕輕地摟在她的腰際。他戴了一條黑色的絲質領結，艾咪覺得他看起來有點過於正式，卻又不失帥氣。

「我猜你收到我的信了。」班羞怯地冒險問道。

「我收到了，」艾咪點點頭，不過，她之前練習過的每一句話，突然之間都在她的嘴裡消失無蹤了。「我不敢相信你竟然發現了那個人是我。」

「我想應該歸因於一些細微的暗示吧，關於你和你住的地方，還有你在哪裡工作等等。最後，一切就兜起來了。」班說：「雖然，我想我確實也冒著完全搞錯的風險，而那個真正的『A』將會被我的信弄得很困惑。」

艾咪聞言笑了，她可以感覺到班的手臂加強了摟住她的力道。她也向他靠近以示回應。

「抱歉，我不太會跳舞。」他說。

「喔，別擔心，我最近的跳舞經驗也不過是監督那些似乎忘了他們的老師正在看著他們跳舞的中學生。」

「我可以想像。」班笑道。

「不管你想像到的是什麼，現實可能都比那還要糟糕。」

「所以，你得要強迫那些荷爾蒙爆發的孩子們分開來？」

「有時候，是的，」她承認。「不過，如果他們看起來像那樣的話就不需要……」艾咪朝著妮娜和莫拉點點頭，只見兩人正在人群邊緣旋轉。

「她們看起來很快樂。」班說。

「而且完全旁若無人。」

班聳聳肩。「本來就應該這樣，不是嗎？」

他如此善良、如此認真地看著艾咪，以至於她覺得自己需要暫時擺脫他的目光。她向他靠得更近，直到下巴懸浮在他的肩膀之上。在音樂的包圍下，她將眼神落在餐廳後面的牆壁上。

艾咪想起自己對那些信另一頭的那個人感到好奇的那段時光，以及她現在就和他在一起，感覺著他的溫暖，嗅到了他的古龍水味道，這是多麼神奇的事實，而這樣的感覺和氣味剛好都是她所喜歡的，也是她可以想見自己將會逐漸熟悉的。艾咪感到自己的身體在班的懷抱裡放鬆了，彷彿他們以前曾經共舞過好多次一樣。

於是，艾咪閉上眼睛，試著想像未來，就像過去幾年裡，她想像著自己和曾經將她擁入懷中的那個律師、那名詩人，以及其他男人的未來一樣。

她想像著自己和班坐在中央公園湖邊的一張長椅上，想像著他們在一間空蕩蕩的公寓裡，一起用油漆刷子塗抹著牆壁。她看到自己身穿白袍，握住他伸向她眼前的雙手，面帶微笑地躺在醫院的病床上，和他一起低頭親吻她懷裡那個包裹起來的小嬰兒。

她可以清楚地看到每一個畫面；那些畫面不像她過去的白日夢那麼模糊。她可以看見，而且，她幾乎可以感覺得到。這讓她有一種對的感覺。

不同於她過去對其他男人的想像，她並沒有看到班的缺陷以漫畫的樣貌出現。讓艾咪裹足不前的並非班性格上的缺點，錯不在他本身，而在於他的命運

艾咪眨眨眼，她看到自己站在草地上，帶著三個身穿黑衣的孩子，然後，她看到自己在一間擁擠的廚房裡哭泣，這次是獨自一人，她面前的流理台上堆滿了鍋碗瓢盆和便當盒。

這首歌的結束終於將她的思緒帶回到舞池，在這裡，她並不是一個人。班依然擁著她。

到現在為止，艾咪一定已經把他的最後一封信讀過了十幾遍。她知道班在他的生命裡想要什麼，她知道他希望自己很快就能擁有那些東西。而他也值得擁有。

當然，他從來沒有明確地說過他想要和她一起擁有這些，但是，她是現在正在和他共舞的人，他們的距離近到她可以呼吸到他的氣息，驀然之間，這一切都感覺太過度，也太快了。她感到暈眩，感到不知所措。

「很抱歉，我只是需要透口氣。」艾咪說著放開了班，很快地逃向後門。

她笨拙地走上人行道，一名剛噴完曬黑噴霧的女子正在踩熄一根香菸。艾咪認出這個金紅色頭髮的女子是莫拉那桌互助團體的賓客之一。

「你還好嗎？」那名女子留意到艾咪迷惑的狀態。

「喔，沒事，謝謝。」艾咪回答。

「那就好，」女子說著走過艾咪身邊，朝著餐廳而去。不過，就在她抓住門把的那一刻，她很快地轉身。「你只是和班在跳舞，對嗎？」

「喔，是啊，我是。」

那名女子笑了笑，點頭表示認同。「他是萬裡挑一的好人之一。」她說。語畢，她拉開門，消失在門裡。

艾咪獨自坐在路邊，搓揉著手臂以抵禦夜晚的涼意。這條街上大部分的政府辦公大樓都已經下班了，因此，她的周遭一片安靜。

艾咪知道那個女人是對的，班是萬裡挑一的好人之一。那就是為何她對自己從他身邊跑開感到如此有罪惡感，如此地羞恥。但是，她不知道自己是否還能回到室內，不知道她所看到的那些美麗的幻想，是否能夠抹去那些慘淡的畫面。

對街，一對年長的夫妻從艾咪面前走過，他們握著彼此的手，相互低語，彷彿沉浸在他們自己的世界裡。有那麼一瞬間，她覺得他們看起來很眼熟，然而，在昏暗的燈光下，她很難確定。

艾咪當然想要這對夫妻所擁有的，她想要她父母所擁有的，想要妮娜和莫拉所擁有的。

「我曾經想像過愛是什麼模樣，而愛妳就是我所想像的那樣，」妮娜在她今天的誓言裡這麼說過。「事實上，比我想像的還要好。我很慶幸兩年前一個在卡拉ＯＫ的夜晚，我不是平時那個小心翼翼的自己。我走向舞台上那個無所畏懼的女孩，那個讓所有人都為她鼓掌的女孩，然後我抓住了機會。」

此刻，艾咪坐在路邊，她可以感覺到她姊姊在她們吵架時所說的那席尖銳的話，依然在刺痛著她，她說艾咪是個自私的膽小鬼，說她拒絕冒險嘗試和某個人在一起。

艾咪不想當個膽小鬼，或者偽君子。她不想成為班筆下的那些人之一，那些把短線繩者逼到極限，讓他們覺得自己不值得被愛的人。是那些人的信念和行為，驅使了數以千計的人走上了街頭示威。

如果真的像她姊姊所說的那麼容易就好了：抓住機會。看看事情會怎麼發展。你有什麼可以失去的？

一切，艾咪心想。

妮娜是怎麼做到的？

不只這樣，莫拉和班以及所有其他的短線繩者，是怎麼做到的？他們如何在每一天裡找到力量？

艾咪曾經向她姊姊坦承她害怕自己會愛上一名短線繩者，此刻，她想起了那天晚上她姊姊對她說過的話：*你不知道自己能做到什麼*。也許，妮娜是對的。不過，艾咪身邊的每個人似乎都比她要有能力。她甚至害怕到連盒子都不敢打開。

艾咪把膝蓋抱在胸口，她那件淺藍色的絲質洋裝彷如瀑布一般地垂蓋在她的腿上，只差一點點就碰到了人行道，她用雙臂圈住彎曲的膝蓋，試著決定應該怎麼做。

然後，她聽到了。

那聲音一開始很微弱，不過卻越來越大。從她周遭那一片沉靜中響起。

當我還只是個小女孩時

我問我母親，「我將來會變成什麼模樣？」

「不可能，」艾咪低聲地對自己說，她不相信自己的耳朵。

她很快地站起身，試著要分辨音樂的來源。

「我會變得漂亮，我會變得富有嗎？」

她是這麼告訴我的

音樂來自街尾，於是，艾咪開始奔向聲音的來源，她那雙兩吋高的高跟鞋在人行道上發出了嗒嗒的聲響。當她跑到街角時，剛好看到了那個腳踏車騎士的背影，就在他踩著踏板遠離她的時候，他那身紫色的天鵝絨西裝在風中輕輕地發出了啪啪的聲音。

順其自然吧
該來的總會來到
未來不是我們可以預見的
順其自然吧

艾咪呆立在街角，不停地喘氣。

然後，她開始大笑。笑聲越來越大聲、越來越瘋狂，直到她幾乎對自己的大笑感到尷尬，儘管街上只有她一個人。

當她終於恢復鎮定時，一陣冷風吹過，掀起了她的裙角，她突然感到自己又充滿了活力，感到了甦醒。

艾咪知道她需要回到餐廳裡。她需要告訴班她看到了什麼。

該來的總會來到

安東尼

安東尼和凱瑟琳是最後離開這棟建築物的人。他們和市長在市政廳的市長辦公室會面，做為他們在紐約競選活動中短暫的一站，不過，更多是為了要對傑克在舞台上的驚人之舉進行損害控管。

在那場集會後的幾天，傑克的突發行為不停地在網路上流傳，也在電視上一再重播，安東尼在麥克風被搶之後震驚的表情，也被幾十張梗圖拿來做為題材。安東尼已經準備好要面對接下來至少一個月的災難，然而，這則新聞僅僅維持了七十二小時，全國的注意力就被另一則消息轉移了，而傑克的行為也被認為是不成熟的叛逆之舉，雖然可能得到一些三十歲以下、尚未決定支持誰的選民認同，不過，終究沒有對安東尼的基本盤造成影響：那些年長、焦慮、自認平靜的長線繩生活遭到威脅的美國人，而傑克在舞台上所表現出來的憤怒和不可預測，正是他們所謂的威脅。

等到安東尼和凱瑟琳再度回到紐約時，兩人都開始比較冷靜了。他們所碰到的每一名政客或金主，幾乎大部分都有類似的驚人故事，包括家族功能失調，或者子女、孫兒打破常規，和他們的反對者站在同一陣線。（「你應該聽聽我外甥女和外甥會怎麼說我。」他們全都笑著說。）

由於他們希望不要有太多人前來攀談——無論是期待和他們合照的粉絲，或者想要和他們爭吵的抗議人士——羅林斯夫婦刻意將他們在市政廳的會議安排在接近下午五點左右，如此一來，當他們離開辦公室的時候，大部分的員工都已經下班了。

在這座城市的這一頭，街道在暮色降臨之後空蕩蕩的，這對曼哈頓而言似乎並不尋常。當安東尼和他妻子走到建築物外面，與他們的高級加長禮車會合時，他們看到附近只有一個人，一名穿著藍色洋裝和高跟鞋的女孩正憂戚地坐在路邊。凱瑟琳很好奇這個可憐的女孩是否被放鴿子了，或者在附近某一間餐館吃晚餐時被拋棄了。謝天謝地，她似乎並沒有認出他們。

那輛禮車遲到了，因此，他們只能在街角等待，並且對這樣的不便感到微慍，安東尼的手機螢幕在提前收到隔天的頭條新聞之下亮了起來，報導中總結了自從九月那場辯論以來最廣泛的一次民調結果：「強生在透露自己是短線繩者之後民調重挫。」

安東尼發出一聲寬慰的嘆息。他安全了。比起他的對手在幾週前所扔下的那顆更大的炸彈，他外甥的造反顯然相形見絀。

「我當然為強生參議員感到難過，」報導中引用了一個匿名選民的話。「不過，對於選出一個無法做滿任期的人，我就是感到不安。」

「我真的欽佩強生，我認為他是一位很棒的演說家，」另一個選民表示道：「然而，我擔心讓一個短線繩者領導我們的國家，可能會讓我們在其他國家面前看起來不夠力。特別是一個甚至連自己還有多少時間可活都不願承認的人。」

第三名受訪者更直言不諱地說：「同情不能讓你獲得選票。力量才可以。」

只有第四名受訪者特別提到了安東尼的競選。「沒錯，羅林斯的外甥那場意外事件確實很讓人困擾，」她說：「不過，那並沒有抵銷他所做的一切。還有，說實在的，那剛好顯示出我們所面臨的挑戰。」

凱瑟琳可以看到她丈夫在滑手機時，嘴角泛起了微微的笑意。

「那是什麼？」她問。

「好消息，」安東尼說：「非常好的消息。」

凱瑟琳試圖要透過她丈夫的肩膀閱讀那則報導，就在此時，一陣熟悉的旋律向他們飄送過來。

當我長大墜入愛河時
我問我心愛的人未來有什麼
我們會日復一日地有彩虹嗎？
我心愛的人是這麼說的

他們發現音樂來自於一名男子，那名男子的腳踏車後面綁了一台音響，正在朝著他們的方向靠近。

「紐約真是個奇怪的地方。」凱瑟琳皺著眉頭說。

不過，安東尼現在的心情很好。他對妻子伸出了手臂。

「我可以和你跳支舞嗎？」他問。

「你瘋了嗎？我們在大街上呢。」

「我們得為就職典禮的舞會而練習。」

凱瑟琳不再拒絕地笑了笑，然後將手搭在她丈夫的手裡，讓他帶著她輕輕地旋轉，在此之際，那名男子踩著腳踏車經過他們，並且朝著他們的方向作勢摘下他頭上那頂不存在的帽子以示致意。

順其自然吧

該來的總會來到

未來不是我們可以預見的

順其自然吧

「我們將會比前幾任的總統伉儷看起來好太多，」凱瑟琳興高采烈地在丈夫的懷裡轉圈。

「你記得第一夫人的禮服有多可怕嗎？」

該來的總會來到

傑克

他們已經離開校門七個月了，不過，派對上幾乎每個人都還喝著廉價的啤酒，同時大啖著義大利肉腸比薩，就像他們在過去四年裡那樣。他們大部分人都戴著閃閃發光的眼鏡和灑著五彩紙屑的紙帽，在起居室裡一起收看數百萬人聚集在時代廣場的電視轉播畫面。

這是自從哈維前往阿拉巴馬之後，傑克和哈維首次待在同一個房間裡，傑克立刻就感覺到了他朋友身上的改變。

哈維似乎更有自信，也更胸有成竹，他滔滔不絕地對大家講述著他剛開始接受飛航訓練那幾個月的故事。他看起來甚至比他五呎十一吋的實際身高還要高。

「然後，在毫無預警之下，那名飛行員就把飛機上下顛倒著飛，並且連續旋轉了兩次。我旁邊那個傢伙把飛機側面吐得到處都是，而我在那天接下來的時間裡什麼也吃不下，」哈維笑道：「不過，很顯然地，我們的胃會習慣的。」

傑克很驚訝哈維的生活變得如此不一樣。他的朋友在天空翱翔，在每天早上學習著如何控制飛機和直升機，如何執行危險的任務，而傑克則在辦公室裡做著網路安全工作（雖然，他的日常任務感覺更像是行政工作）。

「該死，」一名客人突然打斷眾人的話題，低頭看著他自己的手機。「韋斯・強生剛退選了。」

「你很驚訝嗎？」一個女孩問。「自從九月的辯論之後，他的民調就一直往下滑落。」

「是啊，可是很多人對羅林斯都很不爽。我以為這個趨勢終究可能會出現改變。」那個男孩抬頭看著傑克，突然想起他和安東尼的關係。「別見怪，老兄。」

傑克只是揮了揮手。

「強生剛在他的競選網頁上發布了一段影片。」另一個人說。

傑克和哈維很快地加入其他人，一起在某人的手機上看著那段影片。

韋斯．強生坐在一張皮革的扶手椅上往前靠，他的四周擺著家庭照、裱框的學歷證書，以及塞滿政治自傳和法律教科書的書櫃，看起來像是在他家裡的辦公室。

「我會長話短說，」強生說：「好讓每個人都可以繼續享受假期。我很沉重地決定要中止我的總統競選。能在競選總統的這條路上遇見你們眾多的人，並且在去年一年裡贏得你們的支持，是我從政以來最大的榮幸，我很感激你們所有人對這場競選的貢獻。我在競選活動期間發現了一個新的目標，我保證絕對不會停止為美國所有的短線繩者，以及所有感受到被我們現在和未來的政府不公平對待的人們而奮鬥。」

強生暫停下來喘了一口氣，同時潤了潤嘴唇。「我知道，有時候，感覺上我們好像在退步，然而，我特別選在今晚發表聲明，是因為此刻是新年的前夕，唯有這個時候，我們這個世界才會為了一個新的開始和一個更好的明天而聚集在一起。而我也一如既往地對我們這個偉大國家的人民充滿希望。新年快樂。」

強生的聲明讓眾人都沉默了下來，直到一個醉到口齒不清的人說：「我他媽的愛死了這傢伙。這是個悲劇。」

「我不知道，」另一個男孩說著轉向傑克。「你姑丈也許是個混蛋，但他至少夠強硬。他可能真的能把事情搞定。」

傑克不自在地蠕動著鞋子裡的腳，很慶幸終於有人在房間的另一頭喊了一聲「喝酒吧！」，讓眾人迅速地散去。

在參議員強生退選之後，傑克知道他姑丈一定能在七月贏得黨內的提名。再也沒有任何事、任何人可以阻礙他了。

謝天謝地，自從秋天那場集會的意外事件之後，傑克就沒有參加過任何一場競選活動了。在那件事發生後一週，他的姑姑親自告訴他這個消息。毫無意外地，傑克和他父親都沒有再受邀參加羅林斯此後的競選活動。

傑克可以看出凱瑟琳為她哥哥感到難過，因為他被迫要為他兒子魯莽的行為接受懲罰。

「事實上，我們每天都在不同的州之間奔波，」凱瑟琳抱歉地解釋。「反正你也不會想要來的。」

而傑克也同樣為他父親感到難過。對於那場集會，對於他在杭特—羅林斯家族裡造成了這個裂口，傑克唯一的擔憂是，他父親似乎注定要和他一起被唾棄。不過，傑克希望他父親遲早會明白傑克已經了解到的事實，那就是他們兩人現在所失去的這個家族其實並不值得他們的歸屬。至少再也不值得了。

在她離開之前，凱瑟琳甚至企圖要為她丈夫的行為向傑克做最後一次的辯護。不管她是否曾經為她外甥的困境感到什麼樣的悲傷，那似乎都不再重要了。在面對強大如總統職務的權力之下，什麼都不再重要了。

「聽著，傑克，我知道這對你來說一定無比困難，」凱瑟琳說：「但是，你得要相信我，你姑丈知道並非所有的短線繩者都是危險人物。他只是試著要保護我們免於受到那些真正具有危險性的人所傷害而已。」

安東尼，捍衛者。長線繩者的守護人。那個讓短線繩者手無寸鐵，並且將短線繩者逐出政府的人。那個將會保護美國安全的人，將會以鐵腕手段統治的人。

安東尼現在已經勢不可擋了，傑克心想。令人難以置信的是，一次聰明又狡猾的表演——六月的時候，他在舞台上揭露傑克是一名短線繩者——竟然在過去的六個月裡帶來了雪球般的效應：那些槍擊和炸彈事件引發了人們的恐懼和脆弱、曼哈頓那場失敗的襲擊讓安東尼轉變成了英雄、韋斯·強生的短線繩讓他顯得軟弱，還有，許多焦慮的長線繩者因為聽了安東尼無數次的演說之後，終於以犧牲他們的短線繩同胞為代價，來讓自己感到無懼。

傑克依然記得，當凱瑟琳姑姑把門在她身後關上時，父親轉過來面對著他。

「我希望這一切都值得。」他說。

傑克不知道他指的是傑克在舞台上抗議的事，還是傑克和哈維交換線繩的事。不過，不管是哪一件事，傑克都毫不後悔。

在其他聚會者把雞尾酒倒入他們自己的酒杯之際，傑克和哈維終於獨自被留在房間的一個角落裡。

「我原本要打電話給你，在那場集會之後，」哈維輕聲地說：「但是，上級讓我們忙到不可開交。這真的是我幾個月來的第一次休假。」

「聽起來一切都很順利。」傑克說。

「是啊，」哈維笑道：「在你那麼做之後，你姑丈有多生氣？」

「喔，我想他完全放棄我這個外甥了，」傑克說：「不過，至少他不再提及我的線繩了。」

哈維點點頭。「你知道嗎？你曾經說我比你強太多，但是……你那麼做真的需要很大的膽量。」他笑著說。

他們那場爭吵遺留下來的後遺症，依然盤旋在空氣裡，也讓他們的每一句話都蒙上了一絲過去所沒有的尷尬。傑克不禁猜想，一切是否會再回到正常，回到他們剛成為朋友之初的那種輕鬆自在的本質。

「嘿，那間老兵酒吧應該就在附近吧？」傑克問：「你要不要去喝一杯？」

兩人偷偷地拾起他們的外套，溜出了前門。

一間老式的廉價酒吧就在幾條街之外，深色木牆、深綠色卡座，天花板上還懸吊著各種軍事設備。幾乎只有退伍軍人才會來此光顧，每當傑克和哈維穿著制服或軍校服裝走進酒吧時，他們總會受到熱烈的歡迎，有些人會脫帽向他們致意，有些則會對他們高舉馬克杯。為了抵擋十二月底的寒冷，哈維今天穿了軍隊外套，因此，今晚他們也將毫無例外地受到歡迎。

酒吧裡的人群比平時要少，而且大部分都是戴著棒球帽的越戰或韓戰老兵，外加幾名穿著迷彩服的年輕士兵，這些人必定全都沒有其他地方可去。

牆壁上的電視螢幕裡，主持紐約今晚慶祝活動的名人們正在回顧即將結束的這一年。

「如果說今年是重大的一年，那未免也太輕描淡寫了。」一名梳著時髦髮型的男子開玩笑地說。

「希望明年不會有其他的驚奇出現。」他的主持夥伴說。

傑克和哈維選擇了靠近吧台的一個卡座，然後在接下來的一小時裡，回憶著他們的大學時光。他們幾乎被當掉的課、他們應該要追求的女孩，以及那些被操到不成人形，以至於他們在坐下來和站起來的時候渾身發痛的訓練時光。不知怎麼地，這些記憶感覺比實際更遙遠，傑克不知道這是否就是他生命裡的那些大人向來所說的：一旦你長大之後，生活的步調會變得更加快速。

最終提起那場爭吵的人是傑克。「我很抱歉，我花了那麼久的時間才採取了行動，」他說：「才做了點什麼。」

「還有更多要做的事，」哈維說：「不過，我把很多事情、很多傷害都怪罪於你，但是，並非所有的事都是你的錯。也許，關於交換線繩的事，以及這件事帶給我們兩人的壓力，我應該要多負擔一點責任，因為你並沒有逼我這麼做，那是相互的。」

「可是，你並沒有後悔？」傑克問。

哈維啜飲了一口啤酒，思考著這個問題。

「我很喜歡和我一起受訓的那些傢伙，我也很尊敬所有的長官，所以，要繼續對他們說謊真的很困難。但是，如果不是因為說謊，我就不會在那裡，」哈維說：「他們正在訓練我成為搜救人員，所以，我真的會到前線去，拯救人們的生命。」哈維笑著搖搖頭，彷彿他幾乎無法相信這個事實。「不管交換線繩之後發生什麼事，我想，我永遠都會感謝你那麼做。」

「就像你說的，這不是我一個人可以做到的，」傑克說：「這是相互的。」

最後，酒保開始對著酒吧裡高喊。「十！九！八！七！」

酒吧裡十多個陌生人，彼此交換著熱切的眼神，加入了倒數的行列。

「六！五！四！」

傑克從口袋裡掏出從剛才的派對上偷來的兩只卡祖笛，將其中一個遞給哈維。

「三！二！一！」

當其他客人齊聲高喊「新年快樂！」的同時，這對朋友一起吹響了他們的迷你號角。

在酒吧最遠的一端，一名現場最年邁的老先生之一開始羞怯而走調地唱起來，不過，他的認真引起了每個人的注意。

舊日的朋友怎能被遺忘，而且永遠不被想起？

很快地，酒吧裡的其他人也加入了他的歌聲。

舊日的朋友怎能被遺忘，往昔的時光怎能不再被想起？

在他唱的時候，傑克想起了他的姑姑和姑丈，毫無疑問地，他們一定正在幾英里之外的一幢參議員豪宅裡，拿著香檳酒杯乾杯，他也想到了韋斯．強生，也許，在幾個月的競選奔波之後，他終於和家人在家休息，同時想不透為什麼他會失敗，並且希望他所做的已經足夠了。

我們也曾在碧波中蕩槳，從日出到夜晚。

然而，如今大海卻將我們阻隔，讓昔日的時光不再。

然後，傑克想起了他的朋友哈維，後者正在他不熟悉歌詞的段落，愉快地跟著哼唱著曲調，並且為另一年的開始舉杯致敬，即便時光的流逝也許不是什麼他應該慶祝的事。

傑克不知道哈維是否已經原諒他了，或者他在舞台上的那番話是否說得太晚，以至於不值得哈維原諒。只要傑克不開口問，他就不需要面對答案。現在，傑克所能做的，就是希望哈維知道他很抱歉，知道他正在努力。

友誼長存，我親愛的朋友。友誼長存。
讓我們為友誼乾上一杯。
友誼長存。

夏天

班並沒有打算要收看那名槍手的審判，不過，他在轉換頻道時無意間看到了法庭的轉播，於是，他暫停了一分鐘，開始看著審判的過程。

那名槍手提出無罪的抗辯。

她穿著一身海軍藍的褲裝，坐在律師旁邊，這讓班想起曾經聽過被告經常被告知要穿藍色服裝，好讓他們看起來冷靜和值得信賴，要不就是暗示著道德純淨的白色。那名穿著海軍藍的女子把紅褐色頭髮緊緊地紮在腦後，眼神十分篤定地看著面前的牆壁，無視於身邊那些偷窺的目光。

班最後一次聽到的消息是，她因為意圖槍殺國會議員羅林斯，卻在此過程中誤殺了漢克，因而遭到一級謀殺的指控。據聞，她的律師打算以精神錯亂為由進行辯護，這讓很多人懷疑這名女子是否在收到她的線繩之前就已經瘋了，或者是在收到之後才發瘋的。

一名新聞評論員的聲音搭配著無聲的法庭畫面出現。

「所有人一定都在關注這場審判，」那名評論員說：「在短線繩者近期所引起的一系列攻擊事件中，這名被告是唯一一個真正倖存下來，並且被捕和受審的攻擊者。」

「你預期這場審判會有什麼結果？」主播問。

「我想，我們大部分人都期待會定罪。以無行為能力為由的辯護似乎大有問題，而且，羅林斯的競選活動已經花了數千美元，企圖要把被告塑造成一名針對他而來的短線繩恐怖分子。」那名評論員說：「這位國會議員用在這個案子上的力氣，是這個案子之所以這麼快就進入審判的主要原因，我想這並不是什麼秘密，因為，這麼備受關注的案子可能都會拖上好幾年。」

「檢方提出的論點是，基於被告是一名短線繩者，因此，加速審判是有必要的。」那名主播補充道：「不過，羅林斯的反對者聲稱，他利用審判做為競選工具，想要藉此讓槍擊事件深植民眾的腦海，並且讓選民感到緊張。」

在此同時，大家都忘了有一個人真的死了，班心裡在想。

當然，一張漢克穿著白袍的照片，經常會出現在電視新聞播報畫面的一角，然而，報導的內容已經不再關乎他了。新聞的焦點已經轉移到安東尼．羅林斯控訴那個瘋狂的短線繩者了。

然而，班並不覺得她看起來像是個瘋子。

對於有人把目標瞄準羅林斯，他並未感到太過震驚，不過，他確實對槍手是名女性感到驚訝，一如大部分的其他人那樣。那場集會過後，曾經出現一陣短暫的謠言，企圖要把那名女子描繪成是三十年前參加過安東尼大學時代男大學生聯誼會的女孩，因為短線繩者和他們的支持者找出了一些關連，來解釋那名女子的憤怒並非出於她盒子裡的那條短線繩。不過，大部分的說法在女主角本人保持沉默之下，很快就煙消雲散了。

現在，她就在法庭上，全程都像雕像般地坐著，不管律師對她做了什麼描述，或者對她的精神狀態以及動機提出什麼聲明，她似乎一概都不關注。

那名女子拒不認罪。不過，當班看著她的時候，他發誓自己看到了別的東西。她從來都無意殺害漢克。這幾乎是每個人都同意的部分。

很多人對這名槍手感到同情，他們也同樣憎恨安東尼．羅林斯，他們絕對不認為他是「無辜的」。但是，漢克卻是無辜的。

那天，班目睹了一切，他看到那名女子在誤殺漢克之後試圖拯救他，看到她為了用雙手壓住漢克的胸口而把槍放到地上，也看到她被警察拖走時嚎啕大哭的模樣。

班不知道在奪走一個和她自己一樣不幸的短線繩者的生命之後，她有什麼感覺。也許，她在發現漢克命該如此時感到了安慰。他的線繩已經走到了盡頭。如果她沒有殺他的話，那麼，別的事或別的人也會殺了他。

然而，她臉上嚴肅的表情，她幾乎麻痺不動的身體，在在都讓班覺得她感到了極大的罪惡感。她的內心知道收到一條短線繩的痛苦。而她用自己的剪刀剪斷了漢克的線繩。

✦

到了七月下旬的時候，那名紅褐色頭髮的女子，亦即行刺安東尼．羅林斯未遂的兇手，已被判處了終生監禁（即便只是幾年的有期徒刑，對短線繩者而言也等同於終身監禁），而安東尼本人則正在準備於伊利諾州舉行的全國大會上接受他的政黨正式提名。

西。

由於新聞裡充斥著嚴峻的現實，肖恩認為他們這個互助團體也許需要一些分散注意力的東西。

班走出他的公寓，踏進熱騰騰的夏日空氣裡，微風裡瀰漫著汗水、地下鐵的蒸汽和快餐車的味道。互助團體那天提前在下午聚會，而非他們慣常的晚上八點鐘，因為他們將要去造訪紐約公共圖書館舉行的展覽，那是為了記錄線繩從去年三月出現至今已經屆滿五百天的活動。這項臨時展覽裡最重要的一件作品，是由五百個人的真實線繩所創作出來的一座雕塑。

在搭車前往圖書館的途中，班瞥見地鐵車廂頂端上的跑馬燈廣告：一間新的減肥公司、一種專治勃起障礙的藥丸，還有一則滿是玫瑰的廣告，在為《鑽石求千金[26]：長線繩》，以及《鑽石求千金：短線繩》週一的雙首映進行宣傳。

「我等不及要看新一季的節目了。」坐在班旁邊的一名青少女說。

「我知道。我一定兩個版本都會看，」她的朋友說：「我擔心短線繩版本對我來說會太悲傷，不過，老實說，它可能會更戲劇化。」

九個月以前，聽到她們的對話可能會讓班感到空虛的恐懼、孤獨或憤怒，不過現在，這些話似乎已經融入了他的生活，她們的話被擁擠的地鐵車廂吞沒了。

[26]《鑽石求千金》（*The Bachelor*）是美國電視真人實境秀約會節目，自二〇〇二年起在美國廣播公司播出。節目主打由二十五名女性競爭以爭取一名鑽石王老五的青睞。

班並非已經對此感到麻木，他現在所感覺到的任何快樂也沒有凌駕過其他的情緒。不過，也許他只是變得比較懂得和他的短線繩共存，就像這個互助團體當時的海報所承諾的那樣。

班不知道這是否也是發生在泰瑞爾身上的事。

大約在一個月前，一天早上，泰瑞爾醒來的時候，再也抗拒不了對新生活的渴望。於是，在兩週之內，他就橫越美國，搬到舊金山去了。

他寄了一張明信片給互助團體，那是一幅彩繪女士[27]的水彩畫，肖恩還在最近一次的聚會上朗讀了明信片裡的內容。

我做到了，泰瑞爾寫著。我已經「向西行」了，一如他們所說的那樣，就像那些在我之前的先驅者和金礦的礦工一樣。我不知道當時的風是否也和現在一樣大。今天早上，我走過金門大橋，差點就被風吹走了。不過，這裡的風並沒有那麼糟糕。紐約的風感覺既冰冷又灰暗，讓你無法不覺得風正在用它從街上捲起的所有髒污和灰塵鞭笞你。在這裡，風的感覺更清新，更有生氣。

很遺憾地，我的公寓很小，我有幾次倒霉的約會，對象都是技術技能優越、社交技能不足的男人。不過，舊金山感覺就像一個開始。這裡的風快速地吹過海灣，誰知道它會帶來什麼呢？

在眺望布萊恩公園的那座大理石圖書館裡，班站在莉亞、莫拉和崔兒喜旁邊。他們四個正在看著那座近乎八呎高的雕塑，原本應該長著樹葉的樹枝上吐出的卻是線繩。樹底下的平台則蝕刻著五百個名字。

「我太太的雜誌剛刊登了一篇這位藝術家的報導，」莫拉說：「很顯然地，他用人們的線繩製作了這件藝術品，不過，他從來都沒有看過自己的線繩。他說，如果他收到一條短線繩的話，他會覺得很難在倉促之中做出好的作品，而如果他拿到的是長線繩的話，他可能又不急著創作了。」

在展廳的另一個角落，賽莉絲特正在觀看一段不停重複播放的錄影帶，內容是這名藝術家的訪問，那名四十多歲的男子穿著一件印有黑白圖案的T恤，一條沉重的金鍊子在他的脖子上不停地晃動。

「當我在日本旅行的時候，想到了一個具有紀念性的創作計畫，」那名雕塑家述說著他的心路歷程。「我去了豐島，二〇一〇年的時候，有一名藝術家在那裡創作了一件作品叫做『心跳錄音館』，或者『心的檔案館』，那是從全世界各地錄下來的人們的心跳聲。

「我想要用線繩做出類似的東西。對很多人來說，我們的線繩就像我們的心跳，那是非常私人的，只有我們自己，也許還有一小撮我們所愛的人才看得到。所以，我想要幫這五百條線繩，這五百個生於不同城市、不同國家、線繩長短也各自不同的靈魂，創作出一個非常公開的紀錄。不過，對我而言，平等對待所有的名字和所有的線繩至關重要。觀眾絕對不會知道哪一條線繩屬

㉗ 彩繪女士（Painted Ladies）是美國建築專業術語，泛指用鮮豔色彩美化的維多利亞式房屋，在美國各地都可以看到彩繪女士建築。但在舊金山則指阿拉莫廣場（Alamo Square）對面有「六姊妹」之稱的六棟大小外型相似的並排房屋。

於哪一個名字。

「當然，那棵樹就像一個完美的結構。生命之樹，知識之樹。它提醒我們，我們都將在泥土底下找到最終的休憩之處，在那裡滋養著從我們上方長出來的生命。」

班漫步到賽莉絲特所站的地方，剛好及時看到那名藝術家的訪談結尾。

「我們人類有一種衝動，想要用某種感覺起來像是永恆的方式來標記我們的存在。我們會在桌上塗寫『到此一遊』。我們會在牆壁上用噴漆噴下這樣的字眼。我們會把它刻在樹皮上。『到此一遊』。我希望這座雕塑也一樣，能讓世人知道這五百個人曾經活過。這些人——帶著他們的長線繩、中線繩和短線繩——他們曾經到此一遊。」

艾咪

艾咪這輩子若非在讀羅曼史小說，就是在腦子裡幻想著愛情。然而，在妮娜和莫拉的婚禮上看到班，讓她意識到生活從來都不會像書裡的故事，或者她自己幻想中的情節那麼精緻完美。如果她拒絕班的話，將永遠都會自問如果她沒有拒絕的話會發生什麼事。

因此，當他在十月份、在婚禮過後幾天約她的時候，她答應了。

那個下午，他們相約在中央公園廣場飯店對面的一個角落，那裡總是聚集了十幾輛馬車在等候情侶或遊客光顧，他們從那裡往北走，經過池塘和動物園，然後逐漸地往西走向湖邊。這天是那種令人驚歎的秋日，雖然陽光溫暖，微風卻很清涼，中央公園感覺就像城市中心的壁爐：落葉清脆的聲音在腳下響起，紅色和橘色的樹叢映襯在四周冷銀色和灰色摩天大樓之間，彷彿熊熊燃燒的火焰一樣。

當艾咪和班坐在靠近湖邊的一張深綠色長椅上時，他們可以聽到生鏽的船槳在情侶們划著小船之際，發出了刺耳的聲音，也可以看見聖雷莫大樓頂上的雙塔高聳在樹梢之上，艾咪指著聖雷莫，她認為那是這座城市裡最美的建築之一。

對此，班表示認同。「塔上那些克林斯風格的會堂，其實靈感是來自於雅典的一座紀念碑。」他說。

「不管是什麼時候，你總是能說出一些趣聞。」艾咪笑著說。

「大部分都只和建築有關而已，」班聳了聳肩。然後，他往前傾身，彷彿教授般地豎起一根手指，又佯裝英國口音地說：「你知道中央公園裡有將近一萬張長椅嗎？而且有一半都被認養了。」

「我猜『認養』一張長椅需要捐給公園很多錢吧？」艾咪問。

「大概一萬元，」班笑道。「不過，你可以在那張長椅上釘上一塊牌子，寫下你想說的任何事情，那倒是很有趣。你會很驚訝地發現有多少牌子寫著『你願意和我結婚嗎？』」

艾咪聞言，轉身查看他們的長椅是否也鑲有一塊牌子。

「喔，這些湖畔的長椅是最搶手的，」班說：「它們在幾年前就被認養一空了。」

的確，艾咪發現她身後那塊木板上就釘著一片薄薄的金屬，上面刻了E. B. 懷特[28]的一段話：

我在早上醒來，糾結於要拯救這個世界，或者要在這個世界裡縱情享受。這讓我很難為一天做計畫。

接下來的幾個月裡，艾咪和班竭盡所能地一起享受他們在一起的時光。班帶她去看他最喜愛的建築物和城市地標，而她則帶他去參觀她最喜愛的書店。他在職業日的時候去了她的班級聊著建築專業，即便是班上最難控制的學生，他也可以和他們處之泰然，這一點讓艾咪大為讚歎。

透過他們的書信，他們已經花了好幾個月的時間從遠距離逐漸了解了對方，因此，當他們來到彼此身邊時，幾乎立刻就感到自在，完全沒有交往初期那種典型的不安。他們彼此都知道，他們正在萌芽的關係所面臨到的風險，遠高於大部分的情侶，然而，艾咪覺得自己內心裡充滿一股迫切的渴望，一如妮娜結婚那晚，她在街頭聽到那首歌的時候那樣。她和班的未來——不管是短暫的戀情，還是更認真的關係——依然還不確定。不過，她很清楚地知道，她想要抓住這個機會，看看這段關係將會走向何處。

當然，艾咪並沒有完全忘記她最初的憂慮，或者一直揮之不去的恐懼。她擔心對班來說，她可能不夠堅強，可能不會一直是她信裡的那個女人，有時候，她可能依然是那個有缺點、焦慮不安、無法不擔心未來，因為想和班在一起卻又害怕最後心碎而飽受折磨的女人。

而她內心的這些衝突，班全都看在眼裡。十一月的時候，當他邀請艾咪和他父母共進感恩節晚餐時，他的語氣也有所保留。

「他們當然會很高興見到你，」他說：「我也很希望你能和他們見面，不過，如果你覺得不自在的話，我也不希望一切進展得太快。我從來都不希望你覺得自己被困住了，不管是以什麼形式。」

使用困住這個字眼對他來說是個沉重的選擇，艾咪心想。他所說的顯然不只是一頓晚餐而

㉘ 埃爾文．布魯克斯．懷特（E.B. White, 1899-1985）是美國著名的兒童文學作家，《小不點蕭斯特》、《夏綠蒂的網》、《天鵝的喇叭》是他最膾炙人口的三本兒童文學名著。

已。

不過，她同意加入他們的晚餐行列，她想要加入。在餐桌上，她坐在班的父母對面，和他們交換著課堂裡的故事。拜一塊黏稠的口香糖之賜，艾咪的頭髮被剪掉了四吋；他父親有三副眼鏡都被學生的鞋子踩碎了；在把學生當掉之後，他母親曾經兩度被憤怒的家長威脅要學校解聘她。

當班的母親在切義大利濃縮咖啡蛋糕時——那顯然是家族傳統（班的祖母很喜歡告訴自己，濃縮咖啡可以對抗火雞中的色胺酸），艾咪留意到她朝她兒子的方向瞄了一眼，艾咪認得那種眼神，因為當她在市中心第一次和莫拉見面共進晚餐時，她也曾經給過妮娜同樣的眼神，那幾乎是三年前的事了。那個眼神在說，*我喜歡這個女孩。她很適合你。*

那個眼神裡盛滿了興奮和喜悅，最重要的是，還有希望，艾咪了解到，這已經不再只關乎她和班兩個人而已了。

她知道，班在那個秋天終於將他收到短線繩一事告訴父母之前，曾經經歷過一番天人交戰。因此，艾咪不禁在想，班的父母現在看著她的時候，是否會覺得他們自己所有的夢想——他們獨子未來的幸福、他們見到孫子的機會——可能全都寄託在她的身上。

突然之間，艾咪不確定自己是否能夠承載他們的願望，她原本自在的感覺開始動搖了。直到班的父親出乎意料地提起線繩的事為止，那是那天晚上，這個話題第一次被提起。

「我會這麼對你說，艾咪，我很高興班的母親和我都退休了。我一點都不羨慕你現在還得要教書，還需要面對孩子們所有的問題和擔憂。」

「我們確實被指示不要在課堂上談及線繩的事，」艾咪解釋說：「而且，說句真話，這對我來說有點困難。偶爾，我覺得自己是在欺騙他們，或者讓他們感到失望，因為我沒有直接回答他們的問題，或者和他們進行更深入的對話。」

「你的初衷很好，」班的母親說：「你所有的學生只想知道的一件事就是，當他們感到害怕、受傷或掙扎時，他們可以來找你。而你無需說一個字就能讓他們知道這一點。」

聽著他母親的這席話，艾咪發現這正是她對班的感覺。她把自己美好和醜陋的一面都展現在他的面前，即便在她的第一封信裡，她就已經開始這麼做了。班的父母對艾咪和班抱著什麼樣的希望並不重要，那算不上是一種額外的負擔。艾咪愛上了班。無論班的父母緊抓著什麼幻想，她都會和他們共同懷抱這些幻想。

當一輪又一輪的比手畫腳遊戲在甜點之後上場時（班模仿《駭客任務》裡紅藍藥丸的那場戲，讓班與艾咪最終贏得了勝利），艾咪讓自己再一次被那股熟悉的滿足感和自在的親密感所圍繞，那正是她在妮娜的婚禮上與班共舞時，或者在中央公園裡與班並肩而坐時的感覺。她感到冷靜，甚至祥和。恰恰和所謂的「困住」完全相反。

等到夏日來臨時，艾咪和班已經住在一起了，當班要求艾咪在一個星期五下午和他在中央公園見面時，她知道他打算要說什麼。

因此，她換上最喜歡的一件洋裝，希望自己一整天累積下來的汗漬不會殘留在這塊輕薄的棉質布料上，然後出發前往公園，企圖要藉著走路消除內心裡的緊張和焦慮。

當她下次再行經這些街區、走過這些商店和餐館時，一切都會不一樣了，一想到此，艾咪就覺得好奇妙。她即將和所愛的那個男人訂婚，那個在她知道他的姓名之前就已經在乎的男人。

艾咪感到真心的快樂。

突然之間，她驚訝地發現自己正站在伍斯利的鍛鐵大門外，她不禁猜想，自己是否一開始就一直在朝著它走過來。

她駐足在那棟建築物的前面，一如她過去經常做的那樣，然後仰頭將整棟大樓收入眼底：白色的文藝復興風格外表，成排的窗戶，當然，還有通往庭院的那扇氣勢非凡的拱門。

當她凝視著伍斯利時，事實的真相湧上了艾咪的心頭。

現在，她永遠也不會住在這裡了。

打從一開始，艾咪就知道班想要在郊區的一幢小房子裡組建家庭，一幢有斜坡式後院的房子，就像他童年時候的家那樣，這樣一來，每當下雪的季節，他們就可以在那裡滑雪橇。艾咪覺得這聽起來很完美。不過，她也知道，如果她嫁給了班，她終將會成為一個單親媽媽，靠著學校老師的薪水養大她的孩子，而且，誰知道到時候他們會住在哪裡？

也許，在孩子上大學之後，艾咪會搬回曼哈頓。她會從她的空巢——到時候，那個房子將會比大部分的空巢還要空蕩——搬進一棟比她眼前的這棟建築要便宜很多的房子。

這裡的警衛剛好從他的崗位走開了，因此，艾咪羞怯地偷偷靠近大門，窺視著裡面工整的花園。

花園裡空無一人，艾咪驚訝地發現無論她在何時經過，這座庭園總是空空蕩蕩的。事實上，她不記得曾經看過任何人坐在噴泉邊，或者在其中一張弧形的白色長椅上啜飲咖啡，更遑論曾經看過一對夫妻或一個家庭在此享受這座私密的天堂。

當然，數百名住戶都在這扇大門後面過著幸福的生活，然而，這棟建築物似乎了無生氣，特別是比起她身後永遠都熙來攘往的百老匯大道，她和班經常在週五晚上電影散場之後，或者在週六上午出門採買貝果的時候，又或者在週日下午去逛二手書店時，手牽著手走過那條街道。

生活在那些鐵門之外的街道上展開，艾咪心想。至少，她的生活是如此。

當她注視著庭院裡的長椅時，忍不住想像著老後的自己坐在那裡，身邊還伴著兩個年幼的孩子，聽著他們問她為什麼。

為什麼她要把他們帶到人世間，明知道他們大部分的人生裡都不會有父親的存在？

光是想像就已經讓艾咪想要哭泣了。不過，在知道班會是他們的父親之下，她怎麼能不把他們帶到這個世界？在知道即便他當他們父親的時間很短暫，但是對她的孩子而言，那絕對勝過一輩子被其他人養大？

每當艾咪想到未來，想到她十三年後的生活，她身體的每一吋就感到疼痛。然而，艾咪總能在凝視每一棟高聳莊嚴的建築物時，找到一股驚人的慰藉，那都是班在他們穿越這座城市時為她指出的建築。即便是最古老、最美麗的建築，有時候也會倒塌，或者隨著時間流逝而受到嚴重的侵蝕。但是，像班這樣的人依然會持續不斷地打造出新的建築。

「不好意思，女士，需要幫忙嗎？」

那名警衛從角落裡出現，懷疑地看著艾咪。

「喔，抱歉，我只是隨便看看而已。」她說。

「你想租這裡的房子嗎？」他問她。

艾咪停頓了一下，再次望著空蕩的庭院，看著她在紐約生活的這八年裡一直滋養著的那個幻想。

「不。」她輕聲地說：「不是的。」

那名警衛對她微微地點點頭，於是，她轉身背對那棟建築，背對著她注定不會住在裡面的那個夢想。

當艾咪開始沿著街道重新拾起步履時，她的腦海裡填滿了新的幻想。她在腦子裡對即將來臨的求婚演繹了至少十種不同的版本：站在弓橋上、在湖中划著小船、坐在莎士比亞花園裡。

不過，以她對班的了解，他不會在任何公共場所求婚的。一定會是某個隱密的地方，某個蘊含著什麼故事，而且只有他才知道的地方。

艾咪只能等待答案揭曉。

莫拉

莫拉的互助團體依舊在每週日的晚上聚會，不過，隨著漢克離世、泰瑞爾搬到加州、卡爾對咒罵和抱怨感到日漸疲憊之下，椅子所圍成的圓圈也越來越小。

一週接著一週過去了，當她身邊的氣氛似乎出現改變時，當她曾經指望的怒意和憤慨緩緩地被另一種更安靜、更悲傷，也許是放棄的感覺所取代時，即便是在安東尼．羅林斯被提名之後，甚至在謠言持續流傳之際——傳言公開揭露自己是短線繩者的人，在專業上或者私人生活裡遭到拒絕的機率，都高於一般的平均值——莫拉一直都在觀察。

但是，莫拉並沒有放棄。她不明白，她身邊的那些人為什麼會以為他們的情況終將改善。莫拉很清楚。她知道情況只會每況愈下，除非有人一直保持在憤怒的狀態。

在退出總統競選後的幾週，參議員韋斯．強生成立了一個名叫「串聯起來」的基金會，目的在提供短線繩者資源，並且提倡「無論線繩長短，人人都平等」。當莫拉看到這個基金成立的消息時，立刻就辭去出版社的工作，轉而去為強生和他的團隊工作。這是她在不到十年裡的第六份工作，不過卻是她立刻就感到適合她的工作，在傳播部門待了六個月之後，就在她天生的不安定應該開始作祟的時候，莫拉卻完全不想離開。

在班和艾咪即將舉行訂婚晚餐的那天早上，當莫拉手裡拿著手機走進廚房時，妮娜正在爐子上炒蛋。

「基金會有人打電話來，」她解釋著說：「他們租了一輛巴士要載一群人去華盛頓特區。」

「我以為你們今天不會去？」妮娜依然在炒蛋。

「那場集會顯然比我們以為的更受到矚目，現在，他們認為我們到那裡去支持集會就變得很重要了。」

一小群短線繩者計畫要在小馬丁路德金恩紀念館附近舉辦一場示威，安東尼．羅林斯那晚剛好也要在附近的一家飯店舉辦募款活動。不過，消息傳得很快，原本只是一小群人的抗議活動，現在預期將會吸引數千人參加。莫拉在「串聯起來」的同事都打算前往。

「這很合理，」妮娜說：「很遺憾你去不了。」

「呃……事實上，我在想，班和艾咪會理解的。」

妮娜困惑地把鍋鏟放在鍋子旁邊的一張紙巾上。「可是，這是他們的訂婚派對。」

「與其說是派對，那其實比較像是一頓晚餐。」莫拉說。

「一頓慶祝他們訂婚的晚餐。」

「我知道這個時間點很糟糕，可是，我又不是錯過了他們的婚禮。」莫拉聳聳肩。

「沒錯，」妮娜說：「可是，我們以前也參加過其他的示威活動。而這可是班和艾咪第一次訂婚。」

「我知道，」莫拉說：「但是，我們每星期都會和他們見面啊！」

妮娜嘆了一口氣，搖搖頭，這才發現炒蛋已經開始在爐子上燒焦了。她很快地關掉爐火，抓起鍋鏟，開始刮著沾黏在鍋子邊緣、已經變脆的蛋黃。

莫拉看著妮娜的背影。「我們的討論就這樣結束了嗎？」她問。

「我不知道你要我說什麼。」妮娜轉身面對莫拉。「我想，你應該為了班和艾咪出現，但是我不想強迫你來。」

「我只是認為這場示威可能非常重要。」

「家人不是也很重要嗎？這是我妹妹。而她就要和你的好朋友結婚了。」

「我知道，」莫拉說：「但這是我的生活。」

「你需要面對的狀況讓我感到很心疼，」妮娜說：「然而，你已經為基金會做了那麼多。也許，你可以休息一天，享受你生活中其他的方面。」

莫拉停頓了一下，然後深深吸了一口氣。有時候，妮娜無法站在她的角度看待事情，讓她感到很氣餒。

對妮娜而言，大部分的時候，她們的婚姻感覺上已經很令人滿足了。她們的婚戒就是鐵錚錚的證明，證明了妮娜所看到的不只是線繩，她愛的是莫拉這個人，而非莫拉所擁有的時間。她們為自己建立的這個家庭，是妮娜的第一優先。當然，那對莫拉而言意味了一切。然而，有時候，她只是需要更多。她需要看到她們生活這個小圈圈以外的世界。她需要全世界用妮娜看待她的方式來看她。一個值得擁有愛的人，一個和其他人沒有兩樣的人。

「天吶，但願我能休息一天，」莫拉說：「不過，我不能。在我這一輩子裡，每一天都必須過得好像我並不想要太生氣、太具威脅性或不值得擁有，因為那會讓黑人看起來很糟糕，此外，我不想看起來似乎太過敏感、太愚蠢或太溫順，因為那會讓女人看起來很糟糕，而現在，我再也不能讓自己看起來太不穩定、太情緒化、一心想要報復或者太暴力，因為那會讓短線繩者看起來很糟糕。這根本沒完沒了！」

妮娜緩緩地點點頭。「去吧。我會在家裡等你回來。」

「謝謝。」莫拉說。

「你不需要謝我，」妮娜說：「我會參加下一場示威的。」

莫拉在巴士外面和雀兒喜集合。

「謝謝你來。」莫拉說。

「我收到你的簡訊，我想，我也沒有其他更重要的事情可做。」雀兒喜笑著說。

在她的互助團體裡，班肯定是莫拉最好的朋友。不過，雀兒喜也意外地變成了一名盟友。表面上，莫拉和雀兒喜沒有什麼共通點，雀兒喜可以花好幾個小時在學習YouTube上的美妝教程，並且收看各種真人實境秀。然後，她們所共同擁有的卻是更強大的東西。

當她們抵達國家廣場時，莫拉和雀兒喜加入了雕像底下的群眾隊伍，他們正在八月的烈日底下歡呼、高喊著口號，同時高舉著一條長達七呎的橫幅，上面寫著「所有的長線繩和短線繩」。現場有十幾名新聞記者在進行報導，也許是因為謠傳安東尼・羅林斯的短線繩外甥將會出席所致。莫拉記得去年秋天，曾經有過一個安靜的男孩來參加他們這個互助團體的聚會，但是僅限一次就沒有再回來過。當她在電視上看到他的姑丈是全美最有權勢的人之一時，她感到了無比的驚訝。當他從他姑丈手中搶走麥克風的時候，莫拉甚至還笑了。

然而，即便目前的示威活動受到了額外的報導，莫拉依然不確定這是否足以阻止羅林斯贏得十一月的大選。在禁止短線繩者參加戰鬥之後，海外軍人的死亡人數減少，這確實對羅林斯的形象帶來了助益。每當她在電視上看到另一起槍擊或另一場重大車禍的新聞時，莫拉發現自己就會祈禱那不是一名短線繩者的錯。

在返回曼哈頓的途中，莫拉和雀兒喜一直睡睡醒醒。當她們在紐澤西中部某段高速公路上時，雖然都醒著，卻很安靜。雀兒喜把頭靠在充滿霧氣的窗戶上，睡眼惺忪地看著街燈在車窗外模糊地劃過。

「你知道嗎？幾個月前，我開始和一名醫生約會。他有點讓我想起漢克。」雀兒喜說：「我不敢相信已經整整一年了。」

莫拉點點頭。幾天前，為了紀念漢克，她和班曾經在切爾西碼頭打過一輪屋頂高爾夫球，她的肩膀到現在還有點痠痛。

「不過，你能認識這個男人真是太好了。」莫拉笑著說：「你們的約會進行得怎麼樣？」

「其實沒有下文了，」雀兒喜嘆了一聲。「從他發現之後，就沒怎麼打電話給我了。」

「很遺憾，」莫拉說著，把手放在雀兒喜置於她們之間那根椅子扶手上的手臂，只見她那細瘦的手臂上布滿了雀斑。「你顯然值得擁有比他更好的人。」

「也許我會試試專為短線繩者設計的交友網站，」雀兒喜輕聲地說。她轉過頭來看著莫拉。「我們不是每個人都能像你這麼幸運。」

回到家裡，莫拉盡量壓低聲音地把門在身後關上，然後走進漆黑的起居室，再轉往廚房，妮娜在廚房裡幫她留的那盞燈，正在流理台上方發出刺眼的光芒。當她躡手躡腳地走過公寓裡唯一還亮著的角落時，莫拉瞄到一張貼在冰箱上的紙條，上面是妮娜的筆跡：

希望集會進行得很順利。我們很希望晚餐時你也在場。如果你餓的話，冰箱裡有剩菜。

我以你為傲。愛你！

莫拉沒有後悔她的選擇。她很高興自己去了華盛頓特區。不過，她很感恩自己可以回到這裡，回到她的家，回到妮娜身邊，就算妮娜並非永遠都了解莫拉需要做的事，但是，至少她都能接受。

莫拉看了一眼冰箱裡面，只見一個透明的塑膠盒裡裝了一片巧克力蛋糕，蛋糕上滑順的糖霜在那一瞬間誘惑著她。不過，她轉身溜進臥室，無聲地脫掉身上的灰色T恤和牛仔短褲，把它們全都扔進衣櫃旁邊那只凌亂地堆著該洗衣物的洗衣籃裡。她小心翼翼地掀開靠近她那一邊的被單，以免吵醒妮娜，不過卻突然記起了一件事。

她轉過身，蹲在洗衣籃旁邊，拿出她的T恤。她用手指卸下那根金色的小別針，以免它明天早上被扔進洗衣機裡攪壞，今天一整天，那根由兩條交纏在一起的線繩組成的別針，一直都別在她的衣服上。隨著莫拉起身，她的膝關節發出了細微的喀噠聲，她在把別針放到床頭櫃上之後，滑進被單底下，填補了床上的空位，感受著她沉睡中的妻子依然殘留在那裡的體溫。

幾年之後

哈維

結果證明哈維是一名模範士兵，不只受到同志的尊敬，也深受他們喜愛。他總是為一切都做好了準備。

即便現在，當他獨自面對著那條他知道已經來到盡頭的線繩時，他也準備好了。

幾個月之前，他寫了一封信給父母，解釋了交換線繩的真相，然後把信藏在他的床墊底下，他知道在他離去之後，當別人前來收拾他的個人物品時，他們一定會發現那封信。

每天早上，彷彿儀式一般地，哈維會檢查他的床底下，確保那封信依然還在那裡，再用指尖輕輕地撫摸它，然後才會出門開始一天的生活。

一天下午，當哈維和他的搭檔雷諾斯少校一起走回宿舍時，上校突然透過廣播呼叫他們兩人。他們需要緊急搜救一名飛行員和兩名醫務人員，因為他們的飛機在敵區遭到擊落。三名乘客全都成功地從機艙裡彈射出來，目前估計應該都還活著。

哈維和雷諾斯很快地收拾好裝備，朝著他們所要搭乘的直升機而去——一架HH-60G鋪路鷹。

「空軍傘降救援隊在哪裡？」雷諾斯問。

「在這裡，長官！」兩名空軍傘降救援隊員從直升機後方走出來，準備好出發。哈維坐到雷諾斯右手邊的副駕駛座位，飛航工程師和兩名救援隊員則坐在後面。

在直升機攀升的時候，無線電傳送出救援任務的資訊。「你們要尋找的是兩名男性、一名女性。那是我們的飛行員和兩名來自無國界醫生的義工。」

空中濃厚的雲層讓他們無法看到倖存者，也無法拋下繩梯，因此，他們被迫要讓直升機降落。雷諾斯和飛航工程師留守在鋪路鷹上，哈維和兩名救援隊員則下機在稀疏的森林地形裡徒步前進。

他們很幸運，哈維心想。在樹林裡偽裝要比在沙漠平原上容易得多。

大約走了十五分鐘之後，一行人發現了倖存者，後者的臉孔和四肢都策略性地塗上了泥土，並且躲藏在最粗的樹幹後面。

那兩名男子都受傷了。飛行員遭到燙傷，其中一名醫生的腿正在流血。那名女子正企圖要同時照顧他們兩人。

那名資深的救援隊員用無線電向雷諾斯和坐鎮在基地的上校回報。「我們找到了所有的三名倖存者。收到請回答。」

哈維蹲下來檢查被那名女子包紮好的傷口。「我是哈維．賈西亞上尉，」他說：「你做得很好，小姐。」

「安妮卡，」她說：「安妮卡．辛哈醫生。」

「讓我們帶你們回去吧，辛哈醫生。」

儘管行動遲緩，但那名飛行員依然能夠行走，而那名受傷的醫生卻連站起來都需要別人幫忙。他靠在那個菜鳥救援隊員的肩膀上尋求支撐，就在一行六人即將出發之際，上校的聲音透過無線電響起。「我們收到報告，敵方部隊正在接近你們的位置。收到了嗎？」

「收到了。」哈維說。

安妮卡和她的醫生同伴本能地停在原地，同時看向士兵們，等待他們的指示。

「我們用走的會比較慢，」那名資深救援隊員自言自語地說：「而且，我們的隊伍龐大，很容易被發現。」

「而且還有兩名傷者。」安妮卡補充說。

在此同時，遠處傳來一陣悍馬車低沉沙啞的引擎聲。

哈維可以在那兩名醫生依然塗滿泥土和汗水的臉上看到恐懼。他們只是平民，他想，他們只是想要幫忙，想要有所貢獻而已。

「我出去當誘餌，」哈維主動建議。「我可以朝著你們的反方向跑，對空發射幾槍來引起他們的注意，然後再繞回去和直升機會合。」

「不，我不喜歡這個建議。」那名資深的救援隊員搖搖頭。

「這是我們最好的機會。」那名飛行員皺著眉頭說。

「他會沒事的，」那名菜鳥救援隊員說：「他不會死的，不是嗎？」

那名資深救援隊員想要對他夥伴的隨性大吼，然而，他知道那不是這個年輕人的錯。大部分的隊員都有類似的感覺。去他的，他自己甚至也曾經有過這樣的想法。不過，他曾經看著朋友在相信自己不會死的信念下，直接走進布滿簡易爆炸裝置的現場，結果卻失去了他的雙腿。都是那些該死的線繩造成的，那名救援隊員心想。因為它們，突然之間，每個人都變成了刀槍不入。

直到他們不再刀槍不入。

「你決定吧！」哈維說：「不過，我已經準備好了。」

那名資深的救援隊員痛恨拋下隊友的想法，然而，他不能不顧此刻需要他照顧的兩個平民。此外，帶上兩個幾乎無法正常走路的人，要在徒步一英里的情況下不被發現，他對這樣的機率並不樂觀。

「好吧。」他終於同意。「你是個好人，賈西亞。」

透過樹叢中的縫隙，雷諾斯瞥見了這支隊伍。只有五個人。

「我的副駕駛呢？」在兩名救援隊員把兩名傷者扶上直升機後面時，他大聲地喊道。

「他馬上就來了。」那名菜鳥救援隊員說。

其他人紛紛爬進機艙，雷諾斯也準備好要隨時起飛。然而，哈維還沒有回來。

緊張的一分鐘過去了，然後是另一分鐘。

接著，他們聽到了引擎聲。

「該死。」

雷諾斯感到一陣焦慮，但是依然繼續等待。

引擎的轟隆聲越來越大。那名受傷的醫生發出了呻吟。獲救的那名飛行員呼吸急促，飛行工程師則緊張地用手指敲擊著自己的膝蓋。坐在飛行員後面的那名資深救援隊員往前靠。「別忘了還有兩個平民和我們在一起，雷諾斯。」

但是，他仍然要等待。「我不會拋下賈西亞的。」

引擎的聲音正在接近。

為了避免讓醫生們緊張，那名菜鳥救援隊員壓低聲音地說：「我們現在變成他媽的地面射擊練習目標了，雷諾斯。」

「給他一個趕到這裡的機會！」他大聲地回嘴。

然而，他想起他的指揮官曾經說過的話：儘管那些線繩造成了一些傷害，但它們真正的價值在於——每個士兵都知道自己何時會死亡，因而相應地選擇了自己的道路——沒有一名士兵會孤獨地死去。

雷諾斯因此推斷，如果他現在離開的話，如果他把哈維丟棄在敵人的領地上，至少，他的指揮官所說的話依然會是真的，不是嗎？至少，哈維會存活下來。哈維不會獨自死去。

「我們會回來接他。」雷諾斯這句話更像是在對他自己說的。

在其他士兵來得及回應之前，附近響起一陣炮火聲，打破了原本的寧靜。

「該死啊，雷諾斯！」

他不能再等下去了。

不到一英里之外，哈維清楚地聽到鋪路鷹從頭頂上飛過的聲音，他唯一的獲救機會剛剛離他而去了。

不過，那不是獲救。不算是。那也許會讓他多活幾個小時。能給他一個機會，讓他把最後的訊息發送給遠在家鄉的父母。然而，那句話他已經說了五年了，過去五年裡，每當他要和家人掛斷電話之前，他都會說他現在要說的那句話。那是唯一一句重要的話。

所以，哈維最後一次壓住他腹部的傷口，然後抬起手在他的背包裡搜尋。他花了一分鐘的時間，不過，他最終找到了。一張破舊的祈禱卡，卡片的邊角現在已經沾上了哈維手指上的鮮血。他緊緊地把卡片抓在眼前，那張卡片是史賓賽的母親給她兒子的，然後，又從史賓賽手中交給了他的朋友，之後，卡爾爺爺把它給了他的孫子，最後，又從傑克那裡傳給了他，即便當時他覺得自己並不想要接受。

哈維大聲唸出過去每一任卡片主人都曾經唸過的話。這樣，他就不會孤獨地死去了。

傑克

傑克盯著他朋友的信。不是真的那封信，而是一張照片，是哈維的父親發給他的一封電子郵件。

傑克第一次閱讀的時候，才讀到第二行，就已經淚流滿面了。不過，這次，他下定了決心。

媽媽、爸爸，

我知道你們現在很震驚、很困惑、很心碎，對於我給你們帶來的痛苦，我真的、真的很抱歉。不過，我希望你們知道：我必須這麼做。

五年前，我要求一位很親近的朋友和我交換線繩，所以，我可以用長線繩者的身分加入軍隊，並且被賦予更具挑戰性的角色。

我想要在這個世界上留下我的痕跡，並且真正地幫助人們，就像你們一直教導我的那樣，要優先考慮到別人。我不能讓我的短線繩阻礙我這麼做。

而它也沒有。

一年前，我看到一個走失的小男孩不小心闖進了火線，在任何不幸的事情發生在他身上之前，我把他拖離了那裡。我常常想起這個男孩，他那頭糾纏在一起的深色頭髮，還有那雙皮包骨的手臂，我相信，我也曾經是那副模樣。也許，你們也可以想想他。

我討厭自己說了謊——對我的國家和我的家人。但是，我不認為我的行為是在隱瞞關於自己的真相。我把它視之為在尋找關於自己的真相。我不再只是哈維了。我是美國軍隊的哈維．賈西亞上尉，我希望，我有讓你們感到驕傲。

我深愛你們，我們很快就會相見。

哈維

哈維的父母問傑克，他是否就是信裡提到的那個「很親近的朋友」，傑克告訴了他們真相，或者至少是部分的真相。他沒有提到他自己交換線繩的動機，或者其實他才是主動提議交換的人，因為哈維已經告訴他父母有關交換線繩的故事，而傑克並不想把這個故事弄得更複雜。

哈維的父母不知道該如何處理那封信。他們幾乎不知道要如何自處，他們的悲傷已經將他們掏空，讓他們枯竭了。哈維的朋友雷諾斯少校發現了他那封未拆的信，然後將信交給了他的父母。因此，軍方並不知道哈維真正的行動和意圖。不過，高層依然認為，在哈維畢業到他最終被分發之間，必定發生了某種形式的欺騙行為，在把哈維的個人物品送交給賈西亞夫婦之後，幾名軍方人員已經聯繫他們，要求他們不要和任何媒體接觸，直到軍方決定接下來要如何處理為止。他們允許讓哈維的父母安排一場退伍軍人的葬禮，但是，哈維在軍中確切的職責——更具體地說，他被派往參與實戰的事，則不准被討論。

傑克知道，軍方的領導階層只是在幫羅林斯總統爭取時間。他正在競選連任的期間，沒有人希望這件事被傳出去，讓人們知道一名年輕的拉丁裔短線繩者蓄意欺騙美國軍方，並且規避了政府的基本政策。傑克擔心，為了要保住他姑丈脆弱的名聲，他朋友的死將會被隱瞞、被抹去。而傑克不能讓這種事情發生。

他讓哈維的父母知道他的擔憂，並且告訴他們，他們的兒子曾經如何鼓勵傑克要代表所有的短線繩者奮鬥。在他們的祝福之下，他擬定了一個計畫。

在他姑姑和姑丈入主白宮之後，傑克並不想留在華盛頓特區，因此，他在四年前搬到了紐約。他在工作的地方結交了幾個電腦科學家朋友，也和幾個漂亮的女人約會，雖然，她們大部分都相信傑克是個短線繩者，而她們之所以追求他，只是為了一圓某種扭曲的賈桂琳．甘迺迪幻想，想要嫁給一個天數已盡的王朝之子。傑克承諾自己要參加在這座城市裡舉行的每一場短線繩者的大型聚會，而他和哈維每年也都會書信往返好幾次（哈維的信總是比他的要興奮很多）。

然而，事實上，傑克最近一直感到有點漫無目標。沒有了他家族強加在他身上的期待，要在他曾經如此渴望的「正常」生活裡反覆地隨波逐流，竟是如此容易，在這樣的生活裡，他最大的挑戰就是對抗浴室裡的蟑螂和那些傷腦筋的同僚。但是現在，有了哈維那封掃描的信件，傑克終於感到彷彿有了目標。

傑克來到那棟紅褐色砂石建築的入口，這裡是參議員強生的基金會「串聯起來」的總部，一名助理帶他上樓到新任的傳播總監莫拉．希爾的辦公室。

「請坐，杭特先生。」莫拉隨意地靠在她辦公桌的前端，雙腳的腳踝交叉。傑克在她對面那張皮革椅子上坐下來。

「我不得不說，當我聽到總統的外甥想要見面時，我覺得很好奇。」她說。傑克覺得莫拉帶著一股奇怪的熟悉感看著他，彷彿他們認識彼此，雖然他很確定他們從來都沒有見過面。

他禮貌地對她點點頭。「我是代表我朋友來的，美軍上尉賈西亞。」傑克說：「他在最近的一次行動中被殺害了。」傑克拿起他面前的杯子，喝了一大口水，他突然覺得喉嚨乾澀。

「喔，天吶，很遺憾聽到這件事。」莫拉說。

傑克潤潤他的嘴唇，繼續往下說：「事實是，五年前，就在STAR法案通過的時候，我們兩個都還是少尉。我的朋友哈維有一條短線繩，而我的則是長線繩，但是，我們兩個都知道，他才是那個注定要成為軍人的人，真的注定要當個英雄的人。所以，我們刻意交換了線繩，然後他被派遣到海外，替代了我。」

莫拉瞪大了眼睛，用手搓了搓她的頸背。「我的媽呀！」

傑克把他收藏在一只厚信封裡的那封信遞給她。「哈維寫了這個，就在他死之前。」

傑克看著莫拉緩緩地閱讀那封信，仔細地閱讀著每一行。她數度張開嘴唇，彷彿就要開口說話，不過卻什麼也沒有說。

傑克希望他把信帶到了正確的地方。過去兩年，他一直在追蹤這個基金會的新聞，他知道這支隊伍努力要取消STAR法案，並且為各行各業的短線繩者爭取法律上的保護：工作聘雇、入學申請、貸款申請、住院許可、收養。他們所涵蓋的範圍似乎沒有盡頭。基金會開始使用「線繩不受限」一詞，來描述理想的作業流程。在過去六個月裡，基金會一直強烈地支持安東尼主要的總統競選對手。在最近的民調裡，這場競爭看起來十分緊張。只要一點小事就足以扭轉局面。

「你為什麼把這個帶來這裡？」莫拉終於問他。

「我希望你把這件事透露給媒體，」傑克說：「包括我的姓名，以證實我就是那個和他交換線繩的人。我希望，這可以成為對抗羅林斯政權的最後一點彈藥，讓人們知道他的政策所造成的傷害，以及不准像哈維這樣勇敢、熱誠的人公然報效國家，不讓他實現夢想，是多麼愚蠢的一件事。」傑克暫停了一會兒。「我希望，任何讀到這封信的人都能別無選擇地和哈維站在一起，而不是我姑丈。」

莫拉一派嚴肅地看著傑克。

「你一承認這件事，有可能會讓自己陷入很大的麻煩，」她說：「你確定你想要這麼做嗎？」

「我確定。」傑克說。

「那麼，我很榮幸可以幫忙。」莫拉給了他一個安慰的笑容。「我想，哈維的故事值得大家知道。」

在傑克和莫拉握過手，並且把那封信留給她之後，他走出基金會，站在人行道上仰望天空。哈維在過去四年裡曾經是個飛行員。誰知道他曾經高飛在天空裡多少次，在那些雲層之間？傑克不知道對哈維來說，從高空俯視著地面是什麼樣的感覺。

傑克希望，無論哈維現在在何處，都會很樂於見到此刻這個諷刺的正義。五年前，安東尼．羅林斯曾經冷酷無情地利用哈維的線繩，來讓他自己的政治生涯更上一層樓，而今，但願哈維的這條線繩能在他垮台的過程中也發揮作用。傑克希望這是他朋友會想要的。

他知道，看到哈維的信，聽到他的故事，不會改變像安東尼、凱瑟琳這樣的人，也不會改變那些讓羅林斯夫婦得到權力的自私選民的想法。它當然不會改變一切，然而，但願這封信是一個開始。

妮娜

有些人在線繩中找到安慰，這個不可思議的神秘力量讓他們相信，事實上，他們所愛的那些短線繩者的生命並沒有被縮短。他們的壽命注定就是這麼長，從他們出生的那一刻起，他們的線繩似乎就已經被決定了。這讓失去他們所愛的人變成了比較容易接受的事實，他們相信沒有什麼可以改變結果，短線繩者的死並非取決於他們所做出的某一個決定，也不是取決於他們做了什麼或沒有做什麼。因為這些線繩，人們再也無需猜測如果他們住在不同的城市，或者吃不同的食物，又或者選擇不同的路線開車回家會發生什麼事。失去依然讓人感到傷痛，依然讓人難以理解，但是，可以不被那麼多的「如果」所糾纏，幾乎也是一種解脫。他們的生命長度無論如何都將是這樣。

然而，對於短線繩者本身而言，這並非是一種安慰，他們才是要親自面對這種不公平的人。對於那些在短線繩者缺席的情況下，還要繼續活下來的長線繩者而言，這才是一種安慰。

莫拉的父母要妮娜在葬禮上致詞。

這是她這輩子第一次發表悼文，她幾乎用盡所有的力氣，才能放開她母親的手，從她第一排的座位上站起來，然後站到致哀的人群前面。

妮娜在致詞的時候很快地掃視著房間，企圖想要找到一張臉孔，可以讓她的目光停留。前面幾排的人讓她無法這麼做：莫拉的家人全都在輕聲地哭泣，而她又不想看著艾咪和班，因為他們也許正在想像著他們自己的葬禮版本，那是六年後無可避免將會舉行的一場葬禮。因此，妮娜只能對著坐在後面的一些陌生人說話，他們也可能是莫拉的同事或舊識，但她從來都沒有機會認識。

「我很幸運能和莫拉一起度過生命中十年的時光。」她開始說。

妮娜談起她妻子的熱情、活力、無懼、聰穎、偶一為之的叛逆，以及可以用無與倫比的速度結交到新朋友的能力。她不想談及莫拉生命的結束，不過，在過去一週裡，她聽到了一些流言蜚語，有人質疑莫拉的決定，或者詆毀她所做的事，而妮娜想要為她的妻子辯護。她希望他們了解。

「每個認識莫拉的人都知道，她有一股不可思議的熱情。然而，她面對的困境卻是無法想像的。雖然我們深愛彼此，但對我們而言，生活並非一直都很輕鬆，因為對莫拉來說，情況絕不簡單。而事實上，情況也確實並不容易。我們總是讚美那些安靜離去的人，那些不憤怒、不抱怨的人。他們是這個世界上的貝絲．馬奇們[29]。但是，當事情感覺如此隨機、如此不公平的時候，我們怎麼能因為某個人感受到了痛苦，並且把痛苦表達出來而指責他呢？

㉙貝絲．馬奇（Beth March）是小說和電影《小婦人》中的三女兒，溫柔善良、對家人無私奉獻，長期和疾病奮戰，最後仍因為體弱多病而去世。

「過去這幾個月對莫拉而言是最艱難的。她不明白為什麼在人行道上、在超市裡或者在電影院裡和我們擦身而過的人，他們可以繼續活下去，而她卻不能。但是，我無法給她一個答案。」

「最後，她變得很害怕，這是可以理解的。她在過馬路的時候會很猶豫，覺得可能會有一輛卡車朝著她衝撞過來。在她開始想像自己掉到軌道上之後，她就不再搭乘地下鐵了。她甚至擔心當我不在家的時候，她會在淋浴間滑倒。這樣的生活壓力實在太大了。她感到很無力。

「但是，我發誓我可以在她身上看到一種改變——一種新的冷靜和掌控感——在她做出決定之後。我當然不知道她的感覺，不過，我希望那是接近心靈平靜的一種感覺。莫拉選擇按照自己的意願來結束她的生命，被她在這個世上最喜歡的人們圍繞。在她做出那個決定之後，她就可以稍微輕鬆一點地呼吸了，不再感覺到那份糾纏了她好幾個月的恐懼和不確定。我知道，你們有些人可能並不了解或同意她所做的事，但是，對她而言，那是正確的決定。那讓她感到強大。」

後面那幾排不熟悉的臉孔開始變得越來越模糊，妮娜只能暫停下來讓自己喘一口氣。

這個故事的某些部分，妮娜並沒有在台上分享出來。在莫拉把她的決定告訴妮娜之後——她打算為自己畫下句點的計畫——妮娜想起了她曾經在網路上看過的那些部落客，有些人用他們的生命來玩俄羅斯輪盤，最早，是這些人讓她了解到那些線繩甚至比她想像的還要強大。那些線繩甚至可以預測你對它們的反應。不知怎麼地，它們可以看到維洛納的那對夫妻在打開他們的盒子之後會從橋上跳下去，而那名女子會死去，那名男子則會倖存下來。

在莫拉宣布她的決定之後，妮娜發現自己在經過多年以後，第一次又偷偷回到了網路上的那些論壇，並且發現了一些駭人的故事：有些人企圖要在自己的線繩走到盡頭之前自殺，其中有的人完全復原了，有些人則在悲哀的昏迷狀態中，等待著他們線繩的真實結局來臨。當然，如果莫拉並沒有為自己選擇這條特定的道路，那麼，也會有其他的事物將她的線繩帶到盡頭，不過，妮娜依然很好奇，莫拉的線繩是否一直都知道她會做出這個特別的決定。

這個令人困擾的問題以及她在網路上看到的故事，是妮娜對她妻子所隱瞞的最後一個秘密。她絕對不會用自己紊亂的思緒來影響莫拉最後的行動。而妮娜也感到很慶幸，莫拉似乎一直都沒有想過這個問題，莫拉也許比其他人都堅強，堅強到足以抑制住那些念頭，並且依然再度感到強大，甚至在她最脆弱的時刻。妮娜發現自己在莫拉死後依然如此佩服她，一如莫拉還在世的時候。

妮娜從黑色洋裝口袋裡掏出一張潮濕發皺的衛生紙擦了擦眼睛，然後低頭看著眼前已然變得模糊的講稿。現在，為了莫拉，她必須要把悼文說完。

「還有，她甚至發揮了莫拉真正的作風，給了我一個最後的訊息，以確保她的葬禮要用這段話來做為結束：『告訴他們，我一直都想要當一名探險家。我一直都試著要跨出第一步、當第一個跳進冰水的人、第一個試吃奇怪食物的人、第一個走上舞台唱歌的人。而現在，我將成為第一個知道接下來會發生什麼的人，第一個發現有什麼正在等待著我們的人。我保證會做足偵察，然後，等你們來到這裡的時候，我就可以告訴你們關於這裡的一切。』」

艾咪

一如所有已婚的夫妻，班和艾咪也會吵架。

當他們還在約會階段，甚至訂婚以後，艾咪覺得自己絕對不可能會為了無足輕重的小事就對班大聲吼叫，因為她知道他們在一起的每一分鐘都十分珍貴。然而，等到他們結婚之後，她發現自己會因為班沒有倒垃圾或沒有把洗碗機裡的碗盤拿出來，就輕易地對班發牢騷。而班從來都沒有利用他的「短線繩牌」做為籌碼。說實在的，他希望艾咪對他吼叫，在早午餐的聚會裡向她的朋友抱怨他，就像任何偶爾會把事情搞砸的丈夫一樣。

只有當他們為了孩子爭執時，他們的爭吵才會比一般夫妻的口角顯得更為沉重。不過，幸運的是，那樣的爭吵並不常發生，而他們從來都不是在對抗彼此，而是在對抗時間。

班希望一切都能進展得很快。他甚至在威利出生之前，就已經支付了頭期款，買下一棟位於郊區的房子，他也瘋狂地渴望看到他的孩子成長。他們的第一步、第一個字、第一堂課和第一個興趣。對他來說，一切都發生得不夠快，而艾咪總是得提醒他，有些事情就是急不得。

「我們應該開始出遊。」班說：「帶孩子們展開他們的第一次旅行。」

「他們還太小，」艾咪說：「他們不會懂的。」

班想要教他們如何游泳、閱讀、投籃和堆雪人。他想要向他們展示這個世界。

米琪八歲剛開始學鋼琴的時候，班就幫她報名了一個四個月之後的學生展演。

「鋼琴老師認為，四個月後，她還沒辦法為觀眾演奏。」

「如果她更常練習的話，也許她可以。」班反對道。

艾咪當然知道為什麼班這麼早就幫米琪報名。他想要確保自己會看到女兒的第一場演奏會。

「我們何不告訴她這不是必要的，不過，對她來說，這是個好的目標，」艾咪建議地說：「一個值得她努力的目標。」

身為一名老師，艾咪了解各式各樣的學生，包括那些在父母期待的重擔下，肩膀長期佝僂的學生。艾咪從來都不希望給自己的小孩太多壓力，不過，她絕對希望能滿足丈夫想要盡可能多目睹到一些第一次的願望。在婚姻和母職之中，她最大的挑戰就是在兩者之間找到平衡。

當他的線繩即將來到盡頭時，班從他的公司退休，把更多的時間花在和家人共處。他和米琪一起報名了繪畫課，擔任威利的小聯盟球隊教練，還帶著他的孩子在紐約市參觀每一棟他曾經參與設計的建築物。

暑假的第一天，艾咪做了三明治，班把折疊椅和冷藏箱塞進車子裡，一家四口驅車前往海邊。班教他的兩個孩子一些「神奇」的紙牌戲法，那是他很多年前從他祖父那裡學來的，然後，艾咪深情地看著他們三人拿出螢光衝浪板走向水邊。

威利趴在衝浪板上，在淺水處滑上滑下，而班則扶著企圖要在衝浪板上站穩的米琪。

「不要放手！」每一波新的海浪在她的腳下湧起時，她就忍不住大喊。

班想起他教女兒騎腳踏車和站在踏板車上的經驗。他當然很焦慮，不過，最後他還是得放手。班覺得很奇妙，隨著孩子逐漸長大，他身為父親的角色不知不覺地從緊緊抓住他們——當他們還是嬰兒時，他總是托住他們的頭，把他們抱在臂彎裡，當他們學步時，他總是牽著他們的手過馬路——漸漸地轉變成了放手，讓他們自己站立或衝浪。也許，作為一個父親最痛苦的部分，就是當他的孩子以及他自己的恐懼懇求他不要放手時，他卻不得不放手。

孩子們在從海邊回家的路途上昏昏欲睡，到家之後，艾咪負責卸下車上的物品，而班則哄著孩子們入睡。

幾個小時後，當她和班準備就寢時，艾咪躡手躡腳地穿過走廊去查看她的孩子，那是她從他們還是嬰兒時就養成的習慣，而且從來都無法戒掉。

艾咪窺視著米琪的房間，這間臥室在她八歲生日時才剛粉刷成紫色，然後花了一分鐘的時間，看著她女兒的胸口在熟睡中緩緩地上下起伏。

在隔壁的房間裡，艾咪關掉夾在威利床柱上的閱讀燈，當她發現他一定是想要在抵擋不住倦意之前多看幾頁漫畫書時，她的臉上不禁泛起微笑。他和艾咪正在讀《納尼亞傳奇》，不過，威利最近發現了他父親以前的蜘蛛人漫畫，因而備受吸引。

每個人都說威利遺傳了艾咪的眼睛，但是，當他睡著的時候，在他的眼皮闔上並且輕輕顫動之際，他看起來就和他的父親一模一樣。艾咪想要親吻她兒子的額頭，不過，她轉過身，不想將他吵醒。

在最後幾個月的時候，當班和艾咪收到班的診斷時，他們並不驚訝。他們已經準備好了。班立刻就知道他不會住進醫院或安寧療護機構。他會和他的妻小待在家裡，一如他們原本的計畫。

班問艾咪，在他死後，她是否會搬回到城市裡，艾咪也想像著自己在沒有班的屋子裡生活的畫面：塞滿冷凍砂鍋燉菜的冰箱、每當鄰居遛狗經過她前院的草坪時，總不免嚴肅地搖搖頭。然而，那依然是當他們剛搬進來時，班堅持要抱著她走進門檻的那幢房子，儘管當時她已經懷孕五個月了，而他努力要把她抱起來的樣子也令人捧腹。那也依然是米琪出生之後，他花了一整個星期在後院蓋了一座鞦韆的房子。她不能離開他們的家。

雖然艾咪知道即將來臨的事，然而，她依然擔心在那之後會發生什麼，一旦班真的無可挽回地離開之後。在那樣的時刻，為了不讓自己的恐懼變成她丈夫的負擔，她轉而向她姊姊求助。

「萬一我做不到呢？」艾咪的聲音在顫抖。

「看著我，艾咪。」妮娜溫柔地勾起她妹妹的臉。「這會很痛。這會傷痛很長一陣子，你會在許許多多的夜裡哭著入睡。但是，你終將會走出來的。你會為了威利和米琪走出來的。然後，有朝一日，我保證，你再也不會流著眼淚入眠。你甚至不會發現自己已經不再哭著睡著了。某天早晨當你醒來時，你的枕頭將會是乾的，那是長久以來它第一次沒有被淚水沾濕。然後，在那之後的某一天，你會發現你也可以過自己的生活，也可以讓自己快樂，而那會是他們所希望的。」

艾咪嚴肅地點點頭。「有朝一日給人的感覺好遙遠。」

她把臉埋入她姊姊柔軟的襯衫裡，在艾咪哭泣的時候，妮娜揉了揉艾咪的手臂。

「我知道，」妮娜說：「相信我，我知道。」

在大限即將來臨之前的一個晚上，妮娜、艾咪和班坐在廚房餐桌邊上，班正在做遺囑的最後整理。出乎妮娜的意料，班往後靠在椅子上看著她們兩人，然後告訴她們，自己很滿足。因為他在年輕的時候打開了他的盒子，他和艾咪、威利以及米琪共同分享了他生命中最快樂的時光，而沒有任憑自己浪費時間，還有，他不會在一片混亂中離開他的家人。這些都讓他感到很滿足。

班上樓睡覺之後，廚房裡只剩下妮娜和她妹妹獨處，她問艾咪是否對她自己從來都沒有打開她的盒子感到滿足。

「我想，我還是有可能改變心意，」艾咪說：「不過，我不認為我會。我曾經花了很多時間在心裡幻想著所有可能的未來，以及各種不同的『如果』。我想，我甚至還曾經做過一個白日夢，幻想著自己搬到義大利的某個小村莊，變成了一個麵包師傅，」她笑著說：「不過，自從威利和米琪出生以後，我就不再有那樣的幻想了。我想，身為人母讓活在當下變得容易多了。」

「因為只要你有一分鐘分神，他們就會把手伸到爐灶上嗎？」妮娜問。

「是啊，沒錯，」艾咪點點頭。「不過，不只這樣。我以前常常幻想自己可能會過著什麼樣的生活，各種不同的版本，但是現在，我知道這樣的生活是我注定要過的。每次我親吻他們肥嘟嘟的臉頰，或者看著班把他們扛到他的背上時，我都可以感覺到這一點。而我在想，我一直都沒有打開盒子的事實，反而讓我得以更加擁抱現在，因為我沒有被未來的夢魘所籠罩，莫拉一定有過這樣的夢魘，而班現在也依然在這樣的夢魘之下。」

艾咪沉默了一會兒。「當然了，看到一條長線繩會是最大的福氣，就像你一樣，」她補充說道。然後按下她的手機，看著手機螢幕上的背景照片，那是班和孩子們在去年萬聖節玩著不給糖就搗蛋的時候拍的。「不過，我依然覺得自己已經擁有很多福氣了。」

威利和米琪的大學活期存款帳戶；房子的貸款；在班最新的遺囑裡，妮娜被列為了監護人——全都安排妥當了。每個人——從班和艾咪的父母到妮娜、到威利和米琪——全都盡可能地準備好了。

然而，當警察局打電話來說，班和艾咪的車子在高速公路上遭到嚴重的撞擊時，沒有人有心理準備，當時，他們結束了班在醫院的門診，正在回家的途中。

「對於你們的損失，我們深感遺憾。」那名警員說。

但是，沒有人準備好要聽到這句話。

意外發生的翌日早晨，妮娜在悲傷和失眠下跌跌撞撞地來到她妹妹的衣櫃前，拿出艾咪一直放在那裡、在過去十四年裡從來未曾打開過的那只盒子。妮娜已經知道裡面會是什麼，她知道她妹妹從來都沒有看過的那個東西會是什麼，但是，她想要親眼目睹。

艾咪的線繩，一直以來都和班的一樣長。

妮娜溫柔地把那條線繩從盒子裡拿出來，將她妹妹的生命放在自己的手上，然後，在嗚咽和啜泣之中把它輕輕地壓在自己的胸口。

那場撞擊發生得很快，警察在事後告訴他們。艾咪和班可能都沒有感覺到痛苦。

妮娜知道，這種說法只是一種安慰。然而，它卻讓她覺得受到了侮辱。

他們沒有感到痛苦嗎？最後那幾個月，去年，這些對他們兩人來說都不算是長期的痛苦嗎？

那個星期，妮娜的一個同事發了一封致哀的郵件給她，郵件最上面引用了尼采的一句話。

「活著就是受苦。生存就是在這些苦難中尋找意義。」

妮娜不知道當班說他感到很滿足的時候，他是否就是這個意思。

妮娜

孩子從來都不是她計畫中的一部分，但是，妮娜毫不遲疑地就收養了威利和米琪。雖然他們只有十一歲和九歲大，但是，他們經常讓她想起艾咪，擁有他們兩個就像永遠都會擁有她妹妹的一小部分一樣。

妮娜甚至偶爾會對她和莫拉從來沒有孩子感到後悔。如果她的生活中能有某個人身上依然擁有莫拉的某些部分，這樣應該也很好，就像威利和米琪承襲了他們的母親和父親一樣。

妮娜知道，艾咪希望威利和米琪住在他們的房子裡，因此，她賣掉她在曼哈頓的公寓，搬到了郊區，而班的父母和她自己的父母也在附近買了小公寓，如此一來，妮娜和他們的孫子就永遠不會孤單。

妮娜和孩子們花了好幾個月的時間，才感覺到自己已經足夠堅強，可以每次外出超過一小時，並且不再只是為了必要才出門。

不過，緩緩地、痛苦地、最終，他們一起重新築起他們三個人的生活，他們共同擁有的悲傷將他們牢牢地黏在一起，而他們也將會永遠共享這份悲傷。

妮娜感到很慶幸，因為她依然擁有一個她可以為之而活的家庭，擁有兩個她無論如何都不能辜負的孩子，因為，辜負他們就意味著辜負了艾咪。

等到他們的生活比較穩定之後，每隔幾週，妮娜就帶著威利和米琪到曼哈頓去參觀博物館或動物園，或者任由他們在FAO施瓦茨[30]裡盡情探索、為之驚歎。

當他們偶爾在曼哈頓過夜的時候，也許是在看完一場百老匯晚上的演出之後，他們總是下榻在上城區那家擁有美術學院派外觀的飯店，那是班在這座城市裡最後的幾個設計案之一。長達一年的修復已經讓這棟百年飯店改頭換面，從一顆年久失修的黯淡珠寶，轉變成足以和它的歷史相映成輝的宮殿。

班刻意選擇了這間飯店做為他最後的工作。如果妮娜沒記錯的話，他說是為了要給這棟建築物「第二次生命」。而威利和米琪現在就成為了這個生命的一部分。

某個傍晚，當他們在曼哈頓的自然歷史博物館研究了一整天的恐龍骸骨之後，妮娜帶著兩個孩子穿過街道，走進中央公園，然後三人來到艾咪的長椅前面停下了腳步。

妮娜的手最近已經開始顯露出四十多歲女人的肌膚模樣，她伸出手，用手指撫過那塊銀色牌子光滑的表面，那是艾咪在他們結婚十週年的時候送給班的禮物，為此，她還偷偷存了九年的錢。

親愛的B，

無論會發生什麼事，我的感覺都不會改變。

在威利和米琪衝向附近的遊樂場時，妮娜讓自己在長椅上坐下來。看著他們奔跑、歡笑、從盪鞦韆到單槓，然後再折回來，妮娜對這兩個年輕的靈魂所具有的韌性感到驚歎不已。艾咪和班一定會為他們感到驕傲，這是他們創造出來的貼心、好奇又頑皮的小人兒。

雖然，每當想起她妹妹無法坐在這張長椅上，無法坐在她身邊看著自己的孩子長大，妮娜就免不了因為悲傷而感到窒息，不過，她很高興艾咪從來都沒有打開過她的盒子，從來都不曾感到令莫拉困擾的那股憤怒和焦慮，也從來不需要看著她孩子柔軟渾圓的臉龐，痛苦地想著她將無法看到他們長大。

有時候，妮娜甚至感到好奇，如果艾咪看到了自己的線繩，那麼，威利和米琪是否還會來到這個世界。對艾咪而言，光是想到要在沒有班的情況下獨自扶養一個家庭就已經夠困難的了。如果她知道自己也將缺席呢？

成為母親對艾咪來說是何等的重要，因此，妮娜無法想像如果沒有生養威利和米琪的話，她

㉚ FAO施瓦茨（FAO Schwarz）創建於一八六二年，是美國歷史最悠久的玩具店之一。該公司以其獨特的高級玩具而著稱。FAO施瓦茨位於紐約市第五大道的旗艦店，是紐約著名的旅遊景點之一，但已於二〇一五年七月關閉。FAO施瓦茨品牌現在是其創建人FAO施瓦茨家族後裔的財產，但由ThreeSixty Group營運。

妹妹的生活會是什麼模樣。就某個角度來說，艾咪決定永遠不看、永遠不知道的作法，竟為兩姊妹帶來了這兩個寶貴的靈魂。

大部分的夜晚，當她把他們安頓到床上的時候，威利和米琪都會要求妮娜唱他們父母的歌曲，那是艾咪和班在講述他們愛的故事時會一起低聲吟唱的旋律。

艾咪和班第一次為他們的孩子唱這首歌的時候，妮娜就在現場，那是他們結婚週年的派對，當時，威利才五歲，而米琪還太小，這首歌在她聽來只不過是一串美麗的音節。

「這是一首老歌，」艾咪曾經對她的孩子解釋說：「是爺爺奶奶那個時代的歌。」

「它是什麼意思？」威利問。

「該來的總會來到，」班回答。「這是在說有時候，事情就那樣發生了，而我們對此完全無法控制。」

那個小男孩露出一副沉思的模樣。「可是，有些事是我們可以控制的，對嗎？」

「很多事都是我們可以控制的，」艾咪說：「我們想要成為什麼樣的人、我們對待別人的方式，以及我們選擇要愛誰。」

威利緩緩地點點頭，彷彿他真得聽懂了。或者，至少他以為他聽懂了。

妮娜相信，她會再見到他們。艾咪、班和莫拉。她必須相信自己會再見到他們，有朝一日，在某個她不知道的地方，以某種她不知道的形式。在她自己和悲傷的深淵之間，這個信念是唯一的屏障。唯一能夠阻擋痛苦的洪流，讓它免於潰堤的水壩。

這不是信仰，而是一種信念。一個只具有單一宗旨的信念——我們所失去的那些，並非永遠地失去了。

威利和米琪很快就和遊樂場上的另外兩個孩子交了朋友，妮娜看著他們四個輪流從黃色的塑膠溜滑梯上滑下來，並且在滑下來的時候發出歡快的尖叫聲。孩子們可以如此快速、真誠地產生連結，但成年之後彼此之間卻又會產生大量的分歧，這向來都讓妮娜感到不可思議。

妮娜本能地將手指滑向脖子，觸摸著莫拉那只由兩條金色線繩交織而成的別針，在莫拉去世之後，她已經把那只別針穿在她母親的一條鏈子上。每當妮娜陷入深思時，總是習慣用拇指輕搓著那只墜飾，彷彿它是個護身符一樣。

看著那些孩子，妮娜發現自己一如平時那樣很好奇，威利和米琪再大一點之後會怎麼做？當他們收到各自的盒子時，會打開嗎？

由於短線繩者再也沒有掀起過大規模的暴力浪潮，不像有些人曾經預警過的那樣，因此，早年那種難以抗拒的震驚和恐懼已經逐漸消失了。雖然有人還會指控非法的線繩歧視依舊存在，但是並不多見，而那些針對特定短線繩者的偏見，也許因為太過隱晦、太過不明顯，以至於難以真正地被根除。

不過，當妮娜看著四個小孩玩在一起時，她不禁在想，也許這一次，他們會在長大之後依然保留兒時這份自在又毫無羈絆的同理心。這絕對是艾咪、班和莫拉希望他們能做到的，也是妮娜會竭盡全力教養他們的方式。

然而，眼前，妮娜知道在那些盒子來到之前，在威利和米琪需要面對他們自己的選擇之前，他們還有很多年的時間，因此，妮娜只想讓自己暫時休息一下。她往後靠在長椅上，聽著孩子們從遊樂場傳來的笑聲，感覺自己在放鬆、在呼吸，感覺自己放下了悲傷、罪惡感和對未來的擔憂，即便只是在這短暫的片刻，即便那些感覺無可避免地終將會再回來。

在此同時，距離她北面幾條街之外的某處，就在公園的邊緣和她聽不見的地方，一名男子騎著腳踏車行經大街，他的車後綁了一台音響，人們從他的四周走過，一如往常地忙碌和心煩意亂，他們駐足了一秒鐘，轉過頭，試著要分辨那些音樂來自何方。

國家圖書館出版品預行編目(CIP)資料

人生不設線 / 妮基.爾利克作 ; 李麗珉譯. -- 初版. -- 臺北市 : 春天出版國際文化有限公司, 2024.07
面 ; 公分. -- (D小說 ; 39)
譯自 : The Measure
ISBN 978-957-741-890-6(平裝)

874.57 113008426

D小說 39

人生不設線
The Measure

作者	妮基・爾利克
譯者	李麗珉
總編輯	莊宜勳
主編	鍾靈
出版者	春天出版國際文化有限公司
地址	台北市大安區忠孝東路四段303號4樓之1
電話	02-7733-4070
傳真	02-7733-4069
E－mail	frank.spring@msa.hinet.net
網址	http://www.bookspring.com.tw
部落格	http://blog.pixnet.net/bookspring
郵政帳號	19705538
戶名	春天出版國際文化有限公司
法律顧問	蕭顯忠律師事務所
出版日期	二〇二四年七月初版
定價	490元

總經銷	楨德圖書事業有限公司
地址	新北市新店區中興路二段196號8樓
電話	02-8919-3186
傳真	02-8914-5524
香港總代理	一代匯集
地址	九龍旺角塘尾道64號 龍駒企業大廈10 B&D室
電話	852-2783-8102
傳真	852-2396-0050

ISBN 978-957-741-890-6 Printed in Taiwan